교보문고
스토리공모전
단편 수상작품집 2021

교보문고 스토리공모전

단편 수상작품집 2021

마카롱

차례

조업밀집구역

김백상

8월의 태양은 지표를 튀겨버릴 듯 강렬하다. 거리에 행인들의 씨가 말랐다. 다들 휴가를 떠났거나 실내에 틀어박힌 모양이다. 좀비 같은 걸음으로 땡볕을 가로지르는 용자들이 가물에 콩 나듯 눈에 띌 뿐이다. 신이시여, 부디 저들에게 자비를! 누구든 그런 기도를 중얼거리지 않고는 못 배길 정도로 정말, 덥다.

어쨌거나 올해도 봉팔에게 휴가는 없다. 지난 3년간 한 번도 없었으니 예년과 다름없는 평범한 여름이라고 할 수 있겠다. 알바생들은 연락도 없이 지각을 하거나 잠수를 타곤 한다. 당연히, 편의점 사장이 갖춰야 할 최고의 덕목은 땜빵이다. 땜빵과 휴가가 양립할 수 없다는 건 코흘리개들도 안다. 말이 좋아 사장이지 24시간 대기조나 다름없다. 근무가 아닐 때도 무슨 일이 생기는 건 아닌지 노심초사해야 하는 불안감은 그야말로 덤.

덤덤히 그 모든 것을 감내하는 봉팔에게 최고의 피서지는 인터넷의 바다다. 비록 몸은 비좁은 계산대에 묶여 있지만 링크와 링크를 타고 서핑을 하노라면 파란 하늘과 드넓은 바다가 가슴에 젖어드는 듯 속이 시원해질 거라고 생각했다면, 정말이지 오산이다. 무슨 8K 모니터도 아니고, 액정에 금까지 간 작은 휴대폰 화면인데 그럴 리가. 시간 때우려면 할 게 없으니까 웹서핑이라도 하는 거지. 더불어 출출할 땐 컵라면이 필수다.

낚시 기사를 읽고 있을 때였다. 선영에게서 전화가 온 건.

길 건너 커피숍 문 닫는대.

그래?

엄지와 검지로 휴대폰 화면을 확대하며 봉팔이 심드렁히 대꾸했다. 낚시꾼 셋이 나란히 서서 안고 있는 잉어는 정말 거대했다. 태국 남부의 어느 호수에서 잡혔다는데 무게가 무려 119킬로그램이었다. 우와. 벌어진 잉어의 입처럼 봉팔의 입도 덩달아 벌어졌다. 비늘 하나가 애들 손바닥만 하네. 이건 뭐, 바다에 나가서 살아도 꿀리지 않겠는걸.

듣고 있어?

음량 버튼을 누르지도 않았는데 스피커폰 소리가 커지는 건 불길한 징조다.

그럼, 듣고 있지!

포식자의 기척에 긴장한 피라미처럼 재빨리 봉팔이 대답했다. 왜 이리 저기압이람? 길 건너 족발집 문 닫을 때는 아무렇지도 않더니. 쿠폰 도장이라도 모으고 있었나.

거기 뭐가 들어오는지 알아?

뭐가 들어오는데?

벅벅 등을 긁으며 봉팔이 물었다.

뚜뚜뚜뚜!

봉팔은 귀를 의심했다. 4분을 알리는 휴대폰 타이머 소리와 아내의 음성이 겹쳐진 탓만은 아니었다. 누군가가 머릿속에 뜨거운 물을 들이부은 것 같았다. 화들짝 놀란 잉어의 거대한 꼬리지느러미에 귀싸대기를 맞은 낚시꾼처럼 그는 잠시 아무 생각도 하지 못했다. 저기요, 아저씨. 4분 다 됐거든요. 계산대 위에는 나무젓가락을 인 컵라면이 다소곳이 봉팔을 기다리고 있었다. 쫄깃하게 익은 면발이 하얀 용기 안에서 뚜껑이 열리기만을 고대하고 있었지만 정작 뚜껑이 열린 쪽은 컵라면이 아니라 봉팔이었다.

그는 의자에서 벌떡 일어섰다. 통유리 너머로 초콜릿색 간판이 보였다. 모락모락 김이 피어오르는 커피잔 그림이 꼭 뚜껑 열린 컵라면 같았다. 봉팔이 운영하는 편의점과 길 건너 커피숍은 왕복 4차로 도로를 사이에 두고 거의 마주 보고 있다시피 했다.

빵집, **옷**가게, **미**용실, **분**식집, **술**집, **치**킨집, **족**발집, **정**육점,

과일가게, **냉**면집, **중**국집, **횟**집, **피**자집, **레**스토랑, **문**방구, **오**락실, **약**국, **복**권방, **철**물점…. 그 많은 가게를 두고, **편** · **의** · **점**이 들어온다고? 저기에?

빠라바라바라밤!

어디선가 나타난 오토바이 서너 대가 생뚱맞은 경적으로 주변을 흔들며 봉팔의 시야를 가로질렀다.

누가 그래? 편의점이 들어온다고.

휴대폰을 들어 올리며 봉팔이 물었다.

공인중개사 사무소에서.

거긴 왜 갔는데?

12월에 집 전세 계약 만료잖아.

퉁명스러운 목소리가 스피커폰 밖으로 튀어나왔다. 꿀꺽, 봉팔은 침을 삼켰다.

내가 알아보고 전화할게.

전화를 끊자마자 백그라운드에서 숨죽이고 있던 타이머가 목청을 높였다. 컵라면 따위에 신경 쓸 상황이 아니라니까. 봉팔은 타이머를 끄고 지도 앱을 열었다. 뭉툭한 손끝으로 정확한 위치를 짚으려니 쉽지 않았다. 몇 번의 실패 끝에 편의점과 커피숍 사이에 빨간 직선이 그어졌다. 거리는…,

37미터였다.

이게 말이 됩니까? 삑! 겨우 37미터라고요! 삑! 엎어지면 코 닿을 거리에. 삑! 어떻게 담배소매인 지정 신청을 받아줍니까? 삑! 7,100원입니다. 지금 계산 중이라서 그래요!

봉팔은 휴대폰을 쥔 손을 뺨에 밀착시킨 채 한 손으로 상품 바코드를 스캔했다. 시청 담당 공무원과 전화가 연결된 순간 들어온 손님의 것이었다.

봉투 안 줘요?

계산대 너머에서 날 선 목소리가 날아왔다. 휴대폰을 귀에 붙이고 열을 내던 봉팔의 귓불이 훅 달아올랐다.

어이쿠, 죄송합니다. 여기요. 제가 담아드릴게요. 감사합니다. 안녕히 가세요!

돌아서는 손님의 뒷모습을 보며 봉팔은 이마를 훔쳤다. 머리가 후끈거렸다. 호흡을 가다듬고 본격적으로 전의를 불태우려는데 수화기 너머에서 담당자가 먼저 입을 열었다. 그러니까…,

담배소매인 간 거리 측정 기준은 직선거리가 아니라는 둥, 통행로와 횡단보도를 따라 보도상의 거리를 재야 한다는 둥, 기준대로 측정하면 봉팔의 편의점과 신규 편의점까지의 거리는 법적 기준 이상이기에 전혀 문제가 없다는 둥, 편의점 신규 출점 거리 제한 기준 역시 마찬가지라는 둥, 게다가 신규 출점 거리 제한은 자율 규약이기 때문에 위반해도 처벌할 근거가 없다는 둥. 둥둥둥둥둥둥….

북소리 같은 설명이 연달아 봉팔의 머리를 울렸다. 아유, 머리야. 봉팔은 그만 말문이 막혔다. 뚜껑이 열리자마자 얼음물을 뒤집어쓴 컵라면이 된 기분이랄까. 맹렬하던 열기가 일순간에 쪼그라들었다.

아니, 무슨 법이 그래요? 아무리 그래도 이건 너무하지 않습니까? 생존권을 위협하는 처사라고요!

남은 열기를 쥐어짜며 봉팔이 항의했다.

심정은 이해합니다만 편의점 입점을 막는 건 저희 재량권 밖의 일이라서요.

둥! 날아갔던 뚜껑을 주워서 툭툭 먼지를 털고 다시 봉팔의 머리에 덮어주듯 담당자는 끝까지 침착하게 북을 울렸다.

상생할 수 있는 다른 방법을 찾아보시는….

북소리가 더 울리기 전에 봉팔은 통화 종료 버튼을 눌렀다.

북소리가 트렌드인가. 편의점 본사도, 공인중개사 사무실도 똑같이 북을 울려댔다. 길 건너에 편의점이 들어서는 걸, 막을 방법이 없었다. 아내에게 뭐라고 해야 하나. 봉팔은 계산대 위에 휴대폰을 던지듯 내려놓았다. 라면 면발처럼 꼬불꼬불하고 기다란 한숨이 흘러나왔다.

띠링! 혹시나 하며 집어 든 휴대폰에는 아내가 아니라 알바생이 보낸 메시지가 떠 있었다.

[조만간 유학을 떠날 예정이라 오늘부터 못 나갑니다. 그동안 일한 급여 내일까지 보내주세요.]

뭐야, 이게? 통화 버튼을 눌렀지만 알바생은 받지 않았다. 거짓말을 하려면 좀 그럴싸하게 할 것이지. 근무한 지 일주일도 안된 녀석이 유학은 무슨 얼어 죽을. 더 이상 화를 쏟아낼 기운도 없었다. 집에 가긴 글렀으니 배라도 채워야겠군. 구석에 밀어뒀던 컵라면 뚜껑을 열었다. 뭐야, 이게? 국물은 온데간데없고 퉁퉁 불은 면발만이 실의에 빠진 뇌처럼 잔뜩 웅크리고 있었다. 봉팔은 젓가락을 내려놓았다.

길 건너에 B사의 편의점 간판이 걸린 지 일주일이 지났다. 정해진 수순처럼 봉팔의 편의점 매출이 곤두박질쳤다. 굳이 매출 조회를 하지 않아도 계산대에 앉아 있으면 현저히 줄어든 고객 수를 피부로 느낄 수 있었다.

사태의 심각성에 가장 민감하게 반응한 피부는 두피였다. 줄어드는 매출에 비례하듯 봉팔의 머리숱이 급격히 감소했다. 재작년 여름 큰길 쪽으로 70미터 떨어진 곳에 C사의 편의점이 들어섰을 때도, 작년 가을 반대편 65미터 거리에 D사의 편의점이 생겼을 때도 가장 민감한 반응을 보인 피부는 두피였다. 그래도 어떻게든 버티나 싶었는데, 이번에는 길 건너 37미터라니. 치명적인 거리가 아닐 수 없었다.

조만간 집주인은 보증금을 올릴 게 분명했다. 내년에는 만우가, 후년에는 민서가 대학에 간다. 각종 공과금과 보험료는 성장기 어린이처럼 해마다 쑥쑥 오르고, 대출금 상환은 까마득하기만 하다. 우수수 머리털이 떨어져 나가듯 돈 나갈 곳은 부지기수인데 매출은 제자리걸음은커녕 격렬하게 문워크를 하고 있다. 자는 동안 머리털을 쥐어뜯기라도 하는 걸까. 불과 일주일 사이에 뚜껑이 열렸던 흔적처럼 정수리 부분의 피부가 드러나기 시작했다. 토닥토닥. 거울을 들여다보며 봉팔은 손끝으로 남아 있는 머리카락들을 다독였다.

항아리 상권이면 뭐하나. 집어넣는 손들이 워낙 많아서 뭘 움켜잡고 뺄 수가 없는걸. 봉팔은 길 건너 편의점 사장의 속내를 도무지 이해할 수가 없었다. 감당하기 힘들 정도로 수요가 몰리는 지역이 아닌 이상 남의 가게 앞에 떡하니 동종의 가게를 차리는 건 너 죽고 나 죽자는 자폭 테러단의 심리가 아니고서야 있을 수 없는 일이었다. 나만 죽는 게 아니라 너도 죽는다고! 근데 누가 굳이 편의점으로 자폭 테러를 하나? 매달 월세 걱정에 알바생 대신 땜빵도 하고 노심초사하는 마음으로 하루하루를 보내면서? 테러계에 불어닥친 새로운 트렌드인가? 혹시 근처에 뭐 개발되는 거 아니야? 선영이 희망적인 해석을 내놨지만 아무리 알아봐도 그딴 건 없었다. 결국, 살아남는 놈이 장땡이군. 봉팔은 처음으로 '레드오션'이라는 말을 실감했다. 피 튀기는 바다 한복판에서 밤샘 근무를 한 탓인지 눈알에 핏발이 빨갛게 솟아 있었다.

살살 수건으로 머리를 문지르며 봉팔이 욕실을 나섰다.

다녀오셨어요?

식탁에서 아침 식사를 하던 만우가 꾸벅 인사를 했다.

음. 아침부터 뭘 그렇게 열심히 보냐?

미용사 문제집이요.

우적우적 시리얼을 씹으며 걸걸한 목소리로 만우가 대답했다. 장모님의 큰오빠가 엄청난 거구였다지. 아마도 그 혈통이 이어졌지 싶다. 키 191센티미터에 체중이 100킬로그램이 넘는 아들을 보고 있으니 식전인데도 배가 든든한 기분이었다.

재밌어?

네.

만우가 뿌듯한 표정으로 고개를 끄덕였다.

운동선수 하면 딱 좋은 몸인데. 위아래로 다시 한번 아들의 몸을 훑어보며 봉팔은 입맛을 다셨다.

결정했어요! 뭘? 헤어 디자이너가 되기로요. 두 달 전, 두 주먹을 불끈 쥐어 올린 아들의 모습에 봉팔은 고개를 갸우뚱했다. 누가 봐도 그건, 미용사보다는 격투기나 자동차 정비 같은 일에 어울리는 주먹이었다. 덩치만 컸지 워낙 심성이 여리고 착해서 지금껏 한 번도 싸움질을 하거나 문제를 일으킨 적 없는 아들이었다. 하긴 뭐 산만 한 덩치가 이미 선빵인 셈이었으니. 어쨌거나 봉팔은 이내 고개를 끄덕이며 아들을 격려했다. 오, 그거 좋다! 근데 미용가위는 손잡이가 작던데…, 손가락이 들어가겠니? 봉팔의 염려에도 아랑곳하지 않고 만우가 손을 불쑥 내밀었다. 미용가위 수십 자루를 쌓아도 될 만큼 큼지막한 손바닥 두 개가 봉팔의 눈앞에 펼쳐졌다. 학원비 좀 주세요. 미용학과에 진학하기 전에 미리 미용사 자격증을 따두는 게 좋대요. 먹성 좋은 새끼 새의 주둥이를 굽어보는 아빠 새의 심정으로 봉팔은 만우의 손을 내려다봤다. 콕콕. 귀엽지만 단단하고 뾰족한, 노란 주둥이 같은 것이 봉팔의 지갑을 쪼아대는 느낌이었다.

다행인지 불행인지 만우의 손가락은 미용가위 손잡이에 들어갔다. 이른 아침부터 꿈을 좇는 아들의 모습에 대견함을 느끼면서도 봉팔은 여전히 마음 한구석에 남은 아쉬움을 떨치지 못했다.

아빠 왔어요?

민서가 부스스한 머리로 방에서 나왔다. 자고 일어나서 부스스한 건지, 머릿결 탓인지 애매모호했다. 만우가 헤어 디자이너를 꿈꾸며 두 주먹을 불끈 쥐었을 때 그 꿈이 민서의 머리카락에 영향을 미칠 거라고 예상한 사람은 아무도 없었다.

나만 믿어! 청담동 미용실에서 제일 잘나가는 컬러로 뽑아줄 테니까. 진짜 자신 있는 거지? 재료비도 인건비도 받지 않겠다는 친오빠의 우애 깊은 유혹에 민서는 냉큼 머리 염색을 맡겼다. 하지만 세상에 공짜가 어디 있나. 민서의 머리는 미용학원에 등록한 지 일주일도 안 된 야매 미용사의 교보재로 활용되는 참사를 겪었다. 이게 무슨 머리카락인지, 먼지떨이인지, 폭탄 맞은 걸레인지. 달래고 달래도 밤새도록 울고불고하던 민서는 태어나서 처음으로 학교에 결석을 했다. 헤어 디자이너의 길은 정말 멀고도 험하네요. 굳게 닫힌 동생의 방문 앞에서 만우는 봉팔에게 그렇게 말했다. 민서의 머리카락이 먼지떨로 역변하는 사이 봉팔의 머리는 만우의 손끝에서 극단적인 비대칭 스타일로 변신했다. 그래, 정말 정말 험난한 여정이 될 것 같구나. 봉팔은 진심을 담아 대꾸했다.

민서를 진정시킨 건 휴대폰이었다. 아빠가 휴대폰 사줄게. 네가 갖고 싶어 하던 최신형으로! 혹시나 해서 던진 말인데, 마법처럼 방문이 열렸다. 봉팔은 안도하면서도 왠지 모를 억울함을 느꼈다. 사고는 만우가 쳤는데 왜 내 지갑이 털려야 하나? 어쨌거나 폭탄 머리 따위는 잊은 듯 새 휴대폰을 손에 쥐고 헤헤거리는 민서의 모습은 영락없는 애였다. 찰칵. 봉팔은 그 광경을 휴대폰 사진첩 속에 소중하게 저장해두었다.

친구랑 조조영화 보러 간다고 하지 않았어?

만우가 민서를 돌아보며 물었다.

좋났어.

만우 옆에 털썩 앉으며 민서가 대꾸했다.

왜?

경희랑 보기로 했는데 어젯밤에 술 사다 걸려서 일주일간 외출 금지래.

어디서 걸렸는데?

남친이랑 편의점에서 맥주 계산하는데, 담임이 들어왔대. 대박이지?

상황이 상상되는지 민서가 킥킥거렸다.

선생님한테 담임이 뭐냐? 담임이.

의자 등받이에 수건을 걸치며 봉팔이 민서를 나무랐다.

우리끼리 있을 때만 그러는 건데 뭐. 아빠는 학교 다닐 때 안 그랬어?

민서가 입을 비죽였다.

그나저나 담임 선생이 편의점 사장 살렸네.

봉팔이 화제를 돌렸다.

왜요?

판매한 후에 걸렸으면 벌금 내야 하잖아. 영업정지 당할 수도 있고.

순간 봉팔은 자신의 입에서 나온 말이 다시 자신의 귀로 들어와 스스로를 깨우치는 놀라운 경험을 했다. 핏빛 파도가 출렁이는 캄캄한 바다에서 그를 구원의 길로 인도할 빛이 저만치서 깜박이는 느낌이었다. 구원의 빛을 향해 뱃머리를 돌리는 작은 어선처럼 천천히 봉팔의 고개가 돌아갔다. 그의 시선이 멈춘 곳에는 '큰 바위 얼굴'을 연상시키는, 커다랗고 듬직한 만우의 얼굴이 있었다.

화장실에 갔던 민서가 다시 방으로 들어가자 봉팔은 만우의 눈치를 살피며 주방을 기웃거렸다. 가스레인지 위에 놓인 냄비 뚜껑도 열어보고, 전기밥솥 플러그가 콘센트에 잘 꽂혀 있는지도 확인하고, 괜스레 냉장고 안도 훑어보면서. 만우는 볼펜을 만지작대며 골똘히 미용사 문제집을 들여다보고 있었다. 어떻게 말을 꺼낸담. 냉장고 문 너머로 만우를 힐끔거리던 봉팔은 결심한 듯 냉장고 문에 보관된 병소주에 손을 뻗었다. 그래, 직진이다. 남자 대 남자로!

소주병과 함께 소주잔이 식탁 위에 거칠게 놓였다. 그러나 만우는 독서삼매에서 벗어날 기미를 보이지 않았다. 내 아들이 이렇게 집중력이 좋았나? 봉팔은 만우를 곁눈질하며 세차게 병뚜껑을 돌렸다. 꼴꼴꼴. 맑은 소주가 잘록한 병 입구에서 흘러나오며 조용한 아침 식탁 위에 생경한 소리를 퍼트렸다. 그제야 만우가 고개를 들었다. 떡밥을 던지고 낚싯대를 드리운 노련한 낚시꾼처럼 봉팔은 모른 척 잔을 들어 단번에 소주를 들이켰다.

아빠, 무슨 일 있어요?

놀란 표정으로 만우가 물었다.

빈속에 알코올이 들어가자 찌릿찌릿 위장이 꿈틀거렸지만 봉팔은 아무렇지 않은 척 벽을 바라보며 크게 한숨을 내쉬었다.

만우야.

다시 잔에 술을 채우며 묵직한 목소리로 봉팔이 입을 열었다.

네?

나라에 전쟁이 나면, 넌 어떡할 거니?

만우는 그저 어리둥절할 뿐이었다.

그게 무슨 말씀이세요?

봉팔은 의자를 당겨 앉으며 깍지 낀 두 손을 식탁 위에 얹었다.

가정을 해보자는 얘기지. 조국이 위험에 처하면 어떻게 하겠냐고.

나가서 싸워야죠.

그치? 역시 내 아들이야.

그럼, 우리 가정이 위험에 처했을 때도 발 벗고 나서야겠지? 가정은 국가의 축소판이니까.

아빠, 엄마랑 싸웠어요?

아, 자식. 그게 아니고.

봉팔은 차근차근, 편의점에 닥친 위기에 대해 설명했다. 길 건너 편의점 사장의 자폭 테러단 같은 만행에 대해. 설명을 마쳤을 때 그의 앞에는 조국, 아니 가족을 위해 무엇이든 할 준비가 된

자랑스러운 청년이 앉아 있었다.

시청도, 편의점 본사도, 공인중개사 사무소도 정말 아무 방법이 없대요?

그렇다니까. 다들 똑같이 북 치는 소리만 하고 있어.

그럼 우리, 망하는 거예요?

만우의 목소리에 근심이 잔뜩 달라붙었다.

비상사태인 건 확실해. 하지만 상황을 역전시킬 방법이 한 가지 있지.

봉팔이 속삭이듯 말했다.

뭔데요?

몸을 수그리며 만우가 물었다.

그 편의점이, 영업정지를 당하게 만드는 거야.

어떻게요?

네가.

네.

거기에 가서.

네.

술과 담배를 산 다음.

네?

경찰한테 걸려라.

예?

당장 경찰과 마주치기라도 한 듯 만우가 화들짝 놀라 몸을 뒤로 뺐다.

아무리 그래도 그렇지, 어떻게 그래요!

쉿!

봉팔이 검지로 입을 가렸다.

이건 우리 가족의 생존이 걸린 문제야. 전쟁이라고. 먼저 싸움을 걸어온 건 그쪽이고. 싸움에서 제일 중요한 게 선빵이라는 거, 알지? 오픈하자마자 영업정지를 받으면 충격이 클 거야. 먼저 나가떨어지게 만들어야 해.

어느새 봉팔의 목소리에 비장함이 흘렀다.

근데 왜 저예요? 민서도 있잖아요.

민서는 딱 봐도 애잖니. 계산도 하기 전에 걸릴 게 뻔해.

저는 안 걸릴 거 같으세요?

만우야, 너는 거울을 보면 어떤 느낌이 드니?

왜요?

나는 널 보면, 30대 중반의 아저씨가 보인다. 너는 그냥 존재 자체가 성인 신분증이야. 그게 네가 이 작전에 꼭 필요한 이유고.

아빠, 진짜 너무…! 아이, 진짜….

슬프더라도 현실을 받아들여야만 해. 어쩌면 너는 이 일을 위해 태어난 걸지도 몰라.

냉엄한 현실 앞에서 만우는 여전히 망설이는 눈치였다.

너, 빵빵칠이나 왕스맨 알지? 비밀 요원들 말이야.

네.

그런 사람들의 헌신과 희생 덕에 국가가 존립하고 세계 평화가 유지되잖아. 테러에는 단호하게 대처해야 하는 법이야. 지금 네 어깨에 우리 가족의 존망이 달린 거라고.

봉팔은 가족의 '존망'에 힘을 주어 말했다. 만우가 비로소 고개를 끄덕였다.

근데 저도 처벌받으면 어떡해요?

걱정하지 마라, 아들아. 술을 샀다가 걸려도 미성년자는 처벌받지 않아. 점주만 처벌받지. 우리는 바로, 그 점을 노리는 거다! 이번 작전으로 네가 경찰서에 불려 다닌다 해도 너에게는 아무 잘못이 없다는, 면책특권을 부여한다. 가장으로서! 물론 이 모든 계획은 너와 나만의 비밀이다.

엄마한테 맞아 죽을지도 몰라요.

만우의 목소리에 절박함이 묻어났다.

엄마는, 아빠가 커버하마. 가족을 위해 헌신한 네 뜻을 알게 된다면 엄마도 나무라지 않을 거다. 지금 이 순간부터 너는 우리 가족의 미래를 구할 비밀 요원이 되는 거야.

만우가 다시 고개를 끄덕였다.

근데 아빠, 비밀 요원들은 나라에서 특별 대우 같은 거 해주지 않나요?

무슨 소리를 하고 싶은 거냐?

봉팔이 경계하는 눈빛으로 만우를 건너봤다.

꼭 뭘 바라는 건 아니지만, 뭔가 동기 부여가 되는 보상 같은 게 있으면 더 잘할 수 있지 않을까 싶어서요.

뭐가, 필요한데?

봉팔이 몸을 뒤로 젖히며 물었다.

최신 휴대폰이요.

만우가 고개를 디밀며 대답했다.

아니, 민서도 그렇고 너도 그렇고, 왜 다들 휴대폰이야? 그게 한두 푼 하는 물건도 아니고. 약정 걸어서 바꿔도 그거 다 결국 원금에 이자까지 갚아야 하는 거야.

적임자가 저뿐이라면서요?

잠시 만우의 눈을 들여다보던 봉팔이 결단을 내린 듯 입을 열었다.

좋아. 대신 영업정지를 받아야 한다. 벌금 정도로는 안 돼.

약속한 거예요, 아빠!

꿀을 한 숟가락 입에 넣은 것처럼 만우가 싱글거렸다. 봉팔은 시커먼 한약을 한 사발 들이켠 표정이었다.

그건 그렇고 거사를 앞둔 마당에, 자꾸 아빠라고 부르는 건 좀 그렇구나. 내년이면 너도 성인이니 이제부터 아버지라고 불러라.

네. 아…, 아버지.

머쓱한 기분에 만우가 머리를 긁적였다.

작전 시간은 모레 밤이 좋겠다.

왜요?

금요일 밤에 손님이 북적이잖아. 혼란스러운 틈을 노려야지. 그동안 우리는 특별 훈련을 좀 해야겠다.

무슨 훈련이요?

우리 편의점에도 술이나 담배 사러 오는 애들이 수두룩해. 근데 나한테 다 걸려. 왠지 아니? 걔들도 자기가 미성년자라는 게 찔리거든. 내면의 무의식이 행동이나 말투에 저절로 드러나는 거지. 비록 외모는 30대 중반 아저씨지만 네 정신은 여전히 미성년자야. 이번 작전의 성공 여부는 너 자신을 성인으로 인식하느냐, 마느냐에 달렸어.

만우는 과감히 미용사 문제집을 덮었다.

그럼 이제 뭘 하면 되죠?

일단 담배를 피워보자.

네?

왜? 너 담배 안 피워봤어?

네.

술은?

안 마셔봤는데요.

주변에 그런 친구들도 없어?

없어요.

눈을 가늘게 뜨고 만우의 반응을 살피던 봉팔이 흡족한 표정을 지었다.

그래, 그래야지.

네?

내 아들이 엇나가고 있는 건 아닌지 한번 떠본 거야. 몇 개월만 있으면 너도 성인이지만 아직은 엄연히 미성년자니까. 그래서 훈련은, 이미지 트레이닝으로 실시한다!

이미지 트레이닝이요?

머릿속으로 상황을 설정하고 반복해서 훈련하면 실제 상황에 직면했을 때 몸이 자연스럽게 반응하게 되지.

효과가 있을까요?

그럼! 운동선수들이나 특수부대 요원들이 이미지 트레이닝으로 수련한다는 건 널리 알려진 사실이라고.

아!

만우가 고개를 끄덕였다.

소주잔 하나 더 가져와라.

만우가 찬장을 여는 사이 봉팔은 냉장고에서 생수를 꺼냈다. 가만, 하려면 제대로 해야지. 생수에 이어 캔맥주와 헛개차가 덩달아 끌려 나왔다.

맥주잔도 두 개 가져와.

네.

소주와 생수, 맥주와 헛개차가 열병식을 하는 정예 요원들처럼 각각의 잔과 함께 식탁 위에 늘어섰다. 담뱃갑과 빈 깡통이 뒤를 따랐다.

네 담배는 그걸로 하면 되겠다.

봉팔이 만우의 문제집에 꽂혀 있는 하얀 볼펜을 가리켰다.

나는 맥주와 소주를 마실 테니 너는 헛개차를 맥주, 생수를 소주라고 생각하면서 어른의 분위기를 느껴봐라. 볼펜을 담배라고 생각하고. 이 깡통은 재떨이 대용이야, 알지?

집 안에서 담배 피우면 엄마한테 혼나지 않아요?

어, 그건 절대 안 되지.

상상만으로도 몸서리가 쳐지는지 봉팔이 파닥파닥 고개를 저었다.

담배 연기는 너한테도 해롭다고. 나도 그냥 피우는 시늉만 할거야.

근데 몸에 안 좋다면서 아빠는 왜 자꾸 담배를 피워요?

글쎄. 살다 보니, 그렇게 됐어. 그니까 너는 어른이 돼도 웬만하면 담배엔 손대지 마라. 그리고 이제 아버지라고 부르라니까.

아, 네.

그럼 시작해볼까. 훈련은 실전처럼, 실전은 훈련처럼! 오케이?

숙련된 조교가 시범을 보이듯 봉팔이 시원스레 맥주잔과 소주잔을 비웠다. 봉팔을 따라 만우도 맥주 같은 헛개차와 소주 같은 생수를 차례로 들이켰다. 밍밍한 맛에 만우의 미간이 찌부러졌다. 봉팔이 두 눈을 부릅떴다. 아들을 꾸짖기 위함이 아니었다. 빈속에 맥주와 소주가 들어가자 봉팔의 위장이 요동치고 있었다. 약한 모습을 보일 순 없지! 더욱 눈을 부릅떴지만 위장의 경련은 쉽게 가라앉지 않았다. 어떻게든 속을 달래려고 봉팔은 재빨리 담배를 입에 물었다가 빼며 허공에 가상의 담배 연기를 피워 올렸다. 담배 연기가 아니라 알코올 증기가 뿜어져 나오는 기분이었다. 만우 역시 봉팔을 따라 가상의 담배 연기를 허공에 피워 올렸다. 공손히 옆으로 고개를 돌려서.

솔직히 말해봐. 너 진짜 담배 한 번도 안 피워봤어? 폼이 예사롭지 않은데?

한 번도 안 피워봤다니까요!

그래? 그럼 완전 체질인데.

아빠, 그거 칭찬인 거죠?

그…렇지, 뭐. 참, 아버지라고 하라니까.

아, 네.

봉팔의 칭찬에 고무된 만우는 제가 먼저 헛개차와 생수를 연달아 들이켰다.

거, 너무 급하게 마시는 거 아니냐.

만우와 박자를 맞추느라 봉팔은 눈을 더 부릅떴다. 이거 안 되겠는데. 안줏거리라도 찾아서 먹어야겠다고 생각하는 사이 만우가 잔을 또다시 비웠다. 이 녀석 봐라? 봉팔도 지지 않고 잔을 비웠다. 그렇게 몇 차례 더 잔을 비우는 사이 봉팔의 시야가 뿌예졌다. 분명히 가상의 담배 연기를 내뿜었는데 눈앞이 침침하네. 밤을 새워서 그런가. 진짜 안주라도 좀 먹어야겠다. 그런 생각을 끝으로 싹둑,

봉팔의 필름이 끊겼다.

만우는 호흡을 가다듬었다. 심장 박동이 어깨를 타고 넘어와 손끝에서 쿵쾅거렸다. 나는 성인이다. 나는 성인이야. 나는 성인이라니까. 마음속으로 한껏 마인드 컨트롤을 한 후 편의점 문을 밀었다.

어서 오세요.

한 걸음 내딛자 예상대로 계산대 쪽에서 반응을 보였다. 그쪽을 응시할 필요는 없다. 가슴을 펴고 도도하게, 살짝 턱을 들고 주류 코너로 향한다. 샌드위치나 소시지가 당기지만 유혹에 넘어가면 안 된다. 냉장 쇼케이스 문을 열고 맥주를 한 캔 골라서 계산대로 간다. 계산대에 턱, 맥주를 올려놓고 당당한 눈빛으로 점원을 건너다보며 말한다.

담배 하나 주세요.

오케이. 거기까지.

아침 댓바람부터 안주도 없이 맥주와 소주를 번갈아 마시느라 필름이 끊겼던 봉팔은 다음 날 편의점에서 만우의 특별 훈련에 돌입했다. 만우는 신병교육대에 갓 입소한 훈련병 같은 표정으로 봉팔의 입에 집중했다.

내가 하나하나 교정해줄 테니까 잘 들어. 일단 복장이 문제다. 이건 누가 봐도 고딩 범생이 복장이잖니. 신발은 운동화 말고 슬리퍼다. 오케이? 바지는 헐렁한 반바지. 윗도리는 민소매 티. 거, 왜, 목 늘어난 거 있지?

찾아볼게요.

혹시 오늘 세수했니?

그럼요.

안 한 얼굴인데? 그럼 세수는 상관없겠고. 아, 당분간 면도하지 마. 그리고 걸음을 너무 의식하지 마. 무슨 패션쇼도 아니고. 그냥 평소처럼 걸으면 돼. 그게 잘 안 되면 손을 바지 주머니에 넣어봐. 슬리퍼도 좀 질질 끌고. 술은 국산 맥주 말고, 수입산. 네 캔에 만 원짜리. 그게 잘 나가니까. 때가 때인 만큼 유럽이나 미국산으로 하자. 칭따와도 괜찮고.

어떤 게 유럽이나 미국산인데요?

하긴, 상표랑 회사 지분이 전혀 다른 경우도 있다더라. 잘 모르겠으면 그냥 하이니킨으로 해.

하이니킨 다 떨어졌으면요?

그럼 바드와이져.

바드와이져가 세 캔밖에 없으면요?

만우야.

네?

다른 거랑 섞어서 사도 네 캔에 만 원이야.

네.

그리고 아, 뭐 얘기하려고 했는데 바드와이져 세 캔 때문에 까먹었네. 근데 너 안 적냐?

녹음하고 있는데요.

봉팔이 마뜩잖은 표정으로 만우를 건너다보는 순간 편의점 문이 열렸다.

어서 오세요!

곧바로 터져 나오는 아버지의 인사말에 만우는 왠지 가슴이 뭉클했다. 이것이 가족을 먹여 살리려는 가장의 모습이로구나. 특훈은 잠시 중단되었고 만우는 뭉클한 가슴을 안고 즉석식품 쇼케이스 앞에 서서 손님이 나가기만을 기다렸다. 뭉클뭉클 버무려진 햄에그 샌드위치가 참으로 먹음직스러워 보였다. 잠시 실례하겠습니다. 만우는 샌드위치를 살짝 들어 올려 유통기한을 확인했다. 안타깝게도 내일 아침 9시까지였다. 만우는 얌전히 샌드위치를 내려놓았다.

　문을 나서는 손님의 뒷모습을 바라보던 봉팔의 시선이 거리로 향했다. 바깥은 온통 아우성이었다. 좌로, 우로, 위로, 아래로, 사방으로 빽빽이 달라붙은 간판들이 조금이라도 더 매출을 올리겠다고 악을 쓰는 전쟁터였다. 이 핏빛 바다에서 살아남으려면 반드시 이번 작전을 성공시켜야만 했다.

　아들아.

　네. 아버지.

　밖을 한번 봐라.

　뭐가 보이냐?

　가게랑 간판들이요.

　맞다. 근데 그렇게 겉으로 보이는 거 말고, 저 간판들을 보면 뭐 떠오르는 게 없니?

　심해 깊숙이 내려간 잠수정처럼 만우는 골똘히 생각에 잠겼다. 그러고는 도무지 떠오를 기미가 보이지 않았다. 너무 깊게 생각하는 거 아니냐? 아무 생각도 안 나면 그렇다고 하든가. 괜한 걸 물었나. 그래, 내 잘못이다. 봉팔이 귀를 후비던 손가락을 빼는 찰나 실종된 잠수정으로부터 무전이 오듯 만우의 입에서 단어 하나가 툭 튀어나왔다.

　낚시터요.

　낚시터? 어째서?

다들 뭔가 낚아보겠다고 낚싯줄을 던지고 있는 것 같아요. 고기가 잘 잡히면 계속 낚시를 하는 거고 성과가 없으면 떠나야 하고요. 자릿세를 받는 사람들도 있고, 자리를 소개하는 사람들도 있고요. 낚시용품이나 미끼를 공급하는 사람들도 있겠죠?

봉팔의 입이 동그랗게 벌어졌다.

오, 훌륭한 통찰이구나! 그런 생각을 하다니. 진짜 어른이 다 됐네. 네 말대로 이 세상은 정말 거대한 낚시터다. 이번 기회에 상도덕을 뒤엎고 우리 가족의 생존을 위협하는 저 무뢰배들을 제대로 한번 낚아보자!

예, 아버지!

만우는 커다란 두 주먹을 꼬옥 움켜쥐었다.

어디까지 했더라?

바드와이져 세 캔이요.

아, 맞다. 술을 샀으니 안주도 골라야지. 안주는 마른오징어다.

너무 질기지 않을까요?

그건 모르고 하는 소리야. 인생과 술 사이에는 씹는 맛이 있어야 하는 법이거든.

만우는 봉팔의 말을 가슴에 새겼다.

그다음은 담배다. '담배 주세요'가 아니라, 정확히 상품명을 말해야 해.

뭐로 할까요?

무난하게 니종 블루로 하자. 혹시 다 떨어졌다고 하면 소보로 라이트. 둘 다 떨어질 리는 없으니 걱정하지 마라.

선수를 치듯 봉팔이 말했다.

라이터도 사야 하잖아요?

아니, 라이터는 이미 네가 가지고 있어야 해. 쓸어 담는다는 느낌을 주면 안 되거든. 이런 게 바로 디테일이지.

맘에 드는 컷을 구상한 영화감독처럼 봉팔은 혼자 고개를 끄덕였다.

에, 그리고….

봉팔의 시선이 계산대 아래로 향했다. 덩달아 만우의 시선도 가라앉기 시작했다. 봉팔의 시선을 힐끔거리며 아래로 아래로 쫓아간 곳에는 얼굴을 화끈거리게 하는 동시에 수상쩍은 미소를 짓게 만드는 물건이 있었다.

콘돔이었다. 만우는 고개를 들어 봉팔을 보았다. 만우와 눈이 마주치자 봉팔은 말없이 고개를 끄덕였다. 느닷없는 폭우에 물이 불어난 호수처럼 만우의 입안에 침이 잔뜩 고였다. 만우는 침을 꿀꺽 삼켰다. 그의 큼지막한 손이 콘돔 하나를 집어 드는 순간 봉팔이 고개를 가로저었다.

좀 전엔 고개를 끄덕이셨잖아요.

잘못 골랐다는 뜻이야.

잘못 골랐다고요?

거기 뭐라고 쓰여 있는지 읽어봐.

초박형이요.

초박형은 미성년자에게 판매해도 아무 문제 없어.

그럼 왜?

옆에 있는 걸 골라야지.

초박형 콘돔 옆에는 형제처럼 든든하게 돌출형 콘돔이 진열되어 있었다. 만우는 조심스레 초박형 콘돔을 제자리에 내려놓고 돌출형 콘돔을 집어 들었다. 이름부터 뭔가 파워풀하네.

같은 콘돔인데, 이건 안 돼요?

응. 그건 미성년자 판매 금지야.

왜요?

나도 몰라. 누가 정했는지 모르지만, 법이 그래.

거참…. 미성년자는 파워풀하면 안 되는 걸까. 잔뜩 부풀어 오른 콘돔처럼 봉팔도, 만우도 알쏭달쏭한 기분이었다.

자, 맥주, 담배 그리고 돌출형 콘돔. 쓰리 콤보로 가는 거다. 오케이? 이 정도면 영업정지 당하고도 남을 거다. 작전 개시 전까지 이거 다 가방에 넣어서 항상 가지고 다니도록 해. 저기 라이터도 챙기고.

왜요?

거봐, 거봐. 아직 정신 개조가 덜 됐다는 증거라니까. '이것들이 다 내 거다' 하는 자신만만함이 있어야 안 걸린다니까.

아버지의 치밀함에 만우는 고개를 조아렸다.

한 번, 두 번, 세 번 훈련을 거듭할수록 모든 게 자연스러워졌다. 드디어 네 번째. 만우가 돌출형 콘돔을 파워풀하게 들어 올렸을 때 봉팔은 마음속으로 크게 박수를 쳤다. 일취월장이로군. 어디 하나 흠잡을 곳이 없어. 박수가 끝날 무렵 편의점 문이 열렸다.

어서 오….

봉팔의 목소리가 얼어붙었다. 뭐지? 고개를 돌린 만우 역시 이스터섬에 우뚝 선 모아이처럼 몸이 굳었다. 선영이 서 있었다. 선영의 시선이 돌출형 콘돔에서 만우에게로, 만우에게서 봉팔에게로, 그리고 다시 콘돔으로 향했다. 삼각형의 꼭짓점이 완성되는 순간 마법진이 활성화되듯 편의점 내부에 가공할 에너지가 폭발했다.

하늘이 도왔는지 사망자는 나오지 않았다.

드디어 거사 당일 봉팔은 만우의 우람한 팔뚝을 멍하니 바라봤다. 어째서 거기에 잉어가 붙어 있는 거냐. 봉팔은 혼란스러웠다. 잉어는 싱싱했다. 방금 낚아 올린 것처럼. 온몸을 뒤덮은 비늘은 갑옷처럼 탄탄했고, 커다란 눈알엔 생기가 넘쳤다. 두툼한 주둥이는 무엇이든 집어삼킬 것 같았다.

핏속에 흐르던 본능이 결국 눈을 뜬 건가. 장모님의 큰오빠는 커다란 용이 온몸을 휘감고 있었다지. 건달로 살다가 일찍 생을 마감했다고 들었다. 나와바리 하나를 평정했다지만 결국 외롭고 비참한 결말로 귀결된 삶이었을 터. 봉팔은 아들의 앞날에 암막처럼 드리워진 먹구름을 느꼈다. 아들이 어둠의 길로 들어서는 걸 보고만 있을 수는 없었다. 곧 작전을 시작할 시간이지만 절대로 그냥 넘어갈 수 없는 일이었다. 아랫배에 저절로 힘이 들어갔다.

진짜 같죠?

진짜…, 같냐니?

어럽쇼. 뭔가 김이 새는 느낌을 받으며 봉팔이 되물었다.

역시, 딱 속으셨네. 이거 그린 거거든요.

진짜 문신이 아니라고?

믿을 수 없다는 표정으로 봉팔이 만우에게 다가갔다.

만지면 안 돼요! 사인펜으로 그린 거라 물 묻거나 손 닿으면 지워진단 말이에요.

만우가 화들짝 놀라며 봉팔의 손을 피해 뒤로 물러섰다. 뒷짐을 진 채 문신 감정사처럼 잉어를 들여다보던 봉팔의 얼굴에 화색이 돌았다. 아들의 앞날에 드리웠던 먹구름이 걷히자 잔뜩 올라갔던 뱃살이 스르르 내려앉았다.

이 정도면 아무도 절 미성년자로 보지 않겠죠?

이거 정말 신의 한 수로구나. 완전 동네 양아치, 아니 조폭이 네, 조폭!

뭔가 기분이 좋으면서도 씁쓸한데요?

그림도 잘 골랐네. 잉어는 재물과 행운의 상징인데. 어디서 한 거야?

민서가 그려줬어요.

역시 내 딸이네. 웹툰 작가 지망생다워!

3만 원만 주시면 돼요.

뭐?

활짝 폈던 봉팔의 얼굴이 순식간에 구겨진 지폐처럼 찌그러 졌다.

민서가 공짜로 해줬을 리 없잖아요.

그래도 그렇지, 뭐가 그렇게 비싸?

가족의 '존망'이 걸린 일이라는 걸 알았다면 민서도 그냥 해줬 을 거예요. 하지만 이건 비밀 작전이잖아요. 그래서 값을 깎을 수 가 없었어요. 지난번 머리 염색 때문에 미안한 것도 있고요. 아 무튼 이거 진짜 문신으로 새기면 수십만 원 들걸요. 그거에 비하 면 엄청 싼 거라고 생각하세요.

아니, 너는 왜, 굳이 안 해도 될 걸 해가지고. 넌 얼굴 자체가 성인 신분증이라니까! 참 나.

좀 전에는 신의 한 수라면서요. 작전을 성공시키려면 투자가 필요한 거 아니겠어요? 우리 가족을 위한 일이니까, 저도 만 원 보탤게요. 2만 원만 주세요. 그리고 작전비도 주셔야죠. 술이랑 담배랑 다 사려면 3만 원은 있어야 해요.

만우가 비용을 줄줄 읊어댔다. 신의 한 수는 신이 둬야지, 왜 지가 두는 거야. 구시렁거리며 봉팔이 지갑을 꺼냈다. 만 원짜리 지폐 네 장이 빼꼼히 보였다.

일단 작전비만 받아. 그림값은 나중에 줄게.

만우가 계산대를 쳐다봤다.

안 돼. 시재 안 맞으면 엄마한테 죽어.

알았어요. 꼭 주셔야 해요.

꾹꾹 일수 장부를 눌러 적듯 만우가 힘주어 말했다.

경찰한테 어떻게 걸릴지는 생각해뒀니?

이거면 돼요.

만우가 바지 뒷주머니에서 납작한 블루투스 스피커를 꺼냈다.

이게 보기에는 얇지만 소리가 엄청나거든요.

역시! 날 닮아서 머리가 비상하구나.

봉팔은 곧바로 만우의 작전을 알아차렸다.

근데 그거, 민서 거 아니니?

빌렸어요.

봉팔의 입에서 한숨이 흘러나왔다.

그건 또 얼마에 빌렸는데?

걱정하지 마세요. 아버지 지갑 사정 다 알아요. 그래서 잠시, 몰래, 빌렸어요.

대의를 위해 어쩔 수 없이 부도덕한 행위를 저질러야만 하는 비밀 요원의 비애를 만우가 곱씹는 사이 봉팔은 안도의 숨을 내쉬었다.

봉팔과 만우는 나란히 서서 창밖을 바라봤다. 밤 10시. 어둠이 내린 도로 저편에 B사의 편의점 간판이 빛나고 있었다. 만우는 바지 주머니에 넣어둔 라이터를 만지작대며 머릿속으로 계산기를 두드렸다. 민서한테 주기로 한 그림값이 만 원. 아빠한테 2만 원을 받기로 했으니까 만 원이 남는다. 히히. 이제 작전만 성공하면 최신 휴대폰이 내 손에 딱! 만우의 입꼬리가 좌우로 쑈욱 올라갔다. 봉팔은 유리창에 비친 자신의 정수리를 훑어봤다. 빼앗긴 들에도 봄이 오듯 작전이 성공하면 새로운 머리털들이 돋아나겠지. 반드시 무너뜨린다! 서로 아무 말도 주고받지 않았지만 봉팔과 만우는 마음속으로 같은 구호를 외쳤다.

슬슬 시간이 되었구나. 성공을 기원하마.

봉팔이 힘차게 만우의 등을 두드렸다.

아아아아!

만우가 비명을 지르며 불판에 올려진 오징어처럼 몸을 뒤틀었다. 그러니까…,

특별 훈련의 폭발 사고에서 살아남았던 날 만우는 자신의 등을 민서에게 보였다. 오빠, 피멍 들었는데? 민서의 말에 만우는 딸꾹질이 나올 뻔했다. 설마 했는데 거울에 비친 만우의 등에는 시뻘겋다 못해 푸르뎅뎅한 손바닥 자국이 선명하게 남아 있었다. 엄마의 과거가 심히 의심스러워지는 순간이었다. 수백 년 전 강호에서 사라졌다는 여래신장의 숨은 전수자가 아니고서야 어떻게 이런 손자국을 남길 수 있지? 아무리 아들이 파워풀한 돌출형 콘돔을 들고 있었다고 해도 이건 너무하지 않나. 혹시? 초박형 콘돔이었다면, 괜찮았을까? 하긴 엄마는 이번 작전을 전혀 모르는 상황이니 그 심정을 이해 못 하는 것은 아니었다. 언젠가 아들이 짊어져야 했던 고뇌를 알게 된다면 아들의 등에 여래신장을 날린 걸 분명 자책하시겠지. 만우는 가족에게까지 외면당해야 하는 비밀 요원의 숙명을 절감했다. 한 가지 걸리는 건 아버지의 반응이었다. 엄마의 따발총 같은 잔소리에 아버지는 신기하게도 귀가 아니라 배의 통증을 호소했다. 아랫배를 움켜잡고 화장실로 달려간 후 돌아오지 않았다. 과연 아버지가 선언한 면책특권을 신뢰해도 되는 걸까? 아버지가 엄마의 여래신장으로부터 나를 지켜줄 수 있을까? 역사상 얼마나 많은 요원들이 지령을 내린 기관으로부터 버림받았을까? 결국 비밀 요원은 자신 외에는 아무도 믿어서는 안 되는 거겠지. 아버지의 특훈 과정을 녹음한 건 현명한 선택이었다. 스스로 살길을 찾아야만 하는 것이다. 온갖 상념이 만우를 흔들었다. 하지만 그런 건 다 나중의 일. 지금

은 작전에만 집중해야 한다며 만우는 스스로를 독려했었다. 어
쨌거나…,

맞아서 멍든 데를 또 맞으면 처음 맞을 때보다 훨씬 더, 아픈
법이다.

왜 그래?

아부지, 제발…, 등은 건들지 말아주세요.

오징어가 타들어 가는 듯한 목소리로 만우가 대답했다.

대지에 축적된 열기가 어둠을 뚫고 피어올랐다. 후텁지근한
바람이 휘몰아쳤다. 비가 오려나. 만우는 바지 주머니에 양손을
찔러넣은 채 거리를 걸었다. 오늘 밤 모든 것이 결정된다. 남몰래
여래신장을 연마하는 엄마와 계산대를 지키며 웹서핑 삼매경에
빠진 아버지, 폭탄 머리를 한 채 헤헤거리는 동생의 얼굴이 슬라
이드 사진처럼 만우의 뇌리를 스쳤다. 가족의 미래가 자신에게
달려 있다는 책임감에 발걸음이 무거웠다. 깊은 고뇌에 빠져 걷
느라 만우는 미처 깨닫지 못했다. 코끼리 같은 덩치에 팔뚝에는
잉어 문신을 새기고, 슬리퍼를 질질 끌며 밤거리를 어슬렁거리는
한 남자를 피해 행인들이 슬금슬금 길을 터주고 있다는 사실을.

적진 앞에 선 만우는 묘한 기시감을 느꼈다. 어두운 거리를 향
해 B사의 편의점이 하얀빛을 쏟아내고 있었다. 그는 고개를 돌
려 아버지가 운영하는 A사의 편의점을 바라봤다. 각 회사를 상

징하는 색을 지운다면 A사와 B사의 편의점은 별반 다른 점이 없어 보였다. 집어등을 켜고 조업 중인 두 대의 통통배 같은 느낌이랄까. 역시 세상은 거대한 낚시터 같다고 만우는 생각했다. 이렇게 지척에 배를 붙여 어로 작업을 하는 건 명백한 조업 구역 침범이지. 아무도 도와주지 않는다면 스스로 지키는 수밖에. 만우는 마음속으로 편의점의 색을 지웠다. 색이 걷히자 눈앞의 편의점이 익숙한 공간으로 느껴졌다. 훈련한 대로 신속하게 치고 빠진다. 그는 라이터를 주무르며 무채색으로 변한 편의점을 향해 돌진했다.

유리문을 열자마자 시원한 에어컨 바람이 만우의 몸에 덮인 열기를 걷어갔다.

어서 오세요.

곧바로 계산대 쪽에서 반응을 보였다. 그런데 이게 뭐지? 생크림처럼 부드럽고 달콤한 목소리가 예리한 낚싯바늘처럼 만우의 귀를 잡아끌었다. 조금 전까지만 해도 다이아몬드처럼 굳고 곧았던 만우의 결의가 살짝궁 물러졌다. 안 돼! 도도하게 앞만 보고 주류 코너로 가는 거야! 이성이 만우를 다그쳤지만 먼저 몸을 장악한 쪽은 본능이었다. 만우의 고개가 저절로 목소리의 주인을 향해 돌아갔다.

맙소사. 만우는 하마터면 손에 쥔 라이터를 놓칠 뻔했다. 태어나서 처음으로 그는, 천사를 보았다. 어디선가 나타난 작은 요정

들이 금가루를 흩날리며 계산대 주위를 날아다니고, 흑백으로 마인드 컨트롤했던 편의점 내부는 어느새 총천연색으로 빛나고 있었다.

뒤늦게 본능을 몰아낸 이성이 만우의 다리를 움직였다. 주류 쇼케이스 앞에서 만우는 잠시 호흡을 골라야 했다. 이 무슨 하늘의 장난이란 말인가. 침몰시켜야 할 적진에 이 세상 사람이라고는 볼 수 없는 아가씨가 있다니. 조국과 사랑 사이에서 번뇌해야 했던 수많은 비밀 요원들의 심정을 비로소 이해할 수 있었다. 이럴 때가 아니라니까! 가족을 생각해야지. 다급해진 이성이 만우의 눈앞에 가족들 사진을 들이밀었다. 그래, 중요한 건 임무다. 시간을 지체할수록 불리해진다. 정체가 탄로 나지 않으려면 신속하게 작전을 수행해야 한다. 만우는 재빨리 하이니킨 네 캔을 챙기고 마른오징어 한 마리를 낚아채서 계산대로 갔다.

니종 블루 하나 주세요.

네.

세상의 모든 달콤함과 부드러움이 녹아 있는 목소리가 코앞에서 만우의 심장을 강타했다. 오, 마이 갓! 폭주하려는 심장에 이성이 가까스로 헤드록을 걸었다. 오래 버티진 못할 거야. 빨리 다음으로 넘어가라고! 이성이 소리쳤다. 계산대 아래로 향하는 만우의 시선이 파르르 떨렸다. 손이…, 움직이질 않았다. 이토록 순결하고 아름다운 천사 앞에 파워풀한 돌출형 콘돔을 들이미는 건 그야말로 불경스러운 일이 아닐 수 없었다. 술과 담배만으로도 충분히 목적을 이룰 수 있지 않을까. 헤드록을 하느라 진이 빠진 탓에 더 이상 이성도 만우의 일탈을 막지 못했다. 만우는 과감히 작전에서 콘돔을 배제했다.

돈통을 여는 천사를 바라보며 만우는 작전 일부를 누락했다는 자책감과 동시에 정체를 알 수 없는 안도감을 느꼈다. 이름과 전화번호, 인스타그램이나 얼굴북 주소 같은 것들이 적힌 메시지를 받고 싶었지만 돌아온 건 잔돈과 무미건조한 영수증뿐이었다.

또 오세요.

아쉬운 마음을 안고 편의점을 나서는 만우의 뒤통수에 천사의 목소리가 향수처럼 스며들었다. 만우는 얼떨결에 계산대를 향해 고개를 숙여 인사했다. 천사가 미소를 지었다. 어떻게 문을 나섰는지 기억이 나지 않았다. 후끈거리는 열기가 온몸을 에워쌌다. 만우가 들어갔던 곳은 편의점이 아니라 천국이 분명했다.

두 번째 작전 포인트로 향하는 만우의 심경은 착잡했다. 가장 어려운 고비를 무사히 넘겼다. 작전은 성공할 것이다. 하지만 만우의 성공은 천사의 불행을 의미했다. 영업정지를 받으면 틀림없이 일자리를 잃겠지. 가족을 구하는 대신 천국을 무너뜨리는 악마가 되는 건가. 이율배반적인 상황에 만우는 깊은 무력감을 느껐다. 만우가 천사를 위해 할 수 있는 건 아무것도 없었다. 찢어지는 가슴을 끌어안고 걷느라 만우는 미처 깨닫지 못했다. 저기 혹시 잘린 손이나 발이 들어 있는 거 아니야? 조폭으로 보이는 거구의 남자가 손에 쥔 검은색 비닐봉지를 수상쩍은 눈빛으로 바라보며, 행인들이 그를 피해 걸음을 재촉하고 있다는 사실을.

만우는 근처 아파트 뒤에 있는 작은 공원으로 들어갔다. 벤치에 자리를 잡고 비닐봉지를 내려놓았다. 고개를 들어보니 아파트 창문들이 여기저기 열려 있었다. 작전 수행에 안성맞춤인 밤이었다. 뒷주머니에서 블루투스 스피커를 꺼낸 만우는 첩보 위성과 지상의 단말기를 연결하듯 신속하게 스피커와 휴대폰을 페어링했다. 음악 앱을 열고 최신 힙합곡으로 목록을 정렬했다. 마음 같아서는 가슴을 달래줄 발라드를 듣고 싶었지만 감상에 젖을 때가 아니었다. 아파트를 향해 스피커를 세운 후 만우는 숨을 깊이 들이마셨다. 그리고 과감히 플레이 버튼을 눌렀다. 강렬한 음악이 눅눅한 밤공기를 두들겨대기 시작했다.

더위 탓인지, 작전 때문에 긴장한 탓인지, 천사를 향한 동경으로 가슴이 타오른 탓인지 극심한 갈증이 만우의 목을 압박했다. 생수도 사 올걸. 이거라도 마실까. 아직은 미성년자라 술 마시면 안 되는데…. 어차피 몇 개월만 있으면 성인이니까, 쪼끔 먹는 건 괜찮지 않을까. 캔맥주를 손에 쥐고 망설이던 만우는 결국 캔 뚜껑을 당겼다. 시원하긴 한데 입이 허전하네. 입맛을 다시던 만우는 오징어를 집어 들었다. 커다란 손끝에서 오징어가 종잇장처럼 찢겼다.

질겅질겅 오징어를 씹으며 만우는 편의점 아가씨를 생각했다. 비단결 같은 그녀의 머리카락을 자신의 손으로 샴푸하고, 다듬고, 염색하고, 파마해주는 상상을 했다. 그물에 걸린 물고기처럼 만우의 마음은 이미 그녀의 것이었다. 파닥파닥. 만우는 상상의 그물 속에서 몸부림쳤다. 하지만 편의점이 영업정지를 당한다면 그녀가 만우에게 마음을 열 리 없었다. 프로페셔널한 요원이라면 임무를 완수하는 동시에 사랑도 쟁취할 수 있어야 하는 법. 아아, 나는 아직 진정한 프로가 아니로구나. 극심한 자괴감을 느끼며 만우는 캔을 하나 더 땄다.

상쾌하게 열리는 캔 소리가 만우의 뇌리를 자극했다. 만우는 문득 너튜브에서 본 '머리가 좋아지는 법'이라는 동영상이 떠올랐다. 어느 너튜버가 '씹기 운동이 뇌에 공급되는 혈류량을 증가시켜 두뇌 활동을 촉진한다'는 연구 결과를 검증한다며 올린 영상이었다. 그 너튜버는 10분 동안 열 개의 퍼즐 중 다섯 개를 풀었다. 그리고 10분간 열심히 껌을 씹은 후 다시 퍼즐을 풀었다. 이번에는 10분 동안 여덟 개의 퍼즐을 풀 수 있었다. 질겅질겅. 너튜버를 씹어대는 온갖 댓글이 달렸었다. 믿거나 말거나 어쨌거나 믿져야 본전 아니겠냐는 심정으로 만우는 정성을 다해 오징어를 씹기 시작했다. 시끄럽게 울려대는 음악 소리 따위는 들리지 않았다. 질겅질겅. 질겅질겅. 질겅질겅. 질겅질겅. 짭조름한 오징어의 맛이 씁쓸하다고 느껴질 즈음 번득이는 생각이 턱을 타고 올라와 만우의 뇌리에서 터졌다. 그녀를 우리 편의점으로 스카우트하면 되잖아! 그럼 나와의 관계도 급물살을 탈 테고!

만우는 양팔을 높이 들며 마음속으로 만세를 외쳤다. 인생과 술 사이에는 씹는 맛이 있어야 한다던 아버지의 말에는 역시 삶의 연륜이 녹아 있었다. 만우는 그 많은 가게 중 굳이 편의점을 차린 아버지와 자폭 테러단의 심정으로 가게를 낸 길 건너 편의점 사장과 무조건 북만 울려댔다는 시청 담당 공무원과 우리도 북 좀 칠 줄 안다던 편의점 본사와 말도 안 되는 실험으로 온갖 악플을 받은 너튜버와 집어등을 켜고 밤새도록 오징어를 낚아 올린 어부와 축축한 오징어를 씹기 좋게 말려준 마른오징어 제조업자와 자신의 온몸을 희생해 두뇌에 공급되는 혈류량을 대폭 증가시켜준 오징어에게 감사했다. 폭죽이 터지듯 저기 도로에서 빨갛고 파란 경광등이 번쩍이고 있었다.

테이저건은 잘 챙겼냐. 덩치가 산만 한 게 힘으로 제압하는 건 무리겠다. 외지에서 새로운 조폭이 손을 뻗기 시작한 걸까요. 글쎄. 그럼 골치 아픈데. 여차하면 지원 요청해. 벤치에서 일어선 만우를 올려다보며 김 경장과 이 순경은 그런 눈빛을 주고받았다. 만우는 음악을 끄고 경찰들을 향해 꾸벅 인사를 했다.

예. 선생님, 한잔하시는 중인가 봐요.

김 경장이 약간 당황한 목소리로 대꾸했다. 옆에 선 이 순경은 허리춤에 손을 올리고 테이저건을 만지작댔다.

네. 신분증 검사하셔야죠?

만우가 해맑은 얼굴로 물었다.

다들 잠자리에 들 시간인데 이렇게 음악을 크게 틀면 주민들이 괴롭지 않겠습니까?

네, 알겠습니다. 그럼, 신분증 검사를….

최근에 신분증을 새로 발급받으셨나 봐요? 그 기분 저도 알죠. 새로 찍은 사진을 딱 박아가지고 반짝반짝 윤이 나는 신분증을 지갑에 꽂으면 기분 좋죠. 기분 좋으신 건 알겠는데, 주민들 방해 안 되게 음악 소리를 좀 줄여주세요. 아예 끄면 더 좋고요.

특이한 녀석이네. 생긴 건 영락없이 조폭인데 예의도 바르고. 근데 왜 이렇게 신분증에 집착하는 거야. 뭐, 위험해 보이지는 않으니까 잘 구슬리면 되겠구먼. 취객들을 수없이 상대해온 김 경장이 노련하게 만우를 타일렀다.

어라? 이게 아닌데. 작전이 엉뚱한 방향으로 흘러가고 있다는 걸 만우가 깨달은 순간 생뚱맞은 소리가 밤하늘을 뒤흔들었다.

빠라바라바라밤!

오토바이 10여 대가 도로를 휘저으며 우르르 내달려 갔다.

아, 저놈들 또 시작이네! 선생님, 저희는 가볼 테니까 주민들 생각도 좀 해주세요. 또 신고 들어오면 경범죄로 진짜 처벌받습니다. 기왕이면 편안하게 집에 가서 드세요. 오늘 밤에 폭우가 내린대요.

살짝 으름장을 놓은 후 김 경장은 몸을 돌려 경찰차로 향했다. 만우는 멀어져가는 두 경찰의 뒷모습을 멀거니 바라봤다.

뭐가 잘못된 거지? 계속 오징어를 씹어 두뇌에 피를 마구마구 공급했지만 작전이 실패한 원인을 알 수가 없었다. 수습책도 떠오르지 않았다. 더 씹을 오징어도 없었거니와 계속 오징어를 씹다가는 턱이 남아나지 않을 것 같았다. 음악을 틀어서 다시 경찰이 오게 만들 수는 있다. 하지만 경찰을 화나게 하고 싶진 않았다. 진짜로 처벌을 받는 건 상상하기도 싫었다. 이제 우리 편의점은 어떻게 되는 걸까. 아버지에게 약속받았던 최신형 휴대폰과도 안녕이로구나. 턱관절을 주무르며 만우는 비닐봉지를 뒤적였다. 오징어도 맥주도 다 떨어지고 담배 한 갑만 덩그러니 남아 있었다.

술기운이 오른 탓인지, 과도한 이미지 트레이닝의 부작용 탓인지 만우는 무작정 담배를 피워 물었다. 몸 안으로 녹아든 담배 연기 때문인지 눈앞에서 흩어지는 담배 연기 때문인지 마음이 차분하게 가라앉는 느낌이었다. 부옇게 사라지는 담배 연기와 함께 쓸데없는 근심이 날아가 버리자 남은 건 천사 같은 편의점 아가씨뿐이었다. 어찌 됐든 그녀가 일터에서 쫓겨나지 않아도 된다는 사실이 적잖은 위안이 되었다. 만우는 편의점 아가씨가 몹시 보고 싶어졌다.

아이고, 또 오셨습니까. 단골손님을 맞이하듯 시원한 에어컨 바람이 만우의 몸에 달라붙어 있는 열기를 신속하게 떼어갔다. '어서 오세요'라는 인사말이 들리기도 전에 만우는 계산대 쪽으로 고개를 돌렸다. 그런데 저게 뭐야? 싱글거리던 만우의 표정이 땡볕에 짓눌린 오징어처럼 굳었다.

천사 뒤에 멸치가 붙어 있었다. 만우의 시선을 느낀 천사가 어깨를 주무르던 멸치의 손을 부끄러운 듯 떨어냈다. 만우는 몸을 돌려 주류 코너로 향했다. 만우의 다리를 움직인 것이 이성인지 본능인지 확실치 않았다. 주류 쇼케이스 앞에서 만우는 잠시 호흡을 골라야 했다. 가슴 한복판에서 화산이 치솟는 느낌이었다. 어릴 때 보약을 많이 드셨나. 몸에 열이 정말 많으시군요. 에어컨 바람이 부지런히 만우의 몸을 식혔지만 역부족이었다.

하긴 저렇게 아름다운 천사에게 남자친구가 없을 리 없지. 만우는 서서히 현실을 받아들였다. 그런데도 불타오르는 질투심은 어쩔 도리가 없었다. 정신을 차리고 보니 자신도 모르는 사이 소주 세 병을 손에 쥐고 있었다. 그것도 빨간 뚜껑으로. 계산대 쪽에서 천사의 웃음소리가 들려왔다. 에라, 모르겠다. 만우는 소주 세 병을 들고 계산대로 향했다. 즉석식품을 지나는 순간 불갈비

맛 삼각김밥 세 개가 눈에 들어왔다. 이렇게, 삼각관계가 시작되는 건가! 삼각김밥 세 개도 쓸어 담았다. 천사가 계산을 하는 동안 멸치는 옆에서 까불까불 아양을 떨었다. 천사의 미소를 바라보는 만우의 가슴에 화산이 폭발하며 치솟은 재가 쏟아져 내렸다.

됐어요.

영수증을 내민 천사의 손이 무안해지도록 만우는 무뚝뚝한 말을 던지고 돌아섰다.

다시 공원으로 돌아온 만우는 소주를 벌컥벌컥 들이켜 가슴을 식혔다. 삼각김밥을 내려다보고 있노라니 은근히 부아가 치밀었다. 멸치처럼 말라비틀어진 녀석이 뭐가 좋다고. 조금만 시야를 넓히면 생각이 달라질걸! 쓸데없는 비방과 억측과 망상을 곁들여 만우는 삼각김밥을 우적우적 먹어치웠다. 소주 세 병과 삼각김밥 세 개를 먹어치우자 우렁차게 트림이 나왔다. 속이 후련해지면서 천사와 멸치와 자신의 관계가 명확해지는 느낌이 들었다. 그래, 한번 정정당당하게 겨뤄보자. 누가 그녀의 사랑을 차지할지. 알딸딸한 기분을 뚫고 용기가 치솟았다. 근데 아까부터 자꾸 어디서 시끄러운 소리가 들리는 거야?

저쪽 벤치에서 고등학생으로 보이는 조무래기 다섯이 술을 마시며 시시덕거리고 있었다. 일생일대의 출사표를 던지는 엄숙한 순간인데 왜 자꾸 초를 치는 거야. 짜증 나게.

야!

호랑이의 포효 같은 외침에 조무래기들이 일제히 만우를 바라봤다.

좀 조용히 하자!

지가 뭔데, 어이없어, 미친 거 아니야 같은 말들이 웅얼웅얼 욕설과 함께 들려왔다.

만우는 담배를 입에 물고 라이터를 꺼내 들었다. 어둠을 찢고 나온 라이터의 불꽃이 금세 담배로 옮겨붙었다. 몸을 일으킨 만우가 거칠게 담배 연기를 내뿜었다. 국립공원에서 뛰쳐나온 시베리아 불곰 같은 형상에 웅성대던 조무래기들이 조용해졌다. 조심해. 저 주먹에 꿀밤이라도 한 대 맞으면 두개골이 부서질지도 몰라. 조무래기들의 뇌에 이성이 강력하게 헤드록을 걸고 있었다. 그런데 그중 하나, 뇌가 잔뜩 알코올에 절여져 흐물거리는 조무래기가 있었다. 이성의 헤드록에서 빠져나온 여자애 하나가 터벅터벅 앞으로 나와 만우를 올려다봤다.

잠시 적막이 흐르는가 싶더니 갑자기 여자애가 욕을 퍼붓기 시작했다. 만우가 생전 듣도 보도 못한 강력한 욕들이 대공포 사격을 하듯 쉬지 않고 날아들었다. 놀라운 정확도와 파괴력에 창의성까지 겸비한, 세계 욕쟁이 대회에서 가뿐히 10회 연속 우승을 차지하고도 남을 수준이었다. 혹시 전설적인 욕쟁이 할매의 손녀가 아닐까. 만우는 넋을 잃고 아래를 내려다봤다.

애가 오늘 남친한테 차여서 그래요. 이해 좀 해주세요.

한바탕 포격이 휘몰아친 후 조무래기 하나가 뒤에서 변명하듯 말했다.

야, 이 미친놈들아, 잠 좀 자자!

뜬금없이 아파트 5, 6층 어딘가에서 웬 아저씨가 꽥 소리를 질렀다. 순간 목표물을 쫓아 대공포가 돌아가듯 욕쟁이 할매의 손녀가 아파트 쪽으로 몸을 돌렸다. 다들 아차 하는 사이 여자애의 입에서 엄청난 욕들이 다시 한번 줄기차게 발사되었다. F22 랩터도 피할 수 없을 정도로 빠르고 적확한 욕이었다. 예술적 견지에서 보자면 욕쟁이 할매의 투지와 속사포 같은 래퍼의 그루브가 콜라보를 한 경지라고나 할까. 아파트는 순식간에 벌집이되었다. 숲속에서 자던 새들이 놀라 딸꾹질하는 소리가 들린 것 같았다. 그 아저씨, 살아 있기는 할까. 네 걱정이나 하시지. 아파트를 올려다보는 만우를 향해 욕쟁이 할매의 손녀가 다시 몸을 돌렸다.

너희 고등학생이지? 학생이 이런 데서 술 먹고 그러면 쓰나. 이번에는 그냥 눈감아줄 테니까 다들 집에 가. 너도 빨리 집에 가서 자. 네 맘 다 알아. 푹 자고 일어나면 괜찮아질 거야.

손대면 톡 하고 욕이 터져 나올까, 조심조심 만우가 조무래기들을 얼렀다.

네가 내 맘을 어떻게 알아?

욕쟁이 할매 손녀의 입에서 처음으로 욕이 아닌 말이 나왔다.

알아, 안다고.

어떻게 아냐니까?

왜 모를 거 같은데?

여친도 없는 네가 뭘 아냐고!

내가 여친이 있는지 없는지 네가 어떻게 알아?

만우는 왠지 발끈했다.

여친이 없으니까 금요일 밤에 이런 데서 혼자 술 먹고 있는 거 아냐.

자, 잠깐 냉각기라 그런 거야.

여친 이름이 뭔데?

불쑥 치고 들어온 질문에 만우는 말문이 막혔다.

없구나?

있어. 있다고.

그럼 이름 대봐.

수, 수연이!

웃기시네. 너 여친 없지? 지금껏 연애 한 번 못 한 모태솔로지? 딱 보면 알아!

이게 진짜! 내가 여친이 있는지, 없는지, 있었는지, 없었는지, 네가 어떻게 알아?

만우가 언성을 높였다.

그럼, 지금까지 사귄 여친 이름 다 대봐!

악을 쓰는 여자애를 내려다보며 만우는 다시 말문이 막혔다.

진짜 모태솔론가 봐.

저 나이 먹도록? 웬일이니.

조무래기들이 수군거렸다.

야, 이 자식들아!

만우의 고함에 놀란 조무래기들 중 하나가 엉거주춤 주저앉았다.

이것들이 보자 보자 하니까.

만우가 한 발 내딛는 순간 아파트에서 아까 그 아저씨의 웃음소리가 들려왔다.

하하하! 멍청한 놈들, 내가 조용히 당하고만 있을 줄 알았냐. 경찰이 왔다. 어디 경찰한테도 소리 질러보시지.

도로 쪽에서 빨갛고 파란 경광등이 번쩍이고 있었다.

야, 튀어! 조무래기들이 흩어지기 시작했다. 하지만 욕쟁이 할매의 손녀는 꿋꿋했다. 잡아끄는 친구의 손을 과감히 뿌리쳤다. 경찰에게도 욕을 퍼부을 기세였다. 소리를 질러댄 탓인지 만우는 속이 울렁거렸다. 동시에, 실패로 끝난 줄 알았던 작전을 되살릴 기회가 왔다는 걸 직감했다.

다가오는 경찰들을 향해 만우가 꾸벅 인사를 했다. 고개를 들고 보니 아까 왔던 그 경찰들이었다.

아저씨, 제가 집에 가라고 했잖아요. 시끄럽다고 또 신고가 들어왔어요.

짜증을 부리면서도 여전히 조심스러운 태도로 김 경장이 만우에게 말을 건넸다. 이 순경은 이번에도 테이저건을 만지작대고 있었다.

이번에는 제가 아니에요. 얘가 소리 지른 거예요. 그리고 얘 고등학생인데 술 마셨어요. 다른 애들 네 명은 도망갔고요.

선생님에게 고자질하듯 만우가 욕쟁이 할매의 손녀를 가리켰다. 말을 잇기 힘들 정도로 속이 메슥거렸다.

너 학교 어디야?

김 경장이 욕쟁이 할매의 손녀에게 물었다. 만우는 조마조마한 마음으로 여자애의 입을 주목했다. 한바탕 욕이 쏟아져 나올 줄 알았는데 막상 경찰과 마주 서자 여자애의 입이 굳게 닫혀버렸다. 알코올이 뇌를 완전히 점령해버린 걸까. 그래서 욕쟁이 할매의 혼이 떠나버린 걸까. 여자애는 이름도, 나이도, 집도, 학교도, 아무 말도 하지 않았다. 결국 김 경장은 여자애를 데리고 경찰차로 향했다.

저기, 저는 신분증 검사 안 하나요?

돌아서는 이 순경에게 매달리듯 만우가 물었다. 하늘이 준 기회를 놓칠 수는 없었다.

아저씨가 소란 피운 거 아니라면서요. 근데 왜 아저씨 신분증 검사를 해요?

취객은 정말 지겹다는 표정으로 이 순경이 대꾸했다.

그래도…, 웁!

어떻게든 설득을 해보려던 만우는 그만 이 순경 앞에 구토를 하고 말았다. 아이, 참. 폴짝 뒤로 물러선 이 순경은 신발에 토사물이 튀지 않았는지 살폈다. 쪼그려 앉아 구토를 하는 만우가 안쓰러웠는지 그는 곧 만우에게 다가갔다.

아저씨보다 덩치는 작지만 제가 한때 팔괘장을 수련한 몸이라 손바닥 힘 하나는 자신 있습니다. 시원하게 쏟아내고 빨리 집에 가세요.

이 순경은 만우의 등을 힘차게 두드려주었다.

팡! 팡! 팡!

만우는 엉엉 눈물을 흘리며 손을 내저었다. 아저씨, 제발, 등은…. 멍든 데 또 맞으면 진짜 아프단 말이에요! 그렇게 말하고 싶었지만 정작 만우의 입에서 쏟아져 나온 건 구토 소리인지 비명인지 구분하기 힘든, 우렁찬 괴성뿐이었다.

술독에 빠진 잉어가 펄떡대듯 만우가 몸을 꿈틀댔다. 비몽사몽 정신이 가물거렸다. 이윽고 눈을 뜬 만우는 침대에 누운 채눈알을 굴렸다. 자기 방, 자기 침대라는 사실이 기묘하게 느껴졌다. 어떻게 집에 온 거지? 몸을 일으켜 손바닥으로 얼굴을 문지르다가 작전이 실패했다는 사실이 떠올랐다. 실패한 작전 때문인지, 술 때문인지 속이 쓰렸다. 길게 숨을 내쉬자 익숙지 않은 구취가 훅 풍겼다. 만우는 머리를 긁적이며 방을 나섰다.

민서가 소파에서 휴대폰을 보고 있었다. 만우는 민서 옆에 털썩 몸을 던졌다.

술 마셨어? 담배 냄새도 나는데?

민서가 얼굴을 찌푸리며 물었다.

아빠는?

안타깝지만 작전이 실패했다는 사실을 봉팔에게 알려야 했다.

밤에 집은 난리가 났었는데, 아들내미는 술 먹고 담배 피우고. 잘한다, 잘해.

왜? 무슨 일 있었어?

만우가 부은 눈으로 민서를 건너봤다.

어젯밤에 고등학생들이 우리 편의점에서 술을 사 갔대. 이것들이 조용히 먹고 끝났으면 별일 없었을 텐데, 근처 공원에서 소리 지르고 난리를 피우다가 경찰한테 잡혔다잖아.

만우는 정신이 번쩍 들었다. 대공포처럼 욕을 쏘아대던 욕쟁이 할매의 손녀가 떠올랐다.

뭐? 아빠는?

그래서 아빠가 밤에 파출소 갔다 오고. 아침 일찍 또 경찰서

갔어.

만우는 소파를 박차고 일어나 방으로 달려갔다. 휴대폰이 어디 있더라? 보이지 않았다. 지갑도 없잖아! 민서의 블루투스 스피커도 어디에 뒀는지 도무지 생각이 나지 않았다. 만우는 머리카락을 쥐어뜯었다. 딛고 있는 바닥이 와르르 내려앉는 기분이었다. 무작정 방을 뛰쳐나와 신발을 신었다.

어디 가?

민서가 물었지만 대꾸하지 않았다.

밖에 비 많이 와.

만우는 우산 하나를 낚아채서 현관을 나섰다. 장대비가 쏟아지고 있었다. 거리로 나선 만우는 잠시 허둥대다가 경찰서가 있는 쪽으로 달리기 시작했다. 술기운의 여파로 머리가 울렸다. 이게 아닌데. 어쩌다 이렇게 돼버린 거지. 자책감이 폭포수처럼 머리 위로 쏟아져 내렸다.

한참을 달리다 보니 저만치에 익숙한 실루엣이 시야에 들어왔다. 만우의 뜀박질이 느려졌다. 봉팔이었다. 터벅터벅 우산도 없이 비를 쫄딱 맞으며 봉팔이 걸어오고 있었다. 만우는 봉팔을 향해 힘껏 뛰었다. 땅을 보며 걷던 봉팔이 아들을 향해 고개를 들었다. 하룻밤 사이에 확 늙어버린 얼굴이었다.

철퍼덕. 만우가 봉팔의 머리 위에 우산을 씌우는 순간 비에 젖은 모래탑처럼 봉팔의 몸이 무너져내렸다. 초점 없는 눈으로 허공을 응시하는 봉팔의 입 밖으로 커다란 한숨이 쏟아져 나왔다.

아부지!

우산을 내던진 만우가 무릎을 꿇고 봉팔을 끌어안았다. 흘러나간 한숨이 할 말까지 모두 걷어가 버린 듯 봉팔은 아무 말도 하지 않았다.

아버지, 이번 작전은 실패예요. 하지만 분명 다른 방법이 있을 거예요. 힘을 내서 조금만 더 버텨주세요. 그리고 아버지…, 어쩌면 나중에…, 정말… 천사처럼 예쁜 며느리를 보실지도 몰라요. 커다란 두 팔로 봉팔을 끌어안은 채 만우는 마음속으로 속삭였다.

거침없이 쏟아지는 빗줄기가 하나 된 부자의 몸뚱이를 타고 흘러내렸다. 세상은 부서지는 빗소리로 가득했다. 빗방울들의 무수한 아우성에 응답하듯 강렬한 섬광이 하늘을 갈랐다. 뒤이어 우렁찬 천둥소리가 천지를 깨웠다.

문득 만우의 팔뚝에서 커다란 잉어 한 마리가 꿈틀댔다. 온몸을 뒤덮은 비늘은 갑옷처럼 탄탄했고, 커다란 눈알엔 생기가 넘쳤다. 두툼한 주둥이는 무엇이든 집어삼킬 것 같았다. 잠시 몸을 뒤틀던 잉어는 허물을 빠져나오듯 만우의 팔뚝을 벗어났다. 그리고 곧 빗물이 흘러가는 거리로 풍덩, 뛰어들었다. 하염없이 비가 쏟아졌다.

바다에서 온 사람

윤살구

할머니는 바다 출신이다.

바닷가에서 살았다는 의미가 아니다. 말 그대로 바다에서 솟아올랐다. 그래도 심해보다 해수면에 가까운 곳에 살았다고는 하는데, 수심을 말할 때 할머니는 놀라울 정도로 현실감이 부족해졌으므로 그 말을 완전히 믿기는 어려웠다.

아무튼, 할머니가 막 뭍에 올라왔을 때 사진이 좀 남아 있다. 할머니는 그 사진들을 없애지 않고 가지고 있다가 손주들이 물어보면 꺼내서 보여주었다. 사진 속 할머니는 허리 아래가 확실하고 훌륭한 곡선이었다. 격자무늬 비늘이 촘촘히 덮여 있는 모습은 틀림없는 인어였다.

보통 생각하는 것과는 달리 그게 그렇게 대단한 비밀은 아니었던 모양이다. 할아버지는 전쟁 때문에 내려갔던 항구 도시에서 할머니를 만난 후 그곳에서 오래 살았는데, 그 마을 사람들에게 물어보면 다들 할머니에 대해 알고 있었다. 산에서든 바다에서든 이런저런 게 많이도 솟아오르던 시절이었다고 한다. 이 마을에는 나무 속에서 태어난 남자가 살고, 또 저쪽 마을에서는 못에서 건져온 아이가 물갈퀴 달린 발로 걸음마를 하고 그랬단다. 어른들의 태연함은 나이에서 나오는 게 아니라 정말 놀라운 일들을 젊었을 때 모조리 겪는 바람에 훈련된 게 아닌가, 생각할 때가 있다.

바다에서 온 새댁은 사람 신랑하고 결혼할 적에 이미 지느러미를 뗀 뒤였다. 첫인상에 위화감도 없고 바다 주민치고는 사교성도 나쁘지 않아서 사람들 사이에 잘 섞여들었다. 고작 반백 년쯤 전인데 세상이 그렇게 달랐다는 것이 그 뒤에 태어난 사람 입장에서는 가끔 놀라웠다.

"그래서 두 분은 어떻게 만나신 거예요?"

"별거 없다. 그냥 만났어. 사람이 사람하고 만났다는데 뭐가 그렇게 신기해. 나는 이런 거 궁금해하는 너희들이 더 신기하다."

할머니가 귀찮아하면서 대충 대답할 때마다 '할머니는 사람이 아니었잖아요'라고 대꾸하고 싶었지만 버릇없다고 혼날 게 뻔했으므로 조용히 있었다. 할머니는 바다에서 왔다는 건 숨기지 않앉으면서 어쩌다가 뭍으로 올라왔는지는 제대로 이야기해주지 않았다. 이야기해주지 않아도 짐작 가는 게 없지는 않았다. 아마 아주 로맨틱한 만남은 아니었을 것이다. 일단 할머니 본인 의사로 뭍에 올라온 것 같지는 않았으니까. 추측하기로는 블랙마켓 같은 곳에서 처음 보지 않았을까 한다. 블랙마켓의 존재는 별로 놀라울 것 없었다. 그보다는 그 시절이라고 그런 장소가 아주 공개적이지는 않았을 것 같은데, 어쩌다가 우리 할아버지가 거기까지 흘러들었을까가 의문이었다. 내가 기억하는 할아버지는 젊었을 때 키운 근육이 있어서 몸집은 근사했지만 사실 은근히 수줍음이 많은 데다 젠틀한 사람이었는데 말이다. 젊었을 때는 좀 달랐을까. 이미 지나간 시절이고 젊었을 때 할아버지를 아는 사람이라면 우리 중에 할머니뿐인데, 객관적인 대답은 못 들을 것 같아서 사실 확인을 할 수 없었다.

할머니의 콩깍지를 이해 못 하는 건 아니었다. 할아버지는 디즈니 영화에 나오는 것 같은 왕자님은 아니었지만 할머니에게는 마지막까지 다정했으니까. 할머니만 아는 이런저런 깜찍한 부분도 있었을 거다. 그래서 할머니는 할아버지가 자기를 두고 먼저 세상을 떠났을 때도 할아버지를 용서했다.

로맨틱한 첫 만남은 없었지만 무시무시한 구마 같은 것도 없었다. 동네 신부님에게 머리를 잡히거나 지나가던 스님에게 재액을 뒤집어쓰는 일 없이, 할머니는 평범하게 잘 살았다. 내 기억에 종교인들은 오히려 할머니에게 친절한 편이었다. 그거야 할머니가 종교인이든 말든 남에게 예의를 지키는 편이었으니까 그랬겠지만 말이다. 전도를 시도하면 단호하게 쳐내긴 했어도.

종교인들만이 아니라 주변에 있는 사람들 대부분이 할머니에게 친절했다. 할아버지는 전쟁이 끝난 뒤에 항구 근처에서 배 부품을 만드는 공장에 취직했는데 공장 사람들은 할아버지도 할머니도 좋아했다. 인어의 남편이 만드는 배라면 풍랑에도 끄떡없을 거라면서, 할머니가 가끔 할아버지 얼굴을 보러 갈 때마다 요란하게 반겼다고 한다.

틈만 나면 노래를 불러보라고 시키는 건 좀 귀찮았던 것 같다. 인어가 노래를 잘한다는 건 잘 알려진 사실이라 그런 일이 잦았다고 한다. 그래도 시키는 걸 거절하는 것도 좀 그래서 한 곡조 뽑곤 했다고 할머니는 회상했다.

"지금은 왜 안 하세요?"

"그때 평생 부를 노래 다 불러버려서."

"에이, 어머니도. 그런 게 어딨어요."

"몰라, 까먹어서 못 해."

"취미로 뭐 창 같은 거라도 배우시면 좋을 텐데."

"창은 무슨 창? 일없다."

어른들이 지나가는 말로 권할 때마다 할머니는 코웃음을 쳤다. 안 그런 척하지만 할머니는 은근히 육지 사람들 노래를 무시하는 면이 있었다. 동년배 어르신들의 아이돌인 트로트 가수 콘서트에서도 혼자 흥겨워하지 않아서 무려 무대 위에 있던 가수에게 지목을 당하기도 했다. 그리고 할머니는 그 콘서트에서 전설을 남겼다.

"어르신, 왜 이렇게 흥이 안 나 보이세요. 안 즐거우세요?"

"아, 거 노래에 가락이 부족하네, 가락이. 듣는 맛이 요만큼이야."

"아유 어떡해. 우리 어르신께서 제 약점을 아주 꽉 집어버리시네. 놓친 가락, 어르신께 부탁드리면 저도 한 수 배울 수 있을 것 같은데 어떠세요?"

가수가 노래 한 곡 해보시라고 위트 있게 마이크를 건넸을 때, 모시고 갔던 나랑 사촌은 할머니 양옆에서 티 나게 조마조마해하고 있었다. 기세도 대단한 우리 할머니가 당신 자식들에게 하는 것처럼 '이 사람이! 어른에게 그런 거 시키는 게 아뇨' 내지는 '내가 노래를 좀 하긴 하는데 지금은 다 까먹어서 못 하오' 하고 면박을 줄까 봐서였다. 그런데 할머니는 의외로 거절하지 않고 마이크를 잡았다.

나는 그때 할머니 노래를 처음 들었는데, 음…. 그동안 할머니가 왜 시큰둥했는지 단번에 이해할 수 있었다. 그건 육지에서 태어난 사람은 할 수 없는 노래였다. 구사할 수 있는 음역대 자체가 다른 느낌이었다. 관객들은 물론이고 가수에 관계자들까지 흥분

했지만 할머니는 혼자 태연했다. 촬영을 하지 않는 콘서트라서 다행이었고, 지금처럼 동영상 기술이 발전하기 전이었던 것도 다행이었다.

"다 까먹으셨다더니."

돌아오는 길에 할머니하고 나란히 뒷자리에 앉은 사촌이 투덜거렸지만 할머니는 새침했다.

"잠깐 기억났어. 이제 다시 까먹었어."

그런 할머니였지만 식구들이 하나같이 자기 노래를 못 따라오는 것에는 좀 불만을 품었다.

"어휴, 너희들은 다 너희들 아버지를 닮았어. 노래할 줄 아는 녀석이 하나도 없어, 하나도. 다 내가 낳았는데 어쩜 이래."

할머니가 푸념할 때면 할머니 노래를 들어본 어른들은 물론이고 우리에게 무용담을 전해 들은 사촌들까지 얼른 입을 다물었다. 어차피 그때뿐이었다. 말은 그렇게 하면서도 할머니는 엄마와 삼촌들과 이모들에게서, 그들이 낳은 손자들에게서 할아버지의 흔적을 찾곤 했으니 말이다.

우리 엄마는 5남매 중 막내딸이었다. 5남매는 커서 다들 애를 둘씩 낳았기 때문에 한두 집만 모여도 정신이 없었고, 명절에 다 같이 모이면 규모가 굉장했다. 할머니는 자식이나 손주 중에 누군가를 편애하지 않았다. 공평했다. 적어도 내가 보기엔 그랬다. 그래서 가족들이 내 등을 찌르면서 놀릴 때 공감하지 못했다.

"그래도 할머니가 제일 예뻐하는 건 너지."

"그거야 얘가 제일 아버지 비슷하게 생겼잖아."

"우리 때도, 야, 할머니는 너희 엄말 제일 예뻐했어. 너희 엄마가 아버지 닮아서. 아주 판박이야."

"아니 뭐, 판박이까지야."

엄마는 소심하게 부정했지만 내가 보기에도 엄마는 할아버지랑 닮았다. 그리고 나도 아빠보다는 엄마 피가 진한 외탁이었고 말이다. 외가 사람들은 그런 식의 애정에 별다른 콤플렉스가 없는지, 있었는데 건강하게 극복한 건지 할머니 앞에서도 얘기하는 데 거리낌이 없었다. 할머니는 기다, 아니다 하지 않고 조용히 듣고 있다 한두 번 끼어들곤 했다.

"쟤가 제일 복스럽게 생기긴 했지. 너네는 봐라, 그렇게 말라 가지고 참 어디다 쓸거나."

내가 어렸을 때부터 한 덩치 하기는 했다. 보기 싫게 살이 오른 게 아니라 애초에 물려받은 골격이 굵었다. 키도 어떤 그룹에서든 제일 큰 축에 들었다. 성장기에는 아파서 잠을 못 잘 정도였다. 한 계절이 지날 때마다 운동화를 바꾸자 비슷하게 몸집이 좋은 엄마도 질렸는지 어이구, 했다. 나중에는 옷이든 신발이든 항상 한 치수 큰 걸 사야 했다. 그렇지만 살집 있고 덩치 큰 거야 우리 부모 세대 위의 공통된 기호 아닌가. 나는 우리 할머니 말고 다른 집 어르신들에게도 두루 복과 부귀와 장수의 상징 같은 존재였으므로 이모, 삼촌들의 놀림을 대수롭지 않게 넘겼다.

그런 놀림도 오래 이어지지는 않았다. 할머니의 건강 상태가 눈에 띄게 나빠지면서 외가 식구들은 다 함께 침울해졌다. 서로서로 티 내지 않으려고 했기 때문에 오히려 분위기가 더 가라앉았다. 형제자매가 많은 집에서 싸우며 자란 어른들이라, 정도의 차이는 있어도 다들 한가락 하는 성격인데 말이다.

할머니는 해가 갈수록 관절이 심하게 약해졌다. 특히 무릎 쪽이 심해서, 양쪽 다 연골이 닳아버리는 바람에 일찌감치 휠체어 신세를 져야 했다. 빠르게 약해지는 관절을 보며 의사가 고개를 갸웃했지만 그 대목에서 '사실은 저희 할머니가 바다 출신이셔서요' 하기에는 눈치가 보였다.

약한 폐도 할머니를 오래 괴롭혔다. 할머니가 병원에 갈 때마다 폐와 관련된 질환이 하나씩 느는 것 같았다. 기흉인지 기종인지가 계속 생겨서 별다른 운동을 하지 않았는데도 숨을 몰아쉬곤 하셨다. 무릎도 무릎이었지만 그 폐 때문에 병원에서는 할머니를 자주 붙잡았다. 단발적인 입원과 퇴원이 반복되었다. 장기 입원이 되지 않은 것은 할머니의 의사였다. 전문가가 권하고 가족들도 원했지만 할머니 본인이 거부해서 어쩔 수 없었다. 모두 속상해했지만 나는 할머니를 이해할 수 있었다. 할머니는 입원실에 있을 때면 꼭 어항 안에 갇힌 것처럼 멍한 표정을 짓고 있었던 것이다. 그런 표정을 짓고 있는 할머니는 전혀 건강해 보이지 않았다. 오히려 집에 계실 때가 더 나아 보였다. 나는 은근슬쩍 할머니 편을 들어서 할머니에게는 귀여움을 받고, 엄마에게는 눈 흘김을 받았다.

할머니의 병증은 가족들에게 여태 잊고 지냈던 할머니와 우리 사이의 종족적 차이를 떠올리게 했다. 가족들이 자주 심각해지자 할머니는 그런 심각함마저 성가셔하는 듯했다. 몇십 년간 유지해오던 태연함을 버리고 신경질을 부렸다.

"아, 다 갈 때 돼서 그런 거다. 너희들 생각하는 그런 거 아니니 아서라."

"그래도요, 어머니."

"그래도고 자시고. 아, 내가 괜찮다는데 괜히들 그래. 됐어, 가서 일들 봐."

아무도 할머니 고집을 꺾을 수 없었다. 이모, 삼촌들이 돌아가면서 조르다가 할머니에게 내쫓겼고, 자기들로는 안 될 것 같으니까 우리들까지도 전선에 끼워 넣었지만 소용없었다. 할머니는 백전의 노장이었다. 혼자 감탄하다가 엄마에게 들켰다. 엄마는 웃음 반, 한숨 반으로 반응했다.

"우리 아들은 속도 좋아. 나는 웃을 기운도 없다, 이제."

바다에서 손님들이 찾아오기 시작한 것은 우리의 연전연패가 이어질 때였다. 바다 손님들이 할머니 상태를 어떻게 알았는지는 아직도 모른다. 할머니 성격에 일부러 연락했을 리는 없고, 아마 육지 사람들은 모르는 모종의 인트라넷 같은 것이 있겠거니, 가볍게 짐작하고 있을 뿐이다. 사실 처음 한두 달은 누가 찾아오는 줄도 몰랐다. 바다 손님들이 우리 눈에 띄는 것을 피하기도 했지만, 내가 그쪽 가족들을 생각하지 않고 지냈던 게 결정적인 이유였다. 우리는 바다 쪽 식구들하고는 아예 단절된 채 살아왔다. 그들은 육지의 명절이나 가족 경조사에 참석하지 않았고, 바다에서 행사가 있다고 안부를 전해오지도 않았다. 존재하고 있다는 걸 어떤 방식으로도 알리지 않았으니 우리라고 굳이 찾으려고 하지 않았던 것이다.

할머니 방 벽지가 자주 울긴 했다. 장마철이라서 그런 줄 알았다. '좀 습한가, 제습기를 돌려야 하나' 하고 가볍게 넘겨버렸다. 가구에 낀 소금기를 닦아낼 때까지도 잠시 고개를 갸웃하는 정도였다. 그러다가 모래나 비늘조각 같은 것에 맨발바닥을 찔리기 시작하면서 무슨 일이 일어나고 있긴 한가 보다, 생각하게 됐다. 한번은 청소기를 돌리는데 뭐가 걸렸다. 살펴보니 따개비가 끼어 있었다. 심지어 살아 있었다. 따개비 살이 꼬물거리는 걸 보면서 나는 할 말을 잃었다. 평소 태연한 척하시는 건지 정말 별생각이 없으신 건지 알기 어려운 할머니마저 그때만큼은 슬쩍 내 눈치를 살피는 걸 알 수 있었다.

나는 모른 척했다. 모른 척했지만 정말 아무렇지 않은 건 아니었다. 그 따개비도 어떻게 처리해야 할지 몰랐다. 결국, 투명한 유리컵에 소금물을 반쯤 받아서 담가두었는데, 나중에 확인해 보니 빈 컵만 남아 있었다. 주인이 찾아갔는지 할머니가 치우신 건지 알 수 없었다. 궁금했지만 물어보지 않았다.

그런 태연해 보이는 대처가 바다 손님들의 경계를 누그러뜨렸던 것 같다. 가족 중 아무도 그들을 실제로 보지 못했다는데, 나만 보았다. 만난 게 아니었다. 정말 보기만 했다. 한 번 빼고는. 바다 손님들은 하나같이 내 존재를 무시했다. 감히 쌍방향을 전제하는 표현을 쓸 수 없을 정도로 온도가 낮은 마주침이었다.

내가 할머니하고 가장 많은 시간을 보내는 육지 사람이라서 그들을 볼 수 있었는지도 모른다. 막 군에서 제대했을 때였으니 말이다. 나는 학교를 2학년까지 다니다가 군대를 다녀왔는데, 하필 내가 제대하기 직전에 학기가 시작되었다. 한 학기가 붕 떠버려서 휴학 기간을 늘릴 수밖에 없었다.

마침 규칙적인 체력단련으로 생긴 어깨가 줄어들기 전이었다. 거동이 불편해진 할머니에게 관상용으로나마 예쁨을 받으면 좋을 것 같았다. 할머니와 보낼 시간이 그렇게 많지 않아 보이기도 했고, 내 시간이야 쑹덩쑹덩 썰어버려도 괜찮을 만큼 넉넉했다. 거의 출퇴근을 하지 않았나 싶다. 어른들은 고마워했고 할머니도 즐거워했다.

주로 점심을 먹고 오후 1시쯤에 할머니를 찾아갔다. 하루는 도어락 키패드를 누르는데 누가 안쪽에서 문을 벌컥 열었다. 밖에 서 있는 사람에 대한 배려심 없이, 어떤 적의가 감지될 정도로 세게 열었기 때문에 하마터면 코가 깨질 뻔했다. 안쪽에 있던 사람은 사과하지 않았다. 사실 아무런 말도 하지 않았다. 이쪽을 빤히 쳐다보기만 했는데 그 시선에도 담겨 있는 게 아무것도 없다는 점이 일관성 있었다.

처음 보는 사람이었다. 친한 사이라면 형, 동생 하는 게 어색하지 않을 듯한, 나보다 살짝 나이 있어 보이는 얼굴이었다. 그런데 그 얼굴이 어떻게 말할 수 없이… 기묘했다. 전체적으로 색소가 옅었다. 동공은 뿌옇고 입술은 베이지색이고, 눈썹 하나만 수초처럼 검었다. 옷차림새도 보통이 아니었다. 도포 입고 갓 쓰고, 갓에다가는 구멍을 뚫은 뒤에 사극에서나 나오는 주렴 같은 걸 턱 밑으로 두르고 있었던 것이다. 뒷짐을 진 채 서 있는 자세에서 포스가 느껴졌다. 입은 옷이 검었으면 저승사자라고 아주 착각해버렸을지 모른다.

할머니 댁에 모르는 청년이 출몰한 것에 놀랐는지, 그 사람이 입고 있는 옷 때문에 당황했는지, 아님 둘 다였는지, 나는 그만 굳어버렸다. 남자는 시큰둥했다. 나를 그대로 지나쳐서 나가버렸다. 도포 자락이 스칠 때 약한 비린내를 맡았다. 해초를 말리거나 조개를 씹을 때 감지할 수 있는, 그런 소금 냄새였다. 이번에는 모른 척할 수 없었다. 바다에 노이로제가 생길 지경이었다. 쪼르르 할머니 방으로 가서 휠체어 옆에 들러붙었다.

"할머니, 방금 나가신 분 누구예요?"

"누가 누구야?"

"아니 그 왜, 갓 쓴 사람 있다 갔잖아요."

"아아, 할머니 사촌 오라버니 다녀가긴 했다."

"…사촌이요?"

할머니 사촌이라는데 외모는 또래 수준이었다. 격차에 적응하지 못한 채 그만 얼떨떨해지고 말았다. 그 뒤에도 비슷한 상황이 잊을 만하면 있었으므로 부적응 상태는 새롭게 갱신되어 오래갔다.

바다 손님들은 무시무시했다. 나에게만 말이 없었던 거지, 할머니에게는 가차 없었다. 그동안 찾아오지 못했던 걸 한꺼번에 만회하려는 것처럼 찾아오는 얼굴들이 매일매일 바뀌었다. 한복이나 한복에 가까운 양복을 입고 번갈아 나타나서는 할머니와 티격태격했다.

바다 손님들이 구사하는 언어는 굴곡이 적고 한없이 날카로웠다. 맥락은 전혀 읽히지 않았고 소음으로만 받아들여졌다. 할머니는 거기다 대고 매번 육지 사람 말로 응수하는 고집이 있었는데, 할머니 말은 닫힌 문 너머로도 잘 알아들을 수 있었으므로 뭔가 거절을 하고 있나 보다, 짐작할 수 있었다. 할머니는 바다 손님들이 날카로운 목소리로 아무리 공격해도 끄떡하지 않았다. 자식과 손주들을 상대로 갈고닦은 말싸움 실력을 십분 발휘했다. 바다 손님들은 차례차례 함락되었다.

나는 할머니가 손님들을 무찌르는 동안 감탄이나 하면서, 한 발 빠져 있는 쪽을 선택했다. 안 보이는 곳에 조신하게 수납되어 있다가 할머니가 또다시 한판승을 거뒀구나 싶으면 슬그머니 나가는 식이었다. 무슨 일인지는 몰라도 아마 육지 사람이 껴도 되는 분야가 아닐 거라는 생각에서였다.

마지막으로 본 인어는 특히 기억에 남는다. 할머니의 막내 여동생이었다. 바다 손님들 중에서 할머니와 가장 닮은 인어였다. 화내는 얼굴이 아주 판박이였다. 인상을 써서 똑같아진 얼굴을 하고서 둘이 엄청나게 싸워댔다. 아마 손님들 중에서 할머니와 가장 가까운 사이려니 추측했다. 형제자매는 친할수록 더 싸우는 법이니 말이다. 정말 친하지 않으면 싸우지도 않는다. 그 전에 어떤 감정적 교류도 하지 않는다.

한참 후 인어는 거실 소파에 앉은 채 손바닥에다 얼굴을 묻고 있었다. 그 자세 때문에 우는 거라고 생각했다. 좀 망설이다 갑 티슈를 얼굴 밑에 내밀어보았다. 정작 고개를 든 인어의 얼굴에는 물기 하나 없었다.

"뭐야?"

'우와, 한국말 잘하시네.'

하긴 그쪽도 옷차림만 놓고 보면 나보다 한국에서 50년은 더 산 사람 같았다. 하얗고 파란 치마저고리에는 생활 한복에 가까운 모던함이 있었고, 머리에 쓴 것마저 전통에서 멀고 먼 리본 달린 보닛이었지만 말이다.

나는 머쓱해져서 티슈를 치웠다.

"아니, 우시나 싶어서요."

"인어는 못 울어. 그것도 몰라?"

"저희 할머니는 바다 얘기 잘 안 해주세요, 할머님."

"할머님이라니!"

인어가 경악했다. 나보다 피부 나이가 어려 보이긴 했지만 촌수로 따지면 막내 이모할머니 정도일 것이었다. 자기보다 나이 든 얼굴에게 할머니라고 불린 게 그쪽 입장에서도 기가 막힌 모양이었다. 인어는 경악하다 말고 피식 웃었다. 비웃음의 농도가 짙긴 했지만 웃음은 웃음이었기에, 눈치 없는 척 물어보았다.

"할머니 보러들 자꾸 오시는 거예요?"

"언니가 아무 말도 안 해주던?"

할머니를 아주 자연스럽게 언니라고 불렀다. 정말 친동생이 맞긴 한가 보다. 꽤 나이를 먹었다는 게 말투에서 느껴지기도 했다. 고르는 단어라든가, 그 단어를 발음하는 방식이 요즘 사람과는 달랐다.

"바다 얘기는 잘 안 하신다니까요."

내 대답에 인어가 슬쩍 눈치를 살폈다. 뭔가… 가늠하는 느낌이었다. 나한테 어디까지 말해도 되는지 재어보는 것 같았다. 다음 말을 들어보니 그럴 만했다.

"우리는 언니를 바다로 데려가려고 왔어."

바다에 어떤 동화적 환상도 가지고 있지 않았는데, 그 말에는 제대로 당황했다.

"바다로 돌아가실 수가 있어요?"

"못 갈 건 또 뭐야?"

인어는 척 보기에도 육지 사람에게 편견이 있는 듯했다. 안 좋은 방향의 편견이 내 시원찮은 대응 때문에 더욱 굳어지고 있다는 걸 알 수 있었다. 육지 사람 입장에서는 억울한 일이었다. 일단 나는 육지를 대표하기에 적당한 사람이 아니었다. 그 정도 자기 파악은 되어 있었다.

"할머니가 그쪽으로 돌아가면 어떻게 되는데요?"

"바다가 되겠지."

인어는 바닷물이 푸르고 그 포말은 희다는 말을 하는 것처럼 대답했다. 눈 한 번 깜박이지 않고 나를 쳐다봤다. 정작 내가 그 말에서 얻은 정보값은 0에 수렴했으니 안타까운 일이다. 나는 유전적으로나 문화적으로나 할머니보다는 할아버지에게 가까웠던 거다. 난생처음 접하는 바다 화법이 그저 난감할 뿐이었다. 바다 사람들은 다 이런 식으로 앞뒤 없이 말하는 걸까. 혹시 할머니에게도 이렇게, 전혀 와닿지 않는 육지식 관용표현이 있을까. 내가 딴생각하는 걸 알았는지 인어가 조바심을 내며 말했다.

"얘, 얘. 너 언니 손자지? 언니가 네 말은 좀 듣니?"

"할머니야 항상 당신 하고 싶은 대로 하시죠. 성격 아시잖아요."

"몰라. 우리 얘긴 안 듣겠대. 너라도 가서 말해봐. 바다로 돌아가라고 말 좀 해봐."

인어가 콧잔등을 잔뜩 찡그렸다. 사람이라면 눈물을 흘렸을 것 같은 찡그림이었다. 이미 우리도 이런저런 제안을 했다가 실패했고, 그 전에 육지 사람인 손자가 할머니더러 바다로 가라 마라 하는 것도 우스운 일이 아닌가 했지만 그렇게 말할 수는 없었다. 솔직해지기에는 인어의 표정이 너무 참담했다. 참담함을 전혀 감추지 못한 채 인어는 혼잣말처럼 중얼거렸다.

"언니를 돌려줘. 이대로 두면 정말 말라버릴 거야. 그건, 그건 바보짓이야."

나는 이번에도 바로 알아듣지 못했다. 은유에 강한 머리가 아니었다. 문학적이지 못한 머리였다. 그래도 말에 담긴 부정적인 뉘앙스 정도는 감지했다. 단절을 암시하는 말을, 그냥 넘기지 못했다. 안 그래도 바다 손님들의 얼굴을 눈여겨보고 있었다. 젊고 건강한 얼굴들을.

할머니를 상대할 때는 주로 온건함을 어필해왔지만 슬슬 전략을 바꿀 때가 됐는지도 모르겠다는 생각이 들었다. 해온 버릇이 있다 보니 그 상황에서도 살짝 머뭇거리고 말았는데 그게 두고두고 민망하다.

"여쭤보는 정도라면…."

"정말?"

인어가 너무 반색해서 나도 모르게 살짝 물러섰다.

"장담은 못 하지만요."

"알았어. 알았으니까, 꼭이야."

몇 번씩이나 다짐을 받는 걸 보니 어지간히도 못 미더웠나 보다. 네, 그럴게요. 네, 꼬박꼬박 대답하면서도 살짝 귀찮았다.

이모할머니 인어가 돌아간 뒤에 할머니 방에 가서 앉았다. 휠체어에 앉아 있던 할머니가 내 쪽으로 고개를 틀며 올려다봤다. 표정만 봐서는 바깥 소리가 얼마나 들렸는지 알 수 없었다.

"왜 그렇게들 오시나 했더니. 다시 바다 모셔가겠다고 한다면서요?"

"누가 너한테 뭐라 하더냐?"

"아니, 그냥요."

"됐어, 괜한 데 신경 쓰지 마. 할머니 아무 데도 안 간다."

"바다 안 그리우세요?"

"그립고 안 그립고… 그런 문제가 아니야."

나는 속으로 '그럼 무슨 문젠데요' 하고 투덜댔지만 생각해보면 할머니는 평소에도 그렇게 바다 사람이네, 티를 내는 편이 아니었다. 오히려 바다와 멀게 지내왔다. 지금 계시는 곳만 해도 바다에서 뚝 떨어진 도심이고. 한두 번 가족들끼리 할머니를 모시고 바다 구경을 간 적이 있긴 하다. 할머니는 그때도 신발 안에 모래가 들어가는 게 싫다면서 테트라포드 뒤에서 서성거리셨다. 수평선을 바라보는 눈빛도 덤덤했다. 어떤 종류의 상념도 읽히지 않는 시선이었달까. 상념을 이해하기에는 어린 나이였으니 포착하지 못했던 걸 수도 있겠지만, 어린아이에게는 어린아이의 촉이 있다. 어른의 표정에 반응하는 촉이 전혀 움직이지 않았다. 바다는 할머니에게 아무런 영향도 미치지 못했다.

"너, 할머니 바다 돌아가면 어떻게 되는지는 알아?"

"그럼요, 들었죠. 바다 되신다면서요."

대답했더니 할머니가 웃었다. 내가 그냥 말을 옮기고 있을 뿐이란 걸 눈치챈 게 틀림없었다. 이모할머니하고 비슷한 방식의 단정이 그 웃음에서 읽혔던 것이다. 너는 아마 모를 거야, 알 수가 없겠지, 육지 사람이니까, 정도로 정리할 수 있는 단정이었다. 하긴, 아무리 육지에서 오래 살았다 해도 할머니가 태어난 곳은 바다였다. 당연한 건지도 몰랐다. 바다에서 만들어진 사고방식이 아직 할머니 안쪽에 남아 있을 테니 말이다. 그것에 얼마나 영향을 받고 있는지는 알 수 없어도. 하긴, 아무리 육지에서 오래 살았다 해도 할머니는 바다에서 태어났으니 당연할지도. 바다에서 만들어진 사고방식은 아직도 할머니 안쪽에 남아 있을 것이었다. 그것에 얼마나 영향을 받고 있는지는 알 수 없어도.

"그 말 그대로야. 바다 가면 육지 있던 나는 이제 세상에서 없어지는 거야. 바다에서 살았던 시간만 남고 육지 살며 쌓았던 것들은 온데간데없이 사라지는 거라고. 그게 어떻게 나라고 하겠니? 그냥 다른 사람이지. 그런 거, 기만이다. 너희들하고 너희들 엄마, 아빠하고, 너희 할아버지, 그리고 나, 이렇게 모두에게 실례되는 거야."

할머니가 나를 물끄러미 보았다. 새삼스럽게 할머니 눈은 바다 손님들보다는 나나 부모님과 닮아 있다는 걸 알게 되었다. 동공은 하얗게 뜨지 않았고 전체적으로 짙은 색이었다.

할머니가 아주 단호한 어조로 말을 이었다. 평소에 그렇게 말하지 않는 분이었기 때문에 좀 더 집중했다.

"할머니는 함께한 시간에는 책임을 져야 한다고 생각해."

나는 겨우 한마디 끼어들었다.

"저희야 그렇다 쳐도요, 그쪽 가족분들은 또 다르죠. 섭섭해하실 수 있는 거잖아요."

"뭐 이제 와서 섭섭할 게 다 있다니?"

할머니가 "흥" 하고 콧방귀를 뀌었다.

"너 그거 아냐. 인어들 쓰는 말에는 이별도 없고 작별도 없다. 인어들은 헤어짐을 몰라. 죽지 않고 그저 난 대로 살아가기만 하니까 상실이란 개념이 없어. 상실이 없으니까 울지도 못하고. 하도 오래 울지 않는 바람에 눈물샘이… 그런 기관이, 퇴화해버렸거든. 할머니에게도 없었다. 없다가 나중에야 생겼다. 다리가 생기는 것보다 눈물샘이 나는 게 더 늦더라."

할머니가 눈가를 문질렀다.

"자연스러운 걸 두려워하면, 받아들이지 못하면, 그냥 고이게 되더라. 사람이든 뭐든. 뭐든 발 빼고 나 몰라라 하는 게 능사는 아니야. 너도 알아둬라."

할머니는 듣는 내가 기껏해야 20대라는 걸 잠시 깜빡한 게 틀림없었다. 20대는 할머니가 말하는 의연함을, 책임감을 가지기에는 아직 이른 나이다. 나중에는 공감할지 모르겠지만 그것도 지나 봐야 알 일이다. 겪고 있는 지금 알 수 있는 게 아니었다.

그 순간 나한테 제일 꽂힌 부분은 할머니가 헤어짐을 말하고 있다는 것이었다. 추스를 길 없는 섭섭함을 느꼈다. 섭섭했지만 티 낼 수가 없었다. 어른스럽게 굴고 싶었다. 다른 사람에게는 안 할 얘기를 해주시는 할머니에게 어떻게든 어른스럽게 반응하고 싶었다. 하지만 결국 울컥 올라오고 말았다. 목구멍에 울음이 걸리자 말이 없어졌다. 할머니는 슬쩍 내 손을 잡았다. 주름진 손으로 내 손등을 가볍게 토닥였다.

"이거 봐라. 할머니 손 봐. 할머니는 이런 굴곡들이 참 좋더라. 없애고 싶지 않거든. 계속 가지고 가고 싶어. 사실 처음부터 알고도 남기로 한 거야. 이렇게 될 줄 알았으면서도 내가…. 그렇지만 내 인생이잖니. 내 선택이고. 후회하지 않아. 내가 나를 여기까지 오게 했어. 그러니까 내 죽음을 슬퍼해주렴, 얘야."

말씀하시는 게 다정하기도 했다. 나는 더 참지 못하고 눈물을 뚝뚝 떨어트리면서 울었다.

"아이구, 우리 아가."

할머니가 안쓰러워하며 내 팔뚝을 쓸었다. 군인의 근육이 빠지지 않은 몸으로도 할머니에게는 아가였다. 할머니 손이 뺨에 닿았다. 손바닥만큼은 전혀 주름지지 않고 매끄러웠다. 매끄럽고 따뜻했다.

이모할머니가 됐든 다른 언어가 됐든, 바다 손님들이 오면 이번에야말로 할머니 편을 들어줘야겠다고 각오하고 있었다. 내가 한마디 거든다고 그쪽에서 눈이나 깜박일까 싶었지만, 균형을 맞출 자그마한 추 정도는 될 수 있지 않을까 했던 것이다. 마치 그 생각을 꿰뚫어 보기라도 한 것처럼 바다 손님들은 발길을 뚝 끊었다. 나 몰래 찾아오는 것도 아니었다. 더는 기울어진 바닥에 진주가 굴러다니지 않았다. 산호초 부스러기가 묻어나는 일도 없었다. 갑자기 나타났듯 간다는 말도 없이, 바다 손님들은 가버렸다. 그래도 가끔 보이지 않는 곳까지 청소기 헤드를 넣어보게 됐다. 누군가 잊고 간 반려 따개비가 뭍에서도 호흡하고 있을

지 모르는 일이었으니까.

할머니는 그 뒤로 3개월쯤 더 버티셨다. 돌아가실 날이 가까워졌을 때는 징후가 분명했으므로 가족들이 모두 한자리에 모일 수 있었다. 할머니는 당신의 아들딸들과 그들의 아들딸들 사이에서 눈을 감으셨다. 모두 할머니에게 눈물샘을 확실히 물려받은 육지 사람들이었다.

나는 그때도 울었고 장례식에서 손님들을 맞으면서도 울었고, 장지에 따라가면서도 울었다. 할머니가 슬퍼해달라고 말했으니 명분도 확실했다. 어른들이나 사촌들이 얘는 참 우는 것도 남다르다고, 본인들도 나빠질 대로 나빠진 안색을 하고서 한 번씩 놀려댔지만 굴하지 않았다.

게다가 나만 운 것도 아니었다.

장지까지 가는 차에 이리저리 끼어 타고 이동할 때였다. 리무진에서 내리자마자 비가 내리기 시작했다. 예보도 없이 내리는 비여서 다들 우산을 찾는답시고 허둥지둥했다. 그사이 내 입술 위로 빗물이 살짝 떨어졌는데… 비가 짰다. 너무도 익숙한 짠맛이 났다.

그건 바닷물로 된 소나기였다.

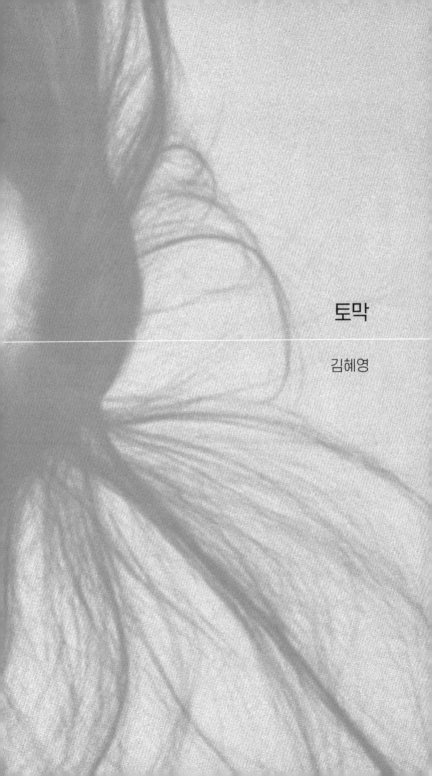

토막

김혜영

※ 편집자주: 이 작품에 나오는 게임 관련 용어 및 표현은
가독성을 위해 실제 널리 쓰이는 것을 사용했다.

100번째 탈락했을 때 눈치껏 한강에 갔어야 했나. 엑셀 파일에 가지런히 정리해놓은 취업 실패 기록들을 보며 나는 새삼 죽을 때도 놓쳤다는 생각이 들었다. 서류 탈 70. 1차 탈 32. 2차 탈 27. 면접 탈 11. 최종 탈 4. 합계 144. 이러려고 배운 엑셀이 아닌데. 친구에게 하소연했더니 기프티콘으로 쇼킹 핫 치킨이 도착했다. 스읍 하. 습습 하. 혀가 얼얼해질 때까지 매운맛을 보고 나니 단순하게도 기분이 나아졌다. 그래, 내가 바라는 건 원할 때 마음껏 치킨을 사 먹는 삶이다. 그런데 왜 이리 자리를 잡기가 힘든 걸까. 게임에서는 클릭 한 번으로 전사로든 법사로든 손쉽게 취직하고 2차 전직, 3차 전직까지 가능한데. 인생이 떨어질 대로 떨어지니 그런 직업에라도 합격하고 싶어서 게임을 시작했다. 스트레스를 푼답시고 한두 시간 했던 게임은 시간이 지날수록 하루의 반나절을 뚝딱 삼키기 일쑤였다. 그러다 우연히 서버에 단 다섯 개뿐인 계정 귀속 영웅 무기를 얻은 뒤로는 이름 있는 길드에 영입되어 게임으로 어느 정도 생활비를 버는 수준까지 되었다. 그런데도 현실의 끈은 놓지 않으려 꽤 애썼는데…. 1년에 한 번뿐인 대규모 게임 이벤트와 오랜만에 주어진 2차 면접 시간이 겹쳤던 날, 게임을 선택하면서부터 내 인생은 다른 방향으로 흘러가기 시작했다. 뭐, 취업을 포기한 것도 있지만 가장 큰 변화는 아무래도… 머리가 보이기 시작한 것이었다.

"머리요?"

"네. 항상 머리카락을 길게 늘어뜨리고 있어서 못 봤지만, 얼굴도 있을 거예요."

"그러니까, 방에서 머리만 있는 귀신을 봤다는 말이죠?"

"그렇죠."

흰 가운 차림의 정신과 의사는 펜으로 차트에 무언가를 마구 휘갈겨 적었다. 내과나 이비인후과 의사들은 컴퓨터 타자만 쳐도 되는데, 정신과 의사는 늘 손글씨를 써야 한다는 게 괜스레 안타까웠다. 감기나 장염보다 쓸 말도 많을 텐데. 취업 준비만 5년째. 스펙 만든답시고 본 시험만 몇십 개가 되다 보니 깜지에 진절머리가 난 모양이다. 의사는 가만히 나와 눈을 맞추더니 말을 이었다.

"처방약은 하루에 두 번 식후에 드시고, 비상약도 따로 처방해드릴게요."

"약을 먹으면 머리가 안 보일까요?"

"네. 상담치료도 병행하면 더 빨리 호전되실 수 있을 거예요."

의사는 이 약이 무엇인지, 어떤 작용을 하는지, 내가 어떤 상태인지에 대해 상세히 설명해주었다. 하지만 친절한 설명을 꼬리표처럼 달고 있는 약을 먹어도 머리는 사라지지 않았다. 두 달이 지나도 효과가 없자 나는 정신과에 다니는 것을 포기했다. 무엇보다 돈이 너무 많이 들었다.

하지만 그렇다고 머리와 동거하는 생활을 받아들일 수는 없었다. 단칸방 한가운데에 떡하니 솟아 나와 있는 머리를 무시할 만큼 둔한 사람은 아마 없을 것이다. 게다가 머리는 불을 켜든 끄든, 낮이든 밤이든 그 모습 그대로 그 자리에 있어서, 안 보려야 안 볼 수도 없었다. 또 밤이 되면 이따금 귀신답게 "흐으흐으" 하는 울음소리도 냈다.

친구는 나보고 이사를 하라고 했다. 나는 아직 계약 기간이 끝나지 않아서 나갈 수 없다고 설명했다. 정 나가려면 방을 내놓아야 하는데 이런 지하 셋방은 방이 쉽게 나가지도 않을뿐더러 무엇보다 (머리 때문인지) 월세가 저렴했다. 내 말을 가만히 듣던 친구는 그럼 무속인을 불러보는 것이 어떠냐고 말했다.

"그냥 게임 중독 아닐까."

"그런 몬스터는 안 나온다며."

"중증이라든지."

"그것 말곤 보이는 것도 없잖아."

"그렇지."

"근데 그 귀신 예뻐?"

나는 머리카락을 들춰보지 않아서 얼굴을 보지 못했다고 말했다. 친구는 시시하다는 투로 그러냐고 대꾸했다. 사실 바닥 청소를 할 때마다 방 한가운데에 솟아난 머리로부터 길게 늘어진 머리카락 때문에 짜증이 나기도 했다. 하지만 고작 방 청소할 때 거슬린다고 귀신 머리카락을 대뜸 들춰볼 용기는 없었다. 그리고… 막상 들춰봤는데 흔히 생각하는 처녀 귀신의 얼굴이 아니라 험악한 남자 로커의 얼굴이 있다든가 하면 더 불쾌하기만 할 것 같았다. 귀신도 다 사정이 있어서 얼굴을 가렸을 텐데 그걸 함부로 들추면 좀 기분 나쁘지 않을까. 같은 공간에 있는데 피차 감정 상할 일을 만들고 싶진 않았다. 보통 이런 일에는 전문가가 필요한 법이었다.

나는 결국 퇴마사를 부르기로 했다. 퇴마사라는 직업은 영화나 만화에서밖에 본 적이 없어서 좀 막연한 느낌이었는데, 인터넷에 검색하니 원조라고 자칭하는 퇴마사만 서른 명이 넘었다. 실력 좋다는 퇴마사가 이렇게나 많다면야 가격 비교라도 해서 가장 저렴한 퇴마사를 찾아보고 싶었는데, 다들 귀신에 따라 비용은 천차만별이라며 금액을 알려주지 않았다.

"귀신이 보인다고 집을 뺄 수는 없어서요…."

"간절함이 그렇게 없어?"

"그냥 돈이 없는 건데…."

퇴마사 검색창 맨 마지막 페이지에 나온 '천둥애기선녀'만이 나의 구구절절한 이야기를 들어주었다. 그녀는 "쯧" 하고 혀를 차더니 퇴마할 때 유튜브 촬영을 허가해주면 돈을 반절 깎아주겠노라 제안했고, 나는 바로 입금했다. 천둥애기선녀는 다음 날 우리 집 근처 솔샘역 2번 출구로 왔다. 역 앞에서 기다리고 있으니 한복 차림으로 계단을 오르는 젊은 여성의 모습이 보였다. 헉헉거리는 숨소리를 애써 누르며 그녀는 말을 뱉었다.

"네놈이 귀신이 있는 놈이로구나."

역 앞에 사람은 나밖에 없었지만 내 문제를 제대로 알아준 사람은 처음인 것 같아서 어쩐지 반가웠다. 게다가 수화기 너머로만 들었던 카랑카랑한 목소리와 어울리는 표독스러운 눈매를 보고 있자니 보통 사람은 아니구나 싶었다. 그녀는 미러리스 카메라를 손에 들고서 고갯짓을 하며 앞장서라고 말했다. 나는 걸음을 옮기면서도 그녀의 옷차림과 신발이 신경 쓰였다. 우리 집은 언덕길이라고 미리 말했는데. 꽃신까지 갖춰 신은 천둥애기선녀가 전문적인 것 같으면서도 동시에 초보 같다는 생각이 지워지지 않았다. 내가 그런 생각을 하거나 말거나 그녀는 촬영에 열중했고, 나는 잘 따라오고 있는지 한두 번씩 뒤돌아보면서 앞장서 갔다.

"근데 모자이크 해주시는 건가요?"

"못 해."

"…돈을 드려야 해주시나요?"

"애기신이 오셨는데 무슨 편집을 배우나."

이마에 송골송골 맺힌 땀을 보며 '무속인의 삶도 치열하구나'라고 생각했다. 이윽고 집 앞에 도착했을 때 천둥애기선녀는 심상치 않은 기운을 느낀 듯이 고개를 이리저리 돌렸다. 의아한 표정으로 바라보자, 그녀는 아주 강한 원혼의 울음소리가 들린다고 말했다. 나는 밤마다 들었던 "흐으흐으" 하는 울음소리를 떠올렸다. 뭐랄까 그 울음소리는 한이 깊게 서린 느낌이라기보다 흔히 들을 수 있는 여자의 울음소리 같은 느낌이었는데, 무속인이 그렇게 말하자 그런가 싶기도 했다. 나는 열쇠로 문을 열어주었고, 무속인은 나에게 카메라를 맡겼다. 카메라 액정 속에서도 머리의 모습이 온전히 보였다. 별안간 천둥 같은 호통 소리가 귓전을 때렸다.

"이곳이 어디라고 머물러 있는 것이냐!"

나는 잔뜩 기대에 차서는 미러리스 액정을 바라보았다. 천둥애기선녀는 꽃신도 벗지 않은 채 성큼성큼 바닥을 가로질러 머리를 통과하더니만 천장과 벽이 만나는 모서리에 대고 큰소리를 쳤다. 한참을 무어라 무어라 알 수 없는 말을 하더니 홱 돌아서서는 나를 보았다. 나도 모르게 놀라 몸을 움츠리자 카메라 앵글을 위쪽으로 올리라고 손짓했다. 나는 아무것도 없는 모서리를 클로즈업하기도 하고, 천둥애기선녀의 얼굴을 클로즈업하기도 하면서 환불을 받아야 되겠다고 생각했다. 머리는 바닥에 있으니까.

"천장에도 있었어."

"하지만 제가 의뢰한 건 바닥에 있는 머리인데요."

"사특한 기운이 없더군."

천둥애기선녀는 내 손에서 카메라를 홱 빼앗아가더니만, 바닥에 있는 귀신도 해치우려면 정상 가격을 받아야 한다고 말했다. 황당해하며 환불에 대한 말을 꺼내자 천둥 같은 목소리가 방안 가득 퍼졌다. 옆집 사람이 조용히 하라는 듯이 벽을 쿵쿵 때렸고, 앞집 사람이 시끄럽다고 소리를 쳤다. 나는 무속인을 데리고 집 밖으로 나갔다. 하지만 막상 골목길에 우두커니 마주 보고 서서 못다 한 말싸움을 마저 하려니 김이 샜다. 나는 돼지국밥을 먹으며 다시 차근차근 이야기를 나눠보자고 제안했고 천둥애기선녀는 흔쾌히 응했다. 뜨끈한 국물이 들어가자 우리는 둘 다 어쩐지 온순해졌다. 무속인은 국밥을 우물우물 씹으며 녹화한 영상을 내게 보여주었다. 모서리 쪽을 집중해서 보라는 듯이 손톱으로 액정을 톡톡 두드리기도 했다.

"아무것도 없잖아요."

나는 가위로 깍두기를 썰었다.

"쯧."

무속인은 못마땅한 듯 카메라를 집어넣었다.

"난 할 걸 다 했어. 너도 네 할 일을 해."

"뭘요."

"뭐든. 지금처럼 확 잘라버리든지."

툭, 토막 난 깍두기가 테이블 위로 떨어졌다. 벌겋게 번져가는 깍두기 국물을 보고 있자니 속이 울렁거렸다. 나는 눈코입 다 달린 걸 어떻게 자르냐고, 그런 식으로 해결이 되는 문제냐고 따져 물었지만 천둥애기선녀는 번개같이 택시를 잡아타고 사라졌다. 집으로 돌아와 바닥에 남은 발자국들을 닦으면서 나는 종교를 바꿔야겠다고 다짐했다.

"그렇다면 하나님을 믿으시면 됩니다."

"그러면 머리도 안 보이게 될까요?"

"열심히 기도하시면 하나님의 시험이 끝날 것입니다."

그래서 교회에 다니기 시작했다. 무속신앙에서 기독교로 옮겨오면서 귀신의 명칭은 악마로 바뀌었다. 나한테 해를 끼친 적이 없어서 그런지 악마라는 명칭은 귀신보다 어울리지 않는 것 같았다. 하지만 머리만 사라질 수 있다면야 뭐라고 부르든 상관

없었다. 그래서 주일마다 기도하고 찬양하고 주기도문을 외웠다. 그래도 머리는 사라지지 않았다. 정말로 하나님에 대한 믿음이 없어서인지, 아니면 간절하게 기도를 하지 않아서인지 확신이 서지 않았다. 고민 끝에 나는 목사에게 내 이야기를 전했고, 목사는 그런 일이라면 언제든지 자신이 하나님의 대리자가 되어 해결해 주겠노라고 호언장담을 했다. 그러고는 주일날 설교를 하면서 내 이야기를 꺼냈다. "하나님 아버지, 아버지의 어린양이 사탄을 보고 두려워하고 있사옵니다"라는 말로 시작되는 기도였는데, 그 내용이 하도 긴 데다가 수많은 사람들이 아멘을 외치고 있어서 뭔가 조금 민망했다. 목사님의 설교가 끝나고 얼굴도 익숙지 않은 아줌마들이 말을 걸며 우리 집에 찾아와 작은 기도회를 열기 시작한 뒤로는 민망함보다는 불편함이 더 강해졌다. 사람 둘이 들어와도 숨통이 막히는 단칸방에 여섯 명이나 들어와서 기도를 하다니. 30년 만의 폭염이 왔던 날 우리 집에서 열렸던 기도회를 마지막으로 나는 교회를 나가지 않았다. 수십 통의 전화가 오고, 자꾸만 문을 두드리며 하나님의 말씀을 전하러 왔다고 말했지만 듣지 않았다. 그들은 몇 달 동안 스토커처럼 집을 찾아오고 말을 걸다가, 다행히도 발길을 끊었다.

"있지, 나는 네가 있는 게 좀 신경 쓰여. 특히 밤중에 갑자기 흐으흐으 우는 소리 내는 거."

—침묵.

"그래서 너를 쫓아내려고 했는데, 지금까지의 방법은 너한테도 나한테도 도움이 안 되는 거 같아."

—침묵.

"우리, 규칙을 정하는 게 어때? 우는 소리는 내가 외출할 때만 내는 거야. 밤엔 나도 너도 잠을 자는 거지."

—침묵.

"그리고 바닥 청소할 때는, 기분 나쁠지도 모르지만, 네 머리를 단정하게 올려 묶을게. 너도 머리카락이 먼지랑 뒤섞이는 건 싫을 거 아니야. 나도 걸레질할 때 불편하고."

—침묵.

머리는 아무 말이 없었다. 어쩌면 그래서 다행일지도 모른다는 생각이 들었다. 내 말에 대답했으면 머리는 좀 더 꺼림칙한 존재가 될 것 같았다. 말을 하지는 않았지만 알아들을 수는 있는지 내가 이 제안을 하고 난 뒤부터는 밤중에 울음소리를 내지 않았다. 집에 들어가기 전에 문고리에 열쇠를 집어넣는 순간까지는 "흐으흐으" 하는 소리가 들렸다. 하지만 문을 열면 언제 그랬냐는 듯이 뚝 울음을 멈춰서, 말 잘 듣는 어린아이를 바라보는 부모의 마음처럼 흐뭇해지기도 했다.

바닥 청소를 위해 머리의 머리카락을 묶었을 때는 조금 재미도 있었다. 다행히 머리는 내가 우려했던 남자 로커의 얼굴이 아니라 평범한 여자의 얼굴을 하고 있었다. 물론 평범하다기엔 절대로 깜빡이지 않는 큰 눈동자가 어쩐지 꺼림칙했고, 피가 한 방울도 돌지 않아 시리게 창백한 피부가 한없이 낯설었지만. 얇디얇은 철사 같은 머리카락을 세 등분해서 새끼줄처럼 꼬고 있으면, 어느새 그런 생각도 멀어지곤 했다.

"너 쌍꺼풀 수술했어? 자국 있네."

—침묵.

어느 날 단순한 호기심으로 이 말을 꺼내자 머리는 화를 냈다. 표정은 여전히 그대로였지만 방 안 전체가 웅웅 울리는 느낌이 잠시 들었다. 나는 실수했다는 것을 알아채고, 아니 별 뜻 없었어, 너 얼마나 예쁜데, 뭐라고 하려고 했던 건 아니야 등등의 변명을 늘어놓아야 했다. 당황해서 되는대로 뱉은 말들로 머리의 화가 풀릴 리는 없었다. 그날 이후 머리는 사흘 동안 내가 잠들 때만 골라 흐으흐으 우는 소리를 냈다. 정말이지.

"또라이냐?"

"내가 왜."

"요즘 세상이 어느 땐데 얼평을 하고 있어?"

나는 탁, 소리 나게 소주병을 내려놓았다. 시퍼런 편의점 테이블이 흔들렸다. 나는 그런 게 아니라고 설명하려다 관뒀다. 친구는 이대로 살다간 지금처럼 편의점 앞에 앉아 과자나 몇 봉 뜯고 술이나 까는 인생을 살게 될 것이라고 말했다.

"여자도 없이 말이지."

나는 그게 중요한가 싶었다. 하지만 술을 몇 모금 더 마시자 중요하다는 생각이 들었다. 근데 이 상태론 여자 친구가 있는 게 더 문제이지 않을까. 딱히 내세울 것도 모아둔 돈도 없는데 집에 머리까지 있는 남자라니. 돈도 많고 잘났지만 숨겨둔 애인이 있는 남자보다 더 별로인 것이 아닌가. 친구는 배를 갈라놓은 과자 봉지에서 과자 몇 점을 집어 입안에 털어 넣었다. 그러고는 와그작와그작 소리처럼 한없이 가볍게, 머리 같은 거 신경 쓸 시간에 어떻게 살지나 생각해보라고 말했다.

"플랜 B는 있어?"

"지금이 플랜 D야."

"…적셔."

우리는 술병 주둥이를 맞대며 건배를 나눴다. 짠. 나는 소주병, 친구는 맥주병이었다. 이야기를 나누면서도 친구의 시선은 종종 핸드폰 액정에 닿았다. 친구는 내일 출근을 해야 했다. 나는 손톱을 세워 소주병 라벨지를 북북 긁어냈다. 끈덕지게 붙은 라벨 종이처럼 쉬이 떨어지지 않는 말들이 목구멍에 찰싹 붙어 있는 것만 같은 기분이 들었다. 친구는 마지막 과자를 털어 먹으며 이 시간을 마무리하듯 말했다.

"돈 필요하면 우리 가게에서 알바해."

"그거 낙하산 아니야?"

"알바에 낙하산이 대수냐."

친구의 핸드폰이 울렸다. 친구는 재빨리 전화를 받더니 나에게 입 모양으로 여자친구라고 설명했다. 친구가 통화하는 동안 나는 테이블 위 쓰레기를 정리했다. 스무 살 초 대학에서 만난 우리는 같은 치킨집에서 알바를 하다 친해진 사이였다. 일주일에 세 번. 하루 여덟 시간씩. 등록금을 벌기 위해서 시작한 일이었지만 사실 나는 주민등록증보다도, 남의 돈이 내 통장에 꽂힌다는 것 자체가 내가 어른이 되었다는 걸 더 잘 증명해주는 것 같아서 그 일을 즐기고 있었다. 그게 뭐라고. 그즈음에 나는 내가 어른이라는 걸 확인하기 바빴다. 클럽이나 포차를 다니면서 술을 마시고, 생각보다 별것 없어서 실망하기도 하고, 대학 전공이 나랑 안 맞는다는 걸 느끼며 허무해하기도 했다.

그때 당시 친구는 대학이 체질에 안 맞는다며 방황하고 있었다. 휴학에 휴학을 거듭하며 아르바이트를 계속하더니 결국 남들 졸업할 때 창업에 나섰다. 종목은 치킨이었다. 과 동기들은 흔하디흔한 치킨을 미래로 선택한 친구를 뭐랄까… 안타깝게 바라봤다. 나도 그랬다. 그 건물이 친구네 부모님 소유인지도 모르고 말이다. 친구는 졸업한 동기들 중 그 누구보다도 안정적으로 자리를 잡았다.

반면에 나는 친구가 마지막 조각을 먹은 과자의 가격을 무심결에 셈하고 있는 그런 사람이 됐다. 과자 한 조각의 값어치를 우정과 저울질하는 삶에서 벗어나는 방법이 남들 하는 공부를 따라 하고, 남들 좋다 하는 회사에 지원하는 것뿐이라고 생각했는데. 그 노력의 시간들이 오히려 내 발목을 잡았다. 나는 서른 둘. 백수였다. 마지노선의 끝자락이었다.

"그래도 치킨집에선 일하기 싫어."

"치킨은… 만만한 게 아니야."

어느새 통화를 마친 친구가 말했다. 묘하게 굳어진 친구의 얼굴을 보며 나는 해장용 아이스크림을 쏘겠다고 했지만 깔끔하게 거절당했다. 친구는 떠났고, 나는 편의점에서 홀로 메로나를 샀다. 하필 원 플러스 원 이벤트 중이었다. 나는 메로나 하나를 입에 물고 하나는 손에 들고서 털레털레 집으로 돌아왔다.

—흐으흐으. 이제는 익숙한 울음소리. 문을 열자, 고맙게도 머리는 더 이상 울지 않았다. 나는 방으로 들어가 냉장고부터 열었다. 남은 메로나를 넣어둘 생각이었지만 냉장실 위쪽 공간에 알량하게 붙어 있는 성에가 잔뜩 긴 냉동 칸을 보고 있자니… 이건 안 될 것 같았다. 냉장고 문을 닫고 공연히 돌리던 시선에 머리가 걸렸다.

"메로나 먹을래?"

—침묵.

뭔가 쓸데없는 말을 한 기분이 들었다. 그래도 이 시간에 아이스크림을 나눠 먹을 수 있는 사이라면, 꺼림칙해도 같이 사는 게 나쁘진 않을 수도 있다는 생각이 들었다. 좀 무던하고 조용한 룸메이트라고 생각하며 정을 붙일 수 있을지도 모른다. 하지만 내가 뭘 생각하든 머리는 시체처럼 가만히 멈춰 있을 뿐이었다. '에라이, 그냥 내가 하나 더 먹지 뭐. 말도 못 하는데 어떻게 입을 벌려'라고 생각하며 메로나 봉지를 뜯자, *끼이걱.* 오래된 철제문이 열리는 듯한 소리가 들렸다. 나는 소리 나는 쪽으로 고개를 돌렸다. 머리의 입이 벌어져 있었다. 곧이어 누군가 머리의 입안에서 일정한 간격으로 레버를 돌리는 것처럼 소름 끼치는 소리가 이어졌다. *끼이걱. 끼이걱.* 머리의 입이 점점 크게 벌어지고 있었다. *끼이걱. 끼이걱.* 일반 사람이 벌릴 수 있는 입 크기까지 벌어졌을 때. 뭔가가 어긋난 듯 덜거덕, 소리가 났다. 아래턱이 빠지는 소리였다. 그리고 잠깐의 침묵이 지나갔다. 다시 입이 벌어지는 소리가 들려오기 시작했다. *끼이걱. 끼이걱.* 박자를 타듯 소리에 맞춰 머리의 위턱과 그 윗부분은 점점 천장 쪽으로 올라가고, 아래턱만이 본래의 위치에 고정되어 있었다. 툭. 머리카락을 묶어놨던 머리끈이 끊어지며 모노륨 장판 위로 떨어졌다. 순식간에 어둠보다 짙은 머리칼이 사방으로 퍼졌다. *끼걱끼걱끼걱끼걱.* 입이 벌어지는 속도가 점점 빨라지고 있었다. 볼살만이 탄력 좋은 고무줄처럼 쭉 늘어나는 것을 바라보면서, 머리의 머리가 천장에 닿고, 약 2미터 정도로 벌어진 그 끝없이 까맣고 깊은 입안을 바라보면서, 나는 나도 모르게 "아" 하는 탄성을 내뱉었다. '머리는 정말 귀신이 맞구나'라는 생각이 들 무렵, 필름이 끊겼다.

"아무것도 하지 말걸."

잠꼬대를 하다가 문득 잠이 깼다. 희미하게 들려오던 핸드폰 알람 소리가 분명하게 귓가에 꽂히기 시작했다. 폰 액정에서 나온 빛이 방 안을 밝혔다. 나는 손을 허우적거리며 방바닥에 굴러다니는 핸드폰을 집어 들었다. 시끄러운 알람을 끄고 보니 벌써 금요일이었다. 면접이 있는 날이었다. 회사는 아니고 매주 주말마다 있는 게임 레이드를 위한 면접이었다. 다수의 인원이 모여야만 클리어할 수 있는 대규모 던전을 레이드라고 부르는데, 여러 명의 힘이 모여야 할 만큼 난이도가 상당해서 아무나 파티원으로 부를 순 없었다. 장비 스펙이 충분한지, 기존 던전을 돌아본 경력이 있는지, 다인 플레이에 적합한 성격의 소유자인지, 그들의 능력치를 계산하고 분배하는 작업이 필요했다. 그건 파티를 모집하는 공대장, 즉 나의 역할이었다. 게다가 이번에 준비하는 레이드는 신규 던전이기 때문에 신중해야 했다. 한번 클리어하고 나면, 이 경력을 가지고 다른 유저들을 버스 태워서 쏠쏠한 돈벌이를 할 수도 있기 때문이다. 일주일에 이틀뿐인 레이드는 내 생계 수단 중 하나였다.

나는 어기적어기적 몸을 일으켰다. 아직 낮 12시였고 면접 시간까지는 세 시간이나 여유가 있었다. 습관처럼 발가락으로 PC

전원부터 켠 뒤 싱크대 쪽으로 걸음을 옮겼다. 바스락, 뭔가가 발바닥에 달라붙었다. 다름 아닌 빈 메로나 봉지였다. 아. 나는 시선을 돌려 머리를 바라보았다. 머리는 처음 봤던 그 모습 그대로 머리카락을 길게 늘어뜨리고 있었다. 게임 생각에 잠깐 어제를 잊고 있었다. 게임은 나에게 늘 좋은 망각제였다. 하지만 피부로 느껴지는 반질반질한 비닐 포장지의 느낌마저 지워주진 못했다. 나는 포장지를 쓰레기통에 버리고는 다시 바닥을 살폈다. 취해서 헛것을 본 거라고 생각하기엔 방바닥 어디에도 메로나가 녹아 눌어붙은 자국이 없었다. 머리카락을 묶는 데 썼던 고무줄만이 잔뜩 꼬인 채 바닥에 나뒹굴고 있었다. 아이스크림 막대기도 없었다. 통째로 삼켰나. 순간 온몸에 오소소 소름이 돋았다. 하지만 그렇다고 내가 할 수 있는 것은 없었다.

나는 바닥에 널브러져 있는 머리카락을 밟지 않으려 조심조심 까치발을 들고 싱크대 쪽으로 걸어갔다. 냄비에 물을 받으며 텁텁한 속을 달래기 위해 수돗물을 몇 모금 삼켰다. 다시는 머리에게 음식을 권하지 말아야겠다고 생각하며 가스레인지 불을 켜고 냄비를 올렸다. 아무렇지 않은 듯 라면 봉지를 뜯고 있자니 어쩐지 숨이 차오르는 것 같았다. '귀신한테 먹힐 뻔했는데 라면 생각이 나냐, 어서 도망가'라는 소리가 마음속 어딘가에서 들리는 것 같았다. 하지만 오늘은 중요한 면접날이고, 게임을 하려면 배를 채워야만 했다. 그러니까… 저것과 함께 생활하기 위한 규칙 같은 것이 하나 더 생겼다고 생각하면 괜찮지 않을까. 게임을 하기 위해 이미 수천 번의 합리화를 했던 몸이다. 토막 따위가 나를 방해할 순 없었다. 물이 끓어오르는 사이 숨이 더 가빠졌다. 병원에서 처방받았던 약이 남았었는데. 라면스프를 물에 풀고서, 약봉지를 찾아 방 안을 이리저리 헤맸다. 심장박동 소리가 귀에 들릴 정도로 쿵쿵 울렸다. 외출할 때 입었던 외투 주머니 속엔 약봉지가 없었다. 손가락 관절 하나하나가 오그라드는 기분이 들었다. 가방 앞주머니에도 약은 없었다. 나는 의식적으로 숨을 쉬기 시작했다. 크게 들이마시고 잠시 참았다가 내쉬기를 반복했다. 이번엔 컴퓨터 책상을 살폈다. 찢어놓은 빈 약봉지들 사이, 마지막 남은 한 봉지를 발견했다. 어느새 식은땀으로 관자놀이께가 촉촉해졌다. 일단 약부터 입에 털어 넣고 물 없이 삼켰다. 일순, 시야가 가로에서 세로로 휙 뒤집어지는 듯하더니, 눈앞이 깜깜해졌다. 머리가 웅웅 울리는 기분을 느꼈을 때, 쓰러졌다는 것을 깨달았다. 눈을 그대로 뜨고 있는데도 까매진 시야가 다시 빛을 찾고 흐릿한 초점이 맞춰지기까지는 몇십 초가 더 걸렸다. 나는 다시 몸을 일으켜 세웠다. 익숙한 일이었다. 냄비 물이 보글보글 끓어오르며 방 안 가득 라면 냄새가 퍼졌다. 면을 넣을 차례였다.

앉은뱅이책상 위에 한 상이 차려졌다. 먹다 남은 오이소박이와 먹다 남은 멸치볶음과 라면이었다. 오늘의 아점 메이트는 누구로 할까. 나는 식사를 하며 감상할 유튜브 영상을 찾기 위해 핸드폰을 켰다. 누군가와 함께 식사하는 느낌을 받고 싶어서 주로 먹방을 봤는데, 그러다 보니 먹는 소리와 관련된 ASMR 영상도 추천 목록에 자주 올라오곤 했다. 엄지로 무심히 화면을 스크롤하다 한 영상 썸네일에 시선이 멈췄다.

[로라펑] 살이 스치는 소리 ASMR_ 20분 ver.

검은 폴라 나시, 검은 바지를 입은 긴 머리의 여성이 자신의 몸을 감싸 안고 있는 평범한 포즈였다. 그런데도 눈길을 끈 이유는 여자의 등 뒤로 곤충의 다리 마냥 또 하나의 팔이, 그것도 남자의 팔이 솟아나 있었기 때문이다. 공포 콘셉트인가. 홀린 듯이 영상을 클릭하자, 마이크 앞에서 손과 손을 비비고 손가락을 두드리며 소리를 내는 여성이 보였다. 몸통 양옆으론 썸네일에서 본 팔들이 흐느적거리며 움직이고 있었다. 일부러 영상효과를 넣었다기엔 기이하기 짝이 없는 광경이었다. 충분히 어그로를 끌 만한 모습인데도 조회 수는 12회뿐이었다. 전체 구독자가 500명 정도인 작은 규모의 채널이라 그런 모양이었다. 가만. 그래도 조회 수가 12회면 방금 올린 것이 아닌가. 확인해보니 10분 전에 업로드된 영상이었다. 나는 호기심에 댓글을 달았다.

[뒤에 보이는 남자 팔은 뭔가요?]

라면을 한 젓가락 삼킬 때마다 새로고침을 했다. 다 먹은 라면 냄비를 설거지통에 넣을 때쯤 답글이 달렸다.

[토막이 보여요?]

토막이라는 표현에 나는 머리가 있는 쪽을 잠시 바라보았다. 머리는 여전히 그 모습 그대로 침묵을 지키고 있었다. 나는 다시 영상을 재생해보며 팔의 뿌리가 어디로 이어져 있는지 확인했다. 중지 끝부터 팔꿈치까지 한 쌍의 팔이 벽에서 솟아난 듯 달라붙어 있었다. 바닥에서 솟아난 머리와 어쩐지 비슷했다. 나는 팔의 모습을 명확하게 묘사해서 다시 댓글을 남겼다. 이번엔 바로 답글이 달렸다. http://로 시작하는 유튜브 생방송 링크였다. 링크를 타고 들어가자 화면 한가득, 이번엔 아주 또렷하게 팔 두 개가 보였다. 조금은 경계심이 묻은 목소리가 스피커로 툭 튀어나왔다.

"손가락이 몇 개죠?"

영상 속 남자의 팔 하나가 손가락을 접어 브이 자 모양을 만들었다. 나는 재빨리 타자를 쳤다.

[7개요.]

로라펑은 어떻게 이게 보이느냐고 물었다. 나는 우리 집에도 비슷한 것이 있다고 말했다. 로라펑은 나에게 화상통화를 제안했고, 나는 그녀가 알려준 화상회의 링크에 접속했다. 모니터 속 분할된 화면에 나와 그녀의 방이 나타났다. 마침내 우리는 서로의 토막을 만났다. 우리의 눈에는 그것들이 보였다. 다른 것들은 아무것도 눈에 들어오지 않았다.

"합성 아니죠?"

누가 먼저랄 것도 없이 말했다. 보고 있어도 믿어지지 않았다. 우리는 한참 동안 서로의 토막을 바라보았다. 로라펑의 방에 있는 팔들은 선탠이라도 한 듯이 구릿빛 피부를 가지고 있었다. 털 하나 없이 매끈하지만 단단한 근육이 느껴졌고, 손가락 마디마디가 굵고 굳은살이 박여 있었다. 굵은 핏줄이 사선으로 팔뚝을 타고 올라가는 모양새로, 더 말할 것도 없이 남자의 팔이었다. 성별이 다르구나. 난데없는 다양성에 우리는 이걸 어떻게 받아들여야 할지 몰라 눈동자만 데굴데굴 굴렸다. 침묵을 깬 건 로라펑이었다. 그녀는 자신의 방 안에 있는 팔에 대해 조심스럽게 설명하기 시작했다. 언제부터였는지는 명확하지 않지만 갑자기 보이기 시작했다는 것과 우리 집의 머리가 흐으흐으 우는 소리를 내는 것과 달리 로라펑의 집에 있는 팔은 밤마다 손뼉을 치곤 했다는 것이었다. 나는 그 모습이 머리와는 다르게 우스꽝스럽게 느껴져서 조금 웃었다. 여자는 아주 진지하게 그것이 무서웠다고 말했고, 나는 사과를 했다.

"하지만 다행히도 말을 알아듣더라고요. 제가 집 안에 있을 때는 소리를 내지 말아 달라고 부탁했더니, 정말 그 뒤로는 제 앞에서 박수를 치지 않았어요."

"귀신을 쫓아내 볼 생각은 안 했나요?"

"하지만 로이거랑 차르에게 좀 정이 들어서…."

"이름이 있군요."

나는 머리를 바라보았다. 지금까지 머리를 머리라고밖에 부르지 않았다. 이름을 부른다는 것은 어쩐지 두려웠다.

"저는 저처럼 토막을 키우는 사람을 찾고 있었어요. 왜 집에 다른 사람의 신체가 솟아난 것인지 함께 연구를 좀 해보고 싶었거든요. 늘 로이거랑 차르와 함께 영상을 찍어서 업로드 중이긴 한데 지금까지 알아보는 사람은 한 명도 없었어요. 포기하고 있었는데 신기하네요. 그리고 이건 막연하게 생각한 건데, 토막들을 모으면 합체 같은 걸 해서 성불시킬 수 있을 거라고 생각했거든요. 근데 성별이 다르니까 아무래도 그건 아니겠죠? 대체 얘넨 왜 생겨난 걸까요? "

어느새 화면에 빼꼼히 등장한 로라펑의 정수리가 보였다. 얼굴이 보이지 않아서인지 머리 같은 존재가 두 명이 된 것 같았다.

난 우리 집 머리의 눈치를 보며 말했다.

"전… 왜 머리가 보이는지 궁금한 적 없습니다. 그냥 없애고 싶어요. 그런 시도는 혹시 안 해보셨나요?"

"사람이 집에 바퀴벌레만 나와도 왜 나왔을까부터 생각하는데 안 궁금하다고요?"

"전 바퀴벌레 나오면 없앨 생각부터 해요. 바퀴벌레의 탄생과 우리 집까지 오기 위한 험난한 여정과 뭐… 그런 모험에는 관심이 없습니다. 라라펑 씨도 없애는 방법은 모르신단 거죠?"

"로라펑이에요."

"아무튼요."

"잘 모르지만 비교 대상이 생겼으니까 이제 더 많은 걸 알아낼 수 있지 않을까요? 그쪽 이야기 좀 해보세요. 머린 언제 생겼어요? 아, 만나서 얘기할래요?"

"아뇨."

"왜요? 전 당신 토막을 만나보고 싶어요."

"전… 그게… 제가 바빠서요."

로라펑은 평일 낮에 집에서 화상통화를 하는 사람이 뭐가 바쁘냐고 물었다. 나는 대답 대신 시선을 돌려 시간을 확인했다. 레이드 면접까지는 20분밖에 남지 않았다. 게임 유저들과의 약속을 어길 수는 없었다. 토막은… 아무튼 그다음 문제였다. 나는 내 일과를 꼬치꼬치 캐묻는 로라펑의 질문 공세를 무시하고 화상통화를 종료했다. 그러곤 레이드 면접용으로 정리해둔 엑셀 파일을 열었다. 게임 커뮤니티 사이트에 올린 구인 글을 보고 지원한 사람들의 스펙을 정리한 목록이었다. 캐릭터별 직업과 장비, 레벨을 확인하며 조건이 충족이 되지 않는 사람들은 가차 없이 제외했다. 말하자면 1차 서류 심사였다. 공격력이 엇비슷하다면 당연히 조금이라도 데미지가 높게 뜨는 사람을 선택했다. 아마 내가 지원했던 회사도 이런 식으로 나를 골라냈을 것이다. 혹여 기준치가 조금 떨어져도 파티원으로 선정될 수 있는 것은 아주 일부, 나와 안면이 있거나 같은 길드인 사람뿐이었다. 이래서 다들 인맥이며 네트워크가 필요하다고 하는 것이겠지. 나를 떨어뜨린 회사 면접관들을 욕하면서도 한편에선 나도 똑같은 기준으로 사람들을 나누고 있었다. 다른 점이 있다면 캐릭터는 수치가 명확하지만 인간은 그렇지 않으니까 쓸데없는 희망이 더 있다는 것일까. 잡생각을 떨치려 나는 의식적으로 고개를 휘휘 저었다. 어느새 쓸 만한 사람들로 인원이 추려졌다. 이제 2차 면접이었다. 나는 헤드셋을 쓰고 마이크 볼륨을 확인했다. "아아." 게임 내에서는 음성 통신을 하기 때문에 디스코드라는 프로그램을 사용해서 소통을 하곤 했다. 카카오톡의 음성 채팅 버전 같은 것이다. 첫 번째로 면접을 본 사람은 탱커로 지원한 크레센도였다. 스펙도 충분하고 다른 레이드 경력도 많은 사람이었다. 그는 사람 좋게 웃으며 자신을 어필했다.

"저 친구 없고, 사회생활도 망했어요."

"합격입니다."

우리는 잠시 웃음을 나누었다. 우리의 우대 조건은 그런 것이었다. 사회인이 되기엔 어떤 기능 하나가 부족하거나 고장이 난 사람. 소속감을 찾을 수 있는 곳이 게임뿐이라 진심으로 임할 수밖에 없는 사람. 그래서 레이드 날에 사회적 약속이 생겨 잠수 탈 일이 없는 그런 사람. 크레센도는 곧 만나자며 디스코드방을 나갔다. 곧바로 다음 면접이 이어졌다. 아르샤인 같은 경우엔 무기가 애매했지만, 컨트롤이 좋은 사람이라 합격시켰다. 까다로운 시련의 늪 던전을 솔플솔로플레이로 2분 만에 클리어하는 인증 영상이 인상 깊었다. 그 외 사람들은 특별한 것이 없어서 합격과 불합격이 빠르게 결정되었다. 로라펑에게 있어서 나는 아마 불합격이었겠지. 문득 그녀 생각이 났다. 레이드 면접 때 다른 생각을 한 것은 처음이었다. 나와 비슷한 고민을 가진 사람과의 대화를 그렇게 끊어낸 것은 역시 경솔한 짓이었을까. 하지만 그때 나에게 가장 확실한 일은 레이드 면접이었다. 나는 내 인생에 토막처럼 모호한 것들을 더 만들고 싶지 않았다. 모든 면접이 마무리되었을 즈음 유튜브 댓글 알람이 떴다.

[당신은 날 다시 검색하게 될걸!]

그녀의 말이 맞았다. 나는 홀린 듯이 인터넷에 로라펑을 검색하고 그녀가 업로드한 영상들을 보고 있었다. 그녀에게 토막이 있다는 사실만큼은 나에게 너무나 선명한 현실이었다.

그녀는 주로 자신의 몸을 이용해서 소리를 내는 콘텐츠를 올렸다. 머리카락을 헝클어트리고는 다시 손 빗질을 하는 소리. 손가락으로 피아노를 치듯 온몸을 두드리는 소리. 용서를 빌 듯 손바닥을 계속 비비는 소리. 머리부터 발끝까지 자신을 매만지는 소리. 그리고 언제나 여자의 곁엔 소리 속을 유영하듯 움직이는 토막들이 있었다. 때때로 로라펑을 잡아끌기도, 로라펑의 머리를 칭찬하듯 쓰다듬기도 하는 로이건지 차른지 하는 그 팔들은 머리에 비해 무척이나 역동적이었다. 로라펑과의 첫 접촉을 생각해보더라도, 나에게 손가락 개수를 맞춰보라며 토막이 손가락으로 브이 자를 만들게 했으니. 그녀는 나보다 토막에 대해 많은 것을 알고 있는 것이 분명했다. 그런데도 없앨 방법을 찾지 못했다는 건 역시 한번 보이기 시작하면 죽을 때까지 같이 살아야 하는 걸까. 최선이라고 해봐야 어떤 규칙이나 통제할 수 있는 방법을 찾는 정도일까. 고민에 대한 답을 채 내지도 못했는데 로라펑의 신규 콘텐츠가 업로드되었다. '머리가 있다면 보세요'. 제목부터 나를 저격하고 있다는 걸 느낄 수 있었다. 클릭하지 않을 수가 없었다. 유튜브 광고가 끝나길 기다리며 살펴본 영상 소개 글에는 '사우역 3번 출구. 손가락이 나타냈던 시간에 만나요'라고 적혀 있었다. 광고가 끝나자 로라펑의 팔들이 화면 한가득 등장했다. 처음 봤을 때와 달리 로라펑의 토막들은 마네킹처럼 움직임이 없었다. 그 고요함에 더욱 집중이 되었다. 두 팔은 심벌즈를 치려는 것처럼 서로에게서 느릿느릿 멀어지더니, 이윽고 박수를 치기 시작했다. 쩌억- 쩌억- 울리는 그 소리가 너무 커서 나는 핸드폰을 놓쳐버렸다. 방 안 가득 쩌억- 쩌억- 소리가 울려 퍼졌다. 나는 핸드폰 음량을 마구 줄였다. 음소거 모드를 해도 소리는 멈추지 않았다. 일순 등 뒤로 서늘한 시선이 느껴졌다. 머리의 늘검고 공허한 눈동자가 나를 응시하고 있는 듯한 기분이 들었다. 조심스럽게 뒤를 돌아보자 머리카락에 가려진 머리의 입이 가로로 쭉 찢어지는 것이 보였다.

―흐흐흐흐흐흐흐흐히히히히히히히히히흨히히히익히익히히히흐흐흐히히히히이이이익히익히익기기기기기기기기기기기기긱기기기흐흐흑히기기기기기익기익이긱기기기기기기기기기기기히익히익흭흭흭흭흭흭흭흭흭흭흭히히히히히히히히히히히히히히히히히히흐흐히히히히히히.

난 이번에도 정신을 잃었다.

"병원도, 무당도, 교회도, 절도, 아무도 해결해주지 못했어요."

마지막 말을 마치며 나도 모르게 목소리가 파르르 떨렸다. 지금껏 있었던 이야기를 토해놓고 나니 어쩐지 허무해졌다. 나는 카페 테이블에 놓인 커피잔을 만지작거렸다. 맞은편에 앉은 로라펑은 어쩜 자기랑 똑같은 행동만 골라서 했냐면서 신기해하고 있었다. 쉽게 포기했던 나와는 달리 로라펑은 원인을 찾기 위해 이런저런 가설을 세워 실험을 했다. 그 덕에 로라펑은 토막의 두 가지 특징을 발견했다. '음악을 들려주면 활동적이 된다'는 것과 '손가락을 접게 하려면 아로마 향초를 켜면 된다'는 것이었다. 음악을 틀면 장르에 따라 저마다의 리듬을 타서 움직이고, 아로마 향초를 켜면 토막 난 팔들이 자신의 움직임을 거울처럼 따라 한다고 로라펑이 말했다.

"아주 잠깐뿐이지만요."

나는 머리 앞에서 향초를 켜는 모습을 상상해보았다. 어색하게 미소 짓는 나와 똑같이 미소 짓는 머리의 얼굴. 덜 섬뜩한 표정을 짓게 해서 뭘 어쩌겠다는 것인가. 그리고 머리에게 음악을 틀어준다면 활동적으로 무엇을 하게 되는 것일까. 머리를 흔들며 리듬이라도 타나. 아니면 노래를 따라 부르나. 이러나저러나 사라지지 않으면 소용이 없는 것 같다고 나는 말했다. 로라펑은 그런 나를 물끄러미 바라보다가, 토막 합체설에 이어 이번에 새롭게 생각해본 게 있다고 운을 띄웠다. 이름하야 영혼결혼식 설이었다.

로라펑 생각에 머리와 팔은 원래 이 지역에 있던 지박령인데 무분별한 주택개발로 인해 실제 모습이 벽이나 바닥에 숨겨져 토막처럼 보이게 된 것 같다고 했다. 홀로 외로이 같은 곳만 바라보다가 처음으로 다른 지박령의 존재를 만나 반가운 마음에 그렇게 웃은 것이 아니냐는 것이었다. 그런고로 이 둘을 결혼시켜주면 우리는 이전보다 자유로워질지도 모른다는 그런 이야기였다.

"결혼이요? 서로… 맘에 들까요?"

"웃었다면서요."

"아니 그게 좋아서 웃은 거라고 생각해요? 로라펑 님은 이상형인 남자 만나면 흐흐흐기기기, 이렇게 웃어요?"

"전 안 그러죠!"

"근데 왜 우리 머리가 그렇다고 하세요?"

말을 뱉고 나서 아차, 싶었다. 우리 머리라니. 나는 어젯밤의 소름 끼쳤던 장면을 복기했다. 우리가 아니다. 머리와 나. 다른 객체. 하지만 로라펑은 배시시 웃으며 나를 찬찬히 관찰했다. 나는 그 시선을 끊어내듯 영혼결혼식을 시키는 건 아닌 것 같다고 말했다. 지박령인데 주택개발로 토막만 보이게 되었다는 것은 좀 신빙성이 있어 보였지만, 그게 왜 우리한테만 보이는지 생각해 보면 딱히 설명할 수가 없었기 때문이다. 우리는 날이 저물 때까지 카페에 앉아 이런저런 가설과 해결 방법을 논의했다. 힘을 주어 세게 당기면 무처럼 뽑혀 나올지도 모른다는 둥 (아니 뽑혀 나오면 그 뒤엔 어쩔 것인가), 동화 《개구리 왕자》처럼 사랑을 담아 뽀뽀를 하면 저주가 풀릴지도 모른다는 둥 (그래도 동의 없이 하는 뽀뽀는 범죄다), 정말로 모른 척 이사를 가버리면 더 이상 따라오지 않을 거라는 둥 (할 수 있다면 진작 떠났겠지). 답이 없는 이야기를 하면서 우리는 꽤, 즐거웠다. 짐작되지 않는 미래에 대한 불안감 속에서 어디 가서 말 못 할 무언가를 똑같이 가진 사람과 이야기를 하는 게 좋았다. 시간이 지날수록 우리의 이야기는 점점 토막에서 멀어져갔고, 토막의 원인을 찾자는 핑계로 서로의 일상사로 넘어갔다. 토막이 생기기 전엔 어떻게 살았느냐는 이야기였다. 우리는 적성 찾기에 실패한 졸업생들이었고 남들이 해보라는 것들을 간절하지 않은 마음으로 시도했던 평범한 사람들이었다. '이것저것 하다 보면 얻어걸리는 재능과 취향이 있겠지'라는 마음으로 시작하거나 포기했다. 토막을 발견하기 전의 우리는 투명인간 같았다. 그리고 우리도 왜 이런 사람이 되었는지 몰랐다. 토막이 왜 생겼는지, 어떻게 해야 없어지는지 모르는 것처럼. 나는 로라펑에게 이만 들어가 봐야겠다고 전했다. 레이드를 뛰어야 할 시간이었다. 로라펑은 나에게 핸드폰 번호를 알려주며 내 이름을 물었다. 나는 이름 대신에 게임 닉네임을 알려주었다. 올패스. 그게 나였다. 로라펑은 알겠다고 답했다. 그리고 자신도 로라펑으로 계속 불러달라고 말했다. 우리는 서로의 현실이 되고 싶지 않았다. 나는 지하철 승강장으로 들어갔다. 건너편에서 멀뚱히 나를 바라보는 로라펑에게 인사를 꾸벅했더니 로라펑이 외쳤다.

"내일은 당신 집에서 만나요."

"왜요?"

"없애고 싶다면서요."

"방법을 모르잖아요."

"그러니까 실험을 하자는 거죠. 주소 보내줘요."

나는 내일도 레이드가 있다고 말하려다 관뒀다. 낮에 잠깐 왔다 가는 거라면 괜찮지 않을까. 근데 그러려면 집 청소도 좀 해야 할 텐데. 청소를 하려면 머리의 머리카락을 올려 묶어야만 했다. 제대로 거절을 하지 못하니 귀찮은 일들이 꼬리를 물고 생겨났다. 게다가 지금 당장도 레이드 준비 시간이 줄어들어서 큰일이었다. 원래대로라면 파티원들의 상성을 고려하며 전략을 짰어야 하는 시간이었다. 그런데 나는 왜 거절하지 못했을까. 무언가바뀌리라 기대했던 걸까. 이번에도 아무것도 안 하는 게 더 나을지도 모르는데. 나는 신규 던전 레이드보다 내일 로라펑이 집에 온다는 것에 더욱 신경이 쏠렸다. 집으로 돌아와 게임에 접속하고 던전 입구를 지나 잡몹들을 때려잡는 순간에도, 내 머릿속엔 온통 로라펑 생각뿐이었다. 정신이 딴 데 팔린 것이 티가 난 모양인지 메인 탱커가 입을 열었다.

"올패스 님, 네임드 브리핑 좀요."

"아. 1네임드 지네 대모 민트렉 공략이요. 1페이즈 때는 인간이고, 2페이즈 때 지네로 변해요. 민트렉을 때리면 주변에 알들이 엄마를 구하려고 부화하는데, 근접 딜러분들은 이 새끼 지네를 빨리 죽여야 해요. 시기를 놓치면 요 녀석들이 어른 지네가 됩니다. 그럼 좀 많이 아프고요. 지네 변신 뒤에는 광역으로 독을 뱉으니까 바닥 조심하세요. 독은 중첩되는데 열 개까지 쌓이면 즉사니까 그전에 생존기 쓰시고 해독약 있으면 드세요. 힐러분들 독 케어해주시고. 대열은 메탱 1팀 본진, 2팀 2시, 3팀 5시, 4팀 9시, 원거리 캐스터는 3~4시로 모이시고. 어그로 갈게요."

크레센도를 포함한 메인 탱커들이 앞장서서 폐허가 된 신전 안으로 들어갔다. 검은 드레스 차림을 하고 신전 가운데 선 민트렉이 자신이 낳은 알을 위한 노래를 부르고 있었다. 메인 탱커가 민트렉을 가격하면서 본격적인 전투가 시작되었다. 유저들은 포지션에 맞게 대열을 만들었고, 민트렉은 긴 손톱을 휘두르며 반격해왔다. 펄럭이는 검은 천 자락을 보면서 나는 다시 로라펑 생각이 났다. 로라펑은 내일도 검은 옷을 입고 올까. 근접 딜러들은 정신없이 새끼 지네들을 죽였다. 약속 시간을 정하지 않았는데 언제 오는 걸까. 서포터들은 힐 손실 없이 아군들을 케어했다. 머리에게 무슨 실험을 한다는 것일까. 원거리 캐스터들이 쉴 새 없이 마법 공격을 시전했다. 머리가 죽을 수도 있을까. 정신을 차려보니 어느새 민트렉은 죽어 있었다. 2페이즈로 변신하기도 전이었다. 상위 랭커가 몇 명 있었기 때문일까. 사람들은 신규 던전의 난이도가 낮은 것 같다며 시시해했다. 나는 용신전쟁 콘셉트로 나온 일곱 개의 던전 중 지금 우리가 있는 '뱀신 나가의 둥지'가 라이트하다는 평이 있지만, 아직 4네임드밖에 공략이 나오지 않았으니 긴장의 끈을 놓지 말자고 말했다. 이런 경우 오만해진 딜러들이 무리하게 몬스터를 공격하다 죽는 일이 다반사였기 때문이다.

역시나 걱정했던 대로 분수에 넘치는 행동을 하다 죽는 유저가 몇 명 나왔지만 큰 피해는 없어서 전멸 없이 한 시간 반 만에 던전을 클리어했다. 유저들은 공대 파티 운영이며 아이템 분배 등이 만족스러웠다며 용신전쟁 정복까지 함께하자고 의견을 모았다. 1일 3회 한정인 레이드를 마무리하기 위해 우리는 그 인원 그대로 세 시간을 더 함께했고, 내일을 기약하며 헤어졌다. 어느덧 새벽이었다.

나는 게이밍 헤드셋을 내려놓고 페트병에 담긴 물을 벌컥벌컥 마셨다. 브리핑을 많이 한 탓에 목이 탔다. 그러곤 레이드 내용을 복기하며 공략 패턴과 필요 데미지들을 엑셀에 정리했다. 후에 있을 버스 운영을 위한 작업이었다. 이번엔 정원 20명을 꽉 채워서 던전을 클리어했지만, 이 정도 데미지라면 장비 풀셋을 갖춘 8인으로도 충분히 깰 수 있는 던전이었다. 이렇게 되면 저레벨 유저 열두 명에게 돈을 받고 파티원으로 초대해서 경험치 노가다를 시켜줄 수 있었다. 모자란 딜량만큼 플레이 타임이 늘어 난다 치면 레이드 한 판당 두 시간가량 걸릴 것이다. 그러면 한 명당 8,000원씩 받을 수 있다. 열두 명을 채우면 9만 6,000원. 이걸 고레벨 여덟 명이서 나눠 가지면 인당 1만 2,000원이다. 두 시간에 만 2,000원. 최저임금보다 훨씬 낮았지만 내 소중한 수입 이었다. 정리를 다 마치고 컴퓨터를 끄고 나니 아침이 밝아오는 게 느껴졌다. 아. 나는 고개를 돌려 집 안 꼴을 살펴보았다. 빛 한 점 들지 않는 지하 셋방 곳곳에는 곰팡이가 가득했고, 참 볼 게 없었다. 책꽂이 없이 방바닥에 쌓인 인적성 문제집과 토익책 들이 유일한 인테리어였다. 크게 깔끔하지도 더럽지도 않은 편이 지만…. 나는 일단 창문을 열어 환기를 시켰다. 그리고 바닥 청소 를 하기 위해 머리에게 다가갔다. 두 번의 기절 이후 약간의 거리 두기를 하던 차였다. 로라펑이 말하길 토막들은 직접적인 자극 을 주지 않는 한 변화를 보이지 않는다고 했다. 그러니 여태 해왔 던 것처럼 머리 묶는 것 정도는 괜찮을 것 같았다. 나는 조심조 심 머리카락을 넘겼다. 머리의 새하얀 얼굴이 드러났다. 손님을 맞이하는 거니까 조금은 꾸며보면 좋지 않을까. 나는 머리카락 을 꽈배기 모양으로 예쁘게 묶어주었다. 책상 위에 늘어져 있는 빈 캔커피와 컵라면 용기들은 쓰레기봉투에 욱여넣었고, 바닥의 먼지들은 대충 쓸어냈다. 감겨오는 눈꺼풀을 겨우겨우 붙잡으며 로라펑에게 집주소를 보내고는 매트릭스 위로 쓰러지듯 누웠다.

샤워도 해야 하는데. 감긴 눈을 다시 떴을 땐 누군가가 문을 부술 듯이 두드리고 있었다. 핸드폰에는 부재중 전화가 열두 통이나 찍혀 있었다. 시간은 오후 1시였다. 나는 대충 세수와 가글만 하고서 문을 열어주었다. 검은 옷을 입은 로라펑이 커다란 공구 상자를 들고 방 안으로 들어왔다. 많이 기다렸냐는 말에, 로라펑은 자신이 시간을 정하지 않았으니 자업자득이라고 말했다. 나는 뭐라고 답해야 할지 몰라 고장 난 사람처럼 입술만 달싹거렸다. 머릿속엔 '오늘도 검은색이구나'라는 생각뿐이었다. 로라펑은 그런 나를 쓱 지나쳐 머리에게 다가갔다.

"진짜 머리뿐이네요."

—침묵.

로라펑은 머리를 보며 감탄해 마지않았다. 나는 일단 내 떡 진 머리 꼴을 가리려 모자를 눌러썼다. 로라펑은 집에서 무슨 모자를 쓰냐며 웃어댔다. 나는 화제를 돌릴 겸 손에 든 공구 상자는 뭐냐고 물어봤다. 로라펑은 어쩌면 이것이 나의 고민을 해결해줄지도 모른다며 물건을 하나하나 꺼내기 시작했다. 공업용 커터칼, 식칼, 네모난 중식도, 줄톱, 쇠톱, 망치, 그리고 도끼까지. 나는 입이 점점 벌어졌다. 섬뜩한 흉기들 앞에는 예쁘게 머리카락을 묶은 머리가 있었다. 나는 나도 모르게 손을 뻗어 머리의 눈을 가려주었다.

"로라펑 씨… 어떻게… 이게 다 뭐예요?"

"올패스 씨가 만난 무당이 잘라보라고 했다면서요."

"너무 잔인하잖아요."

"뭐든 해야죠."

결연한 얼굴로 고무장갑을 내미는 로라펑을 보면서 이건 아니란 생각이 들었다. 무엇보다도 차마 용기가 나지 않았다. 나는 같은 방법을 로라펑의 토막들에게도 써봤느냐고 물어보았다. 로라펑은 어떻게 로이거와 차르를 자를 수 있겠냐며 질색했다. 나는 그녀가 내 문제를 해결하려고 온 게 아니라 자신의 토막들에게는 할 수 없었던 실험을 해보고 싶어서 온 것이라는 사실을 알수 있었다. 그녀는 자신의 토막들에게 꽤 큰 애정을 가지고 있었다. 나는… 애정은 없다손 치더라도 자르는 건 할 수 없을 것 같았다. 추진력 좋은 로라펑은 그렇다면 자신이 기꺼이 해내 보이겠다며 분홍색 고무장갑을 장착하고는 줄톱을 들었다. 그녀가 줄톱을 거침없이 머리의 목에 가져다 대는 순간 나는 눈을 질끈 감았다.

"어?"

"왜요, 왜."

눈을 뜨니 로라펑이 든 줄톱이 머리의 목을 그대로 통과하는게 보였다. 로라펑은 거침없이 자신의 손을 머리에게 뻗었다. 마치 애초부터 텅 빈 공간을 지나치는 것처럼 로라펑의 손이 머리를 통과했다. 볼 수는 있지만 만질 순 없는 건가. 어찌 되었든 몰랐던 규칙을 하나 더 알아낸 것은 분명했다. 로라펑은 어쩔 수 없다는 듯이 손에 든 줄톱을 나에게 넘겼다. 나는 더듬더듬 입을 열었다.

"처음엔 소프트하게 가시죠. 직접 타격을 줄 수 있는지 없는지도 모르니까."

"소프트한 게 뭔데요?"

"…딱밤?"

딱 그 정도가 내가 낼 수 있는 용기였다. 로라펑은 그걸로 뭐가 해결이 되겠냐며 줄톱을 나한테 마구 들이밀었고 나는 손끝이라도 베일까 봐 뒷걸음쳤다. 좁은 단칸방 안에서 나는 금세 로라펑의 손에 붙잡혔고, 옥신각신 실랑이를 하다 결국 가위바위보로 결정하기로 했다. 다행히도 승자는 나였다. 나는 머리 앞에 공손히 무릎을 꿇고 앉아 호흡을 가다듬었다. 로라펑이 빨리하라는 듯 내 얼굴을 뚫어지게 바라보았다. 나는 손을 뻗어 왼손으로 오른손 중지를 한껏 당겼다. 머리는 여전히 무표정한 모습으로 허공을 바라보고 있었다. 손가락은 이제 한계치까지 뒤로 젖혀진 상태였다. 아.

"못 하겠어요."

"용기를 내요!"

한마디 말로 용기가 생긴다면 얼마나 좋을까. 나는 숨을 고르며 다시 준비 자세를 취했다. 손이 바들바들 떨리고 있었다. 그리고 딱. 청량한 소리와 함께 머리의 이마에 중지가 닿았다. 무섭도록 고요한 침묵이 방 안 공기를 누르는 듯한 기분이 들었다. 침이 절로 꼴깍 삼켜졌다. 우리에게는 아무 일도 일어나지 않았다. 이건 아닌 건가. 딱밤 공격은 제대로 들어갔지만 내 손가락에는 아무런 타격감이 느껴지지 않았다. 머리의 이마가 빨개지는 일도 없었다. 바위에다 계란을 던진 느낌이었다. 로라펑은 예정된 일이었다는 듯 내 손에 기어코 톱을 쥐여주었다.

"로라펑 씨, 이건 아닌 것 같아요."

"해보지 않고 어떻게 알아요."

"원래 에스퍼 타입한텐 물리 공격이 안 먹혀요."

로라펑은 그게 무슨 소리냐며 일단 해보고 아니면 말자고 나를 설득했다. 하지만 난 딱밤을 때려도 감촉조차 없는 존재에게 칼을 들이댄다고 무언가 해결될 것 같지 않았다. 나는 보장된 승리를 좋아하는 사람이었다.

"그럼 계속 이렇게 사셔야겠어요."

로라펑의 눈썹이 팔八자로 기울어졌다. 누군가에게 실망을 안겨주는 것도 실패하는 것만큼이나 싫었다. 나는 말을 고르다가 나에겐 시간이 필요한 것 같다고 했다. 로라펑은 의외로 순순히 알겠다고 대답했다. 그리고 정말 이 만남이 토막에게 실험을 하기 위해서였을 뿐이었다는 듯이 돌아갈 채비를 끝마쳤다. 로라펑은 그래도 혹시 혼자서라도 시도해보고 싶을 수 있으니 공구 상자를 두고 가겠다고 말했다. 나는 그것을 대충 현관문 옆에 놓았다. 문을 열고 나가는 로라펑의 뒷모습을 보고 있자니 어쩐지 아쉬워졌다. 나는 초행길이니 역 앞까지 배웅해주겠다고 제안했다. 로라펑의 표정이 순식간에 굳어졌다. 이렇게까지 싫어할 필요는 없지 않나 싶던 찰나, 그녀는 믿기지 않는다는 듯 손가락을 뻗어 어딘가를 가리켰다.

"자랐어요."

나는 로라펑이 무서운 듯이 바라보고 있는 바닥을, 그 위에 솟아난 머리를 바라보았다. 수면 위로 떠오르는 시체처럼, 머리는 쇄골이 있는 곳까지 자라나 있었다. 표정은 여전히 무표정했다.

[뱀신 나가의 둥지 / 8인 쩔 / 8천 원 / 확클 / 인증O / 엘더갓 명예기사]

게임에 접속하니 함께 레이드를 돌았던 그룹이 사라져 있었다. 약속된 시간에 공대장인 내가 나타나지 않았기 때문이다. 그 대신 메인 탱커였던 크레센도가 공대원들을 빼내서 레이드 버스를 만들어 운영하고 있었다. 크레센도에게 귓속말을 걸자 공대장님 없이 다음 던전을 돌기가 겁나 그룹은 파투가 났고, 의견 맞는 사람들끼리 버스를 운영하고 있었다는 답변이 돌아왔다. 온라인 속 일회용 관계라 할지라도 의리를 못 지켰다는 사실에 나는 괴로웠다. 사과와 함께 다음엔 꼭 함께하자고 말을 건네니 '제 면접 통과하시면요'라는 짧막한 대답이 돌아왔다. 나는 조금 웃음이 났는데 이건 정말로 재미를 느꼈다기보단 방어에 가까운 태도였다. 사람과 사람 사이에 분명한 선이 존재하고 내가 늘 그 선 밖에 있는 사람이라는 것을 느낄 때마다 나는 웃음이 나곤 했다. 무엇을 보호하려고 웃는지는 모르겠지만.

"이제 어떡하죠?"

화상통화 중인 핸드폰 스피커에서 로라펑의 목소리가 들려왔다. 그녀가 떠난 뒤에도 전화로 토막이 자라난 것에 대해 이야기를 나누다가 레이드 시간이 지나버려서 잠시 양해를 구하고 게임에 접속한 참이었다. 나는 크레센도와 기타 유저와의 이야기를 마무리하고서 게임을 껐다. 그 모습 그대로일 것만 같았던 토막이 자라버렸으니까. 나는 자라난 머리 앞에 두었던 핸드폰을 챙겨 왔다. 액정 너머로 로라펑의 토막들이 보였다. 머리 딱밤 사건으로 자라난 것은 머리만이 아니었다. 로라펑의 토막도 자랐다. 나는 흐느적거리며 움직이는 팔을 바라보았다. 분명 팔꿈치까지밖에 없었던 두 팔은 이제 어깨까지 드러나 있었다. 로라펑은 영혼결혼식 설이 맞는 것 같다고 말했다. 두 영혼은 첫 번째 화상통화를 했을 때 서로가 마음에 들었고, 이제 서로에게 다가가기 위해서 기어 나오기 시작했다는 것이다. 나는 예쁘게 머리카락을 묶은 머리를 바라보았다. 어디를 봐도 사랑에 빠진 얼굴은 아니었다.

"딱밤을 때린 사람을 살려두겠어요? 전… 죽고 말겠죠…."

로라펑은 그러지 않을 거라며 나를 달랬다. 그래도 같이 살아
보니 완전히 말이 안 통하는 상대는 아니었으니까, 그들이 좋아
할 만한 것을 해주면 괜찮지 않겠느냐는 것이었다. 가만 보니 이
대로 기어 나오면 알몸일 것이 분명한데 완전한 몸의 형태를 지
니게 되었을 때 예쁜 옷을 선물해준다든가, 그들의 데이트를 위
해 꽃을 준비해준다든가, 이런 식으로 큐피드 역할을 톡톡히 해
주자는 것이 요지였다.

"그러면 딱밤 정돈 통 크게 용서해주지 않을까요."

"글쎄요."

나는 이 모든 것이 허무맹랑하다는 생각이 들었다. 동시에 끊
임없이 아이디어가 샘솟는 로라펑이 참 대단하다 싶기도 했다.
이런 상황에서 저런 실없는 이야기나 듣고 있는 게 짜증이 나
면서도, 아무 생각 못 하는 것보다는 묘하게 위로가 되었다. 결
국 나는 로라펑의 말대로, 저들이 벽이든 바닥이든 온전한 형태
로 빠져나오면 멋진 옷을 선물해주자고 약속했다. 이런 것은 욕
망이 큰 사람의 의견을 따라가는 것이 피차 편하고 좋다. 하지만
다음 날 우리는 영혼결혼식 설, 그러니까 외로운 두 토막이 첫
눈에 반해 자라나기 시작했다고 가정한 것을 철회해야만 했다.
토막이 또 자라났기 때문이다. 나는 아침부터 비명을 지르지 않

을 수 없었다. 방바닥에 또 하나의 머리가 머리 옆에 자라나 있었다. 정수리부터 눈이 있는 곳까지 딱 반 뼘만 한 사이즈로. 그러니까 총 네 개의 눈이 나를 바라보고 있는 셈이었다. 로라펑도 마찬가지였다. 로이거와 차르 사이에 또 하나의 손이 손목까지 자라나 있었다. 우린 아침부터 화상통화로 서로의 토막부터 확인했다. 퍼덕이는 세 개의 손바닥을 바라보며 나는 절로 한숨이 쏟아졌다.

"새로운 친구는 이름이 뭔가요?"

"몰라요!"

지금껏 활기찼던 로라펑의 목소리가 조금 떨려오는 것이 느껴졌다. 나는 일단 조금만 상황을 지켜보자고 했다. 잠깐 화가 났거나 아니면 우릴 골려주려고 이러는 걸지도 모른다고 말이다. 전에 어쩌다가 머리의 기분을 상하게 해서 머리가 삐졌었는데, 시간이 지나니 다시 기분을 풀고 원래 상태가 되었다고 하자 로라펑은 조금 안심하는 듯했다. 무엇보다도 지금 당장은 할 수 있는 것이 없었기에 우리는 한 주 동안 평소와 다름없이 지내보기로 했다. '기다리다 보면 사라지겠지'라는 아주 막연한 믿음. 근거 없는 믿음으로 문제가 해결될 리 만무했다. 그 사이 방바닥에 돋아난 머리는 세 개가 되었고, 로라펑 집 벽에 돋아난 팔은 네 개가 되었다. 우리는 다시 만나지 않을 수 없었다.

처음 만났던 카페에 앉아 우리는 작전 회의를 시작했다. 먼저 하지 말아야 할 것들부터 정했다. 일단 토막들에게 직접적인 고통을 주는 방법은 시도하지 않기로 했다. 작은 자극을 준 것만으로도 토막이 증식했는데, 칼이나 도끼 같은 위협적인 무기를 사용하면 더 큰일이 벌어질 것만 같았기 때문이다. 그 외에 판타지 같은 상상력은 배제하기로 했다. 토막이 판타지 그 자체이기는 하지만, 우리는 초능력을 가진 주인공들이 아니었기 때문이다. 우리 주제에 맞는 일들을 먼저 해보기로 했다. 마지막으로 돈이 너무 많이 드는 것도 하지 않기로 했다. 형편도 형편이거니와 그럴 바에야 이사가 정답에 가깝지 않겠느냐는 것이 이유였다. 이제 남은 것은 시도와 검증뿐이었다. 한마디로 노가다. 원래 모르는 문제를 풀 땐 무식한 방법이 제일 확실한 법이었다.

첫 번째로 시도한 방법은 곰팡이 제거였다. 곰팡이나 오염물질 등이 착시나 환각을 일으키는 경우가 많다는 것이 이유였다. 특히 폐가에서 유령을 많이 마주하는 것도 곰팡이가 일으키는 현상이라고 보는 의견이 많아 더욱 신빙성이 있다고 생각했다. 나와 로라펑의 공통점은 지하에 산다는 것이었고, 집 안 구석구석 크고 작은 곰팡이들이 있었다. 우리는 서로의 집에 번갈아 가며 방문해 곰팡이를 제거하기로 했다. 오랜만에 땀을 흘리며 대청소를 했고, 함께 짜장면을 나눠 먹으며 뿌듯해했지만 토막들에겐 별 영향을 주지 못한 듯했다. 실패였다.

두 번째 시도는 첫 번째보다 좀 더 전문적이었다. 로라펑이 오컬트 카페 회원과 친해져서 초저주파 측정기를 빌려온 것이었다. 오컬트 카페지기의 말로는 귀신을 부르는 초저주파, 19헤르츠에 가까운 물건이 있으면 귀신을 볼 수도 있다고 했다. 우리는 두근 거리는 마음으로 측정기 전원을 켰다. 집 안 여기저기에 가져다 대자 놀랍게도 신호가 울렸다. 띠띠띠-. 근원지는 바로 냉장고였 다. 측정기 액정에 20.2헤르츠가 표시되었다.

"근데 이거 옵션이라, 버리면 안 되는데요."

"잠깐만 빼봐요."

나는 냉장고 한쪽을 잡았다. 턱짓으로 로라펑에게 반대쪽을 잡으라고 가리켰더니 로라펑은 길쭉하게 연장한 손톱을 보여주 었다. 다음 콘텐츠는 손톱 소리라고 했다. 나는 혼자서 낑낑대며 냉장고를 집 밖으로 옮겼다. 잠시 내놨다가 문제가 없으면 다시 금 들여놓을 생각이었는데, 저 멀리서 파지를 줍고 있는 할아버 지와 눈이 마주쳤다. '설마 가져가진 않겠지'라는 마음으로 돌아 섰다가 무궁화꽃이 피었습니다 놀이를 하듯 몸을 휙 돌려보았 다. 우리 집 쪽으로 성큼 다가온 할아버지의 리어카가 보였다. 나 는 냉장고를 다시 들고 옥상으로 옮겼다. 땀을 훔쳐내며 지하로 돌아가자 로라펑은 선풍기에서 신호를 잡아냈다고 말했다. 18.9 헤르츠였다. 에어컨도 없는데 선풍기를 빼면 대체 어떻게 산단 말인가. 숨이 턱 막혔지만 일단 선풍기도 옥상으로 옮겨두었다. 그래도 머리들은 사라질 기미조차 보이지 않았다. 워낙 살림살이가 없어서 더 이상 측정기를 들이대 볼 것도 없었다. 이렇게 허무하게 초저주파 측정 작전은 끝난 걸까 싶었는데 로라펑이 화장실에 있는 보일러에서 신호를 잡아냈다. 보일러에서는 딱 19헤르츠가 잡혔다. 우리는 서로의 얼굴을 마주 보았다. 또, 반짝이고 결연한 눈망울로 로라펑이 나를 응시하고 있었다. 하지만 보일러는 옮길 수 없었다. 그렇다고 포기할 수도 없었다. 나는 로라펑에게서 보일러를 지키려는 듯 그 앞을 막아섰다. 보일러는… 안 돼. 로라펑은 그런 나를 물끄러미 보더니 뒤쪽에 연결된 보일러 전원 코드를 뽑았다. 측정기가 울림을 멈췄다. 머리들도 변함이 없었다. 실패였다. 나는 옥상에 옮겨둔 소가전들을 다시 집 안으로 가져왔다.

그사이 머리는 다섯 개, 팔은 여섯 개로 증식했다. 이쯤 되니 이판사판이었다. 마지막으로 우리는 온갖 귀신과 악마를 내쫓는 물건들을 토막에게 사용해보기로 했다. 나는 잡다한 물건들이 담긴 택배 상자를 들고 로라펑의 집으로 향했다. 설령 없애는 데는 아무 효과가 없다고 하더라도, 로라펑이 아로마 향초 효과를 알아낸 것처럼 수확이 있으리라. 우리는 기대감을 가지고 소금을 뿌리고 팥을 뿌리고 성수도 뿌리고 오곡도 뿌려보았지만 청소거리만 늘어난 셈이 되었다. 로이거와 차르를 비롯한 새로운 손들에게 복숭아와 복숭아나무 가지를 쥐여주기도 했고, 은수저와 십자가, 마늘을 들려주기도 했지만 역시나 아무런 소용이 없었다. 심지어 새롭게 알아낸 규칙조차 없었다. 우리는 아무 타격도 받지 않은 토막의 모습을 그저 멍하니 바라볼 수밖에 없었다. 나는 손부채로 땀을 식히며 방바닥에 주저앉았다. 움직이는 팔들을 바라보는 것만으로도 피로해지는 느낌이었다. 공연히 고개를 돌리다가 어딘가 익숙한 약봉지를 발견했다. 시선이 얼마 머물기도 전에 로라펑의 목소리가 들렸다.

"아이스크림 사러 갈래요?"

나는 좋은 생각이라고 대답했다. 로라펑의 집도 에어컨이 옵션으로 달려 있지 않았다. 선풍기가 하염없이 돌아가고 있었지만 두 사람의 열기를 식혀주진 못했다. 무슨 아이스크림을 좋아하냐는 물음에 나는 메로나만 아니면 된다고 답했다. 하지만 로라펑의 동네 편의점에서도 메로나 1+1 이벤트를 하고 있었다. 우리는 나란히 메로나를 입에 물고 골목길을 걸었다.

"열심히 돈을 버는 것 말곤 방법이 없나 봐요."

로라펑이 말했다. 형편없는 곳에서 살고 있다 보니 이런 상황에서 벗어나지 못하는 것 같다고. 나는 고개를 끄덕였다. 하지만 어떻게 돈을 벌어야 하는 걸까. 다시 취업 준비를 하는 것도, 점점 증식해나가는 머리와 함께 사는 것도 싫었다. 차라리 현실적인 건 본가로 돌아가는 것인지도 모른다. 나는 로라펑에게 부모님 집으로 돌아갈 생각은 안 해봤느냐고 물었다.

"여기서 돌아가면 뭐가 되겠어요."

"뭐가 되는데요?"

"토막 같은 거."

우리는 언덕을 오르기 시작했다. 경사진 땅에서 떨어지지 않으려 열심히 몸을 기울인 채로 걷고 또 걸었다. 나는 로라펑이 말한 토막 같은 것이 무엇인지 생각했다. 이미 생겨버렸으니 어떻게 하려야 할 수 없는 그런 존재. 집 안의 공간을 차지하면서 생산적인 어떤 것도 하지 않는 존재. 내다 버릴 수도, 죽일 수도, 왜 저렇게 있는지도 알 수 없는 존재. 하지만 그들의 한 토막이라는 것은 부정할 수 없는 그런 존재.

"토막이랑 달라요."

로라펑이 걸음을 멈췄다. 우린 언덕의 중간에서 서로의 얼굴을 바라보았다.

"로라펑 씨는 완전해요."

로라펑의 입술이 달싹이는 소리가 들렸다. 그 작은 소리가 너무나도 간지러워서 나는 갑자기 말이 많아졌다. 우리들의 집에 나타난 괴물들처럼 머리밖에 없고 팔밖에 없고 그런 게 아니라 모든 것이 다 이어진 완전한 인간이라는 뜻이라고 부연 설명을 붙이자, 로라펑은 뭘 그런 당연한 소리를 하느냐고 답했다. 우리는 다시 걸었다. 어느새 경사의 끝이 보이기 시작했다. 언덕의 맨 꼭대기에 있는 건물 지하가 로라펑이 사는 곳이었다. 이제 짐을 챙겨 돌아갈 시간이었다.

"오늘… 바빠요?"

로라펑이 말했다. 아무 일도 없다고 대답하려는 찰나 전화벨이 울렸다. 로라펑은 받으라는 듯이 눈짓했다. 나는 머뭇거리다 전화를 받았다. 여동생이었다. 엄마가 입원을 하니 지금 당장 집으로 오라는 내용이었다.

"신장이 나왔다."

집에 들어서자마자 엄마가 말했다. 주문한 햄버거가 나왔다는 듯이 당연한 말투였다. 발 디딜 틈도 없이 쌓인 투석 용액 상자를 비집고서 앉은 나와 동생은 얌전히 엄마의 다음 말을 기다렸다. 엄마가 입을 열 때마다 시큼한 냄새가 났다. 나는 코를 가리는 대신 고개를 숙여 팽팽하게 부푼 엄마의 배를 바라보았다. 저 안에 내가 있었고, 여동생이 있었고, 이제는 복막 투석 용액이 들어가 있었다. 보통 투석 환자들이 신장 이식을 받으려면 10년은 족히 걸린다고 하던데 엄마는 6년 만에 기증자가 나타났다. 의사는 운이 좋다고 했단다. 운이 좋은 대가는 수술비 2,000만 원과 엄마의 장애 복지카드 말소였다. 나는 왜 벌써 딱 맞는 장기가 나왔냐고 물어볼 뻔했다. 신장병은 사실 죽을병은 아니니까. 걱정은 되지만 암처럼 절박하게 생각되지는 않았다. 엄마는 지긋지긋했다는 듯, 수북이 쌓인 약봉지와 투석 용액들을 훑어보며 말했다.

"잘됐지?"

잘되긴 뭐가 잘돼. 망했지. 어디 가서 2,000만 원을 구할 거야. 취직도 못 했는데. 여러 생각이 머릿속을 맴돌았지만 무엇하나 입 밖으로 나오진 않았다. 다행이었다. 안도의 한숨을 내쉬는 순간 나는 깨달았다. 엄마는 자식 농사에 실패했다. 나는 가성비 떨어지는 자식이었다. 엄마가 나한테 투자하지 않았다면 2,000만 원은 우스웠을 것이다. 하지만 엄마는 나에게 돈을 쏟았고 나는 망했다. 취업은 실패했고 마우스 휠만 굴리다 시간이 지나갔다. 게임 레벨업과 레이드를 반복, 또 반복하면서 이렇게 살다 죽어도 나쁘지 않을지도 모른다고 생각하는 내가 다였다.

"자취방 뺄게."

내가 말했다. 어차피 토막도 있는 집이다.

"엄마 치료비는 재인이가 댈 거다."

"왜?"

"재인이는 고졸이고 넌 아니잖니."

"쟤 지잡대잖아."

"이재인, 오빠라고 불러야지."

동생의 입에서 헛바람이 새어 나왔다. 엄마는 취업 준비에 쏟을 시간을 알바 따위로 보내선 절대로 좋은 곳에 갈 수 없다고 말했다. 동생은 핸드백에서 보란 듯이 담배를 꺼내 나갔다. 나는 엄마한테 이제 그만 포기하라는 말을 하지 못했다. '엄마 아들은 하나도 안 똑똑해'라고 고백했을 때 나를 위로하는 엄마의 말에 홀딱 넘어갈 것만 같은 얄팍한 내가 싫었다. 막상 성인이 되고 나니 평생 맥도날드 알바만 하다가 죽어도 별 상관없을 것 같은데 대학은 왜 간 걸까. 마흔이 되고 오십이 되어도 맥도날드에서 알바할 수 있고, 주름진 얼굴로 감자튀김을 튀겨도 패배자라는 꼬리표가 기름때처럼 눌어붙지 않았으면 좋겠다고 생각했다.

"취직해서 마이너스 통장 만들면 2,000만 원은 별거 아니란다."

나는 대답 대신 여동생을 찾아오겠다며 나갔다. 동생이 갈 법한 곳은 뻔했다. 남들 눈에 띄지 않는 어둡고 후미진 골목 끝. 여동생은 담배를 피울 때면 숨바꼭질하듯 숨어서 피우곤 했다. 대놓고 피우고 있으면 한 대 맞을까 봐 그렇게 피운다고 했다. 언젠가 맞은 적 있냐고 물어봤을 때 동생은 헛웃음을 지었었다. "넌 모르겠지." 나는 늘 여동생보다 아는 게 없었다.

주택가 옆, 차 한 대가 주차된 공간 뒤편에서 흰 연기가 올라오는 것이 보였다. 몸을 기울여 살펴보자 자동차 뒤편에 쭈그리고 앉은 여동생의 뒤통수가 보였다. 가까이 다가가기엔 공간이 비좁아서 나는 그저 차 앞에서 서성거렸다. 인기척을 눈치챘는지 뒤를 획 돌아본 여동생과 눈이 마주쳤다. 흰 담배 연기가 바람을 타고 내 쪽으로 넘어왔다. 동생의 얼굴이 흐릿하게 보였다.

"사람 있는 데서 피워. 밤인데."

"신경 꺼."

"가족인데 어떻게 그래."

"난 그 말이 제일 싫어."

동생은 담배를 비벼 끄고 일어섰다. 삐쩍 마른 몸으로 주차된 차와 벽 틈새를 비집고 나왔다. 날 무시하고 지나쳐갈 거라 생각했던 동생이 왜인지 내 앞에 마주 섰다. 동생은 나를 한참 동안 바라보다가 이제 더는 생활비를 보내줄 수 없다고 말했다. 그게 다였다. 나는 토막이 있는 집으로 돌아갔다. 그 사이 머리는 다섯 개 하고도 반 개가 되어 있었다.

아주 짙고 까만 머리카락이 어느새 현관 앞까지 늘어져 있었다. 방 안에 한 발 내딛는 순간 언덕을 오르는 것처럼 숨이 차오르는 게 느껴졌다. 손끝에서부터 손가락이 점점 굳어가는 느낌이 들었다. 적어도 로라펑과 함께 있을 때는 이러지 않았는데. 나는 혹시라도 쓰러질까 몸을 낮추어 방 안으로 들어갔다. 머리를 묶어주었던 최초의 머리가 새하얀 얼굴을 한 채 나를 바라보고 있었다. 저 눈. 검은 눈. 동생이 나를 바라보는 시선과 어쩐지 닮아 있었다. 열두 개의 눈이 모두 다 나를 응시하고 있었다. 눈동자가 움직이는 소리마저 느껴지는 것만 같았다. 불을 켜도 바닥을 잠식한 검은 머리카락 때문에 방 안은 어두웠다. 나는 숨을 가다듬으며 컴퓨터를 켰다. 모니터에서 나오는 불빛만이 언제나 나를 환히 밝혀주었다. 게임에 다시 접속하니 용신전쟁이 새롭게 패치되었다는 알림이 떴다. 아이템 드롭률을 낮춘 것이었다. 덕분에 패치 전에 레이드를 돌며 열심히 아이템 파밍을 했던 유저들만 이득을 본 셈이었다. 게다가 내가 클리어했던 '나가의 둥지'는 이제 몬스터별 공략 정보가 많이 나와서 버스 운영 시세가 5,000원대로 뚝 떨어져 있었다. 돈벌이용으로 급부상하고 있는 것은 네 번째 던전인 '이무기의 숲'이었다. 장비와 마법 보패가 갖춰지지 않은 지금으로서는 이무기의 숲을 클리어하고 돈을 벌기까지 몇 주가 더 필요했다. 그리고 무엇보다도 이걸로 돈을 번다고 해서 2,000만 원은 만들 수 없었다. 아니 병원비는 고사하고, 동생이 생활비를 보태주지 않는다면 여기서 생활조차 할 수 없을 게 분명했다. 이렇게 살 수 있을까. 나는 이곳에서 나를 바라보는 열두 개의 눈들을 무시하고서 게임을 할 수 있을까. 그 눈이 수백 개가 되고 수천 개가 되어도 살아갈 수 있을까. 지금이야말로 나는 일을 시작해야만 했다. 하지만 대체 누가 나의 공백을 그저 여백이라고 여겨줄까. 나는 쌓인 경험치가 없어서 남들 같은 테크트리도 못 타는 망한 게임 캐릭터 같은 존재였다. *히히히.* 어디선가 웃음소리가 들렸다. 머리에서 나는 소리였다. *히히히히힉.* 나는 게임을 끄고 아르바이트 구인공고를 찾아보았다. 회사는 못 들어가도 알바는 할 수 있었다. *익히히히흐흐흐히익.* 택배 물류센터와 공사 일용직 근로자 구인 글이 많았다. 디스크가 있어서 상하차나 막노동은 할 수 없었다. *히히히이이이*

익히익히익기기기기기기기기. 그것만 아니라면 할 수 있다. 나는 콜센터에도, 공장 생산직에도, 발레파킹 직원을 구하는 모집글에도 지원서를 넣었다. 하지만 막상 지원 메일을 넣고 나니 내가 그곳에서 한 사람의 몫을 해낼 수 있을지 두려워졌다. *기기기흐 흐흑히기기기기기익기익이긱기기기기기기기기기기히익히익힉 힉힉힉힉힉힉힉힉힉힉히히히히히히.* 나는 소리를 듣지 않으려 귀를 막았다. 웃음소리가 고막 끝까지 날카롭게 파고들었다. 나는 핸드폰을 들고 이불 속으로 들어갔다. 웃음소리를 막을 만한 다른 소리. 음악이든 뭐든 틀고 싶었다. 유튜브 메인에 들어가자 구독 중인 로라펑의 ASMR 콘텐츠가 보였다. 로라펑의 뒤에서 기괴하게 춤을 추는 손들의 모습에 나는 핸드폰을 집어 던졌다. 다시 숨이 가빠졌다. 이대로 기절하는 것도 나쁘지 않을 것 같았다.

"…괜찮겠어?"

나는 애써 시선을 피했다. 친구의 치킨집 앞에 서서 나는 친구가 전자담배를 다 피울 때까지 기다렸다. 요즘엔 대부분 다 배달을 해서 홀 손님이 적다고 친구는 말했다. "젊었을 때 오토바이도 안 타고 뭐 했냐"라는 말에 나는 할 말이 없었다. 그때 학점을 잘 받아야 취직하는 줄 알고 선배들에게 밥을 사며 족보 구걸을 하고 다니고 있었던가. 이력서에 한 줄 적겠다고 리더십 캠프에 다니고 있었던가. 봉사단체에서 회장직을 맡으며 온갖 자질구레한 일들을 맡고 있었던가. 뭔가 열심히 하고 있었던 것 같은데. 내 이력서는 한없이 평범했더랬다. 친구는 자리를 옮겨 주방 직원과 배달 라이더, 홀 알바생들에게 나를 소개했다. 치킨집에서 일한 경력은 있지만 오랜만에 하는 알바니까 가게에 대해서 잘 알려주라고 당부했다. 그러곤 약속이 있다며 자리를 떠났다. 주방 직원과 라이더는 중년쯤 되어 보였지만, 서빙을 하는 알바생들은 20대 초반의 남녀 한 쌍이었다. 남자 알바생은 싹싹하게 형님 형님 하며 전반적인 일을 알려줬고, 여자 알바생은 나이 차이 때문에 호칭이 애매한지 딱히 말을 걸지 않았다. 창고에 있던 술병을 홀 냉장고에 모두 채워놓았을 때쯤 손님이 하나둘 들어오기 시작했다. 금요일이어서 그런지 테이블은 금방 가득 찼다. 평소였다면 면접을 보고 있을 시간인데. 나는 기분이 이상했다. 회사 단지가 몰려 있는 길목에 자리한 치킨집이어서 그런지 사원증을 목에 걸고 온 사람들이 많았다. 이렇게 많은 사람들을 만나는 게 너무 오랜만이어서 나는 조금 숨이 벅찼다. 물을 몇 컵마시고 가슴을 꾹꾹 누르며 정신없이 주문을 받았다. 처음엔 버벅댔지만 그래도 해본 일이어서 금세 익숙해지는 것 같았다. 한바탕 손님들이 지나가고 테이블을 정리할 차례가 왔다. 핸드폰에 자꾸 알림 메시지가 왔다. 로라펑의 신규 영상이 업데이트되었다는 소식이었다. 나는 알람을 끄고 일에 집중했다. 맥주잔 여덟 개를 한 번에 들어 주방으로 옮기고 나서 여자 알바생이 치우고 있는 테이블로 향했다. 여자 알바생은 도와주지 않아도 된다며 손사래를 쳤다. 나는 다른 쪽 바닥에 떨어진 치킨 부스러기와 물티슈를 빗자루로 쓸어냈다. 남자 알바생이 여자 알바생 쪽으로 가서 일을 도왔다. 둘은 같이 일한 지 2년째라고 했다. 내가 그랬듯이 20대 초반을 치킨집에서 보내고 있었다. 조금 한가해지자 두 사람은 서로 이런저런 이야기를 나누기 시작했다. 대화에 낄 수 없어서 더 할 일이 없는지를 살펴보며 티슈갑에 티슈를 채워놓고 있으려니, 주방 직원이 물기 묻은 포크와 나이프가 잔뜩 들어 있는 파란 바구니를 홀 쪽에 올려놓았다. 도란도란 대화를 나누는 알바생들에게 나는 마른 수건이 어디에 있냐고 물어보았다. 빨리 물기를 닦아서 식기를 정리해두고 싶었다. 남자 알바생은 쉬엄쉬엄해도 된다면서 나를 대화에 끼워주었다. 시작은 처음 온 알바생치고 일을 열심히 잘한다는 칭찬이었다. 그다음엔 본론이었다.

"형님, 서른둘인데 왜 알바해요?"

―침묵.

나는 타이밍을 놓쳤다. 아무렇지 않게 허허 웃어넘겼어야 했다. 어떤 말이라도 꺼냈어야 했는데. 여자 알바생이 눈치를 보다가 "그럴 수도 있죠"라며 너스레를 떨었다. 여자 알바생은 화제를 전환하려는 듯이 사장님과 어떤 사이냐고 물었다. 친구라고

답하자 둘은 나를 조금 경계하는 듯한 시선으로 바라보았다. 자신들이 나누는 대화가 사장의 귀로 들어갈까 조심스러운 눈치였다. 남자 알바생은 사장님이 곧 결혼한다는데 형수님을 미리 만나봤느냐고 물었다. 금시초문이었다. 또다시 렉 걸린 컴퓨터처럼 멈춰 있던 찰나, 어서 오세요, 여자 알바생이 반사적으로 외쳤다. 다시 손님이 들어오고 있었다.

새벽 1시. 더 이상 새로 들어오는 손님이 없을 때쯤 친구가 돌아왔다. 술 한잔 걸치고 왔는지 손님들만큼 얼굴이 붉었다. 나는 친구에게 결혼하냐고 물었다.

"아아."

친구는 무미건조한 감탄사를 내뱉더니 가방에서 청첩장 뭉치를 꺼냈다.

"말하는 게 늦었네."

청첩장 봉투에는 하나하나 정성스럽게 손글씨로 이름이 적혀 있었다. 몇몇 익숙한 이름들도 보였다. 친구는 그중에서 아무 이름도 적혀 있지 않은, 말끔한 봉투를 꺼내 나에게 건네주었다.

"속도위반이라 정신이 좀 없었거든."

친구는 과동기들이 모두 모이는 자리가 될 거라고 말했다. 취업 준비로 바쁘면 굳이 오지 않아도 괜찮다고 덧붙였다. 나는 새하얀 청첩장에 적힌 친구의 이름 세 글자를 눈으로 천천히 따라갔다. 우리는 치킨집에서 같이 아르바이트를 하며 어떻게 살아야 할지 모르겠다고 술잔을 기울이곤 했는데. 나만 이곳에 갇혀 있고, 친구는 꽃길을 따라 신부의 손을 잡고 나아가고 있는 듯한 느낌이 들었다. 나는 청첩장을 만지작거렸다. 작은 엠보싱이 들어간 도톰하고 고급스러운 종이 질감이 느껴졌다. 축하한다. 그 말 대신 다른 말이 입 밖으로 튀어나왔다.

"너 내 이름 모르냐."

"갑자기 뭔 소리야."

"여기에… 내 이름이 없잖아."

친구는 뭘 그런 걸로 정색하냐며 웃었다. 그러고는 자기 아내가 리스트를 보고 옮겨 적다가 빼먹은 모양이라고 덧붙였다. 사람 좋게 웃는 그 미소는 나에게 말을 거는 듯했다. 지금이 타이밍이야. 별일 아닌 농담처럼 넘어갈 수 있는 타이밍. 치킨집 종업원들의 시선이 느껴졌다. 라이더, 주방 직원, 홀서빙 여자, 홀서빙 남자, 그리고 친구까지. 다섯 개의 머리들이 열 개의 눈으로 나의 다음 말을 기다리고 있는 것 같았다. 하하하하. 맥주잔을 부딪치는 손님들의 웃음소리가 들렸다. 나는 그대로 가게를 나와 집으로 돌아왔다. 친구에게 축의금은 따로 줄 테니, 오늘치 일당을 줄 수 있느냐고 문자를 남겼다. 덧붙여 바쁜 일이 생겨서 아르바이트는 못 도와줄 것 같다고도 전했다. 친구는 알겠다며 바로 돈을 넣어주었다. 최저 임금이었다.

[급매 / 광전사 8슬롯 풀강. 계정귀속영무 보유 계정 팝니다.
85Lv. 21,000,000원]

게임사 계정으로 제가 1대이며 인증 가능합니다. 바닥 아주 잘 깔려 있고, 각반 한 쪽으로도 근뎀 164 나옵니다. 신규 용신전쟁 이벤트 컬렉은 없습니다. 모든 사냥터 쉽게 돌아가고 가지고 있는 잡템 및 강화서, 게임머니도 서비스로 다 드립니다(사진 첨부). 장비는 올각인, 풀강입니다. 보패는 아자토스의 그림자 셋이고, 부캐로 71렙 아처, 75소울 사제, 81역사 있습니다. 계정 단점은 소과금이라 캐쉬템 보유 목록이 많지 않네요. 베타 때부터 시작한 아이디로, 엘더갓 명예기사 칭호 있습니다. 서버 다섯 개 한정 계정귀속영웅무기 크툴루의 촉수 보유. 급처라 네고 사절합니다. 토템과 마법 및 기타 내용은 스샷 참조 부탁드립니다.

　게임 아이템 거래 사이트에 올릴 글을 다 작성하고서도 등록 버튼을 누르지 못한 채 이틀을 보냈다. 게임 메신저에는 왜 레이드를 안 뛰냐는 몇몇 길드원들의 귓속말이 도착해 있었다. 딱히 돈독한 관계는 아니었지만, 늘 던전을 클리어하며 쌓아왔던 전우애가 여기에 있었다. 5년이라는 시간과 유일한 즐거움이 바로 여기에 있었다. 지금까지 내가 노력한 모든 것 중에 가장 성공한 것이 〈엘더갓 전설〉의 올패스였다. 엔터키 위에서 손가락이 바들바들 떨렸다. 망설일 틈도 주지 않겠다는 듯 머리는 계속 증식해서 벌써 일곱 개가 되어 있었다. 게다가 일곱 번째 머리는 첫 번째 머리통의 왼쪽 부분에 혹처럼 자라나 있었다. 규칙 같은 건 없었다. 나는 정신과에서 새롭게 타온 약을 털어 삼켰다. 이제 내게 남은 돈은 3만 원이었다. 어쩌면 계정이 팔리기까지 시간이 꽤 걸릴지도 모르겠다는 생각이 들었다. 그 안에 내가 다른 일을 구해서 올패스를 팔지 않아도 되리라는 기대도 들었다. 하. 헛웃음이 절로 나왔다. 헛된 상상이었기 때문이다. 지금까지 된 적이 없는데 갑자기 취직이 될 리가 없었다. 그때, 전화가 울렸다. 화상통화인 걸 보니 로라펑인 듯했다.

"올패스 씨, 바빠요?"

올패스를 팔아버리면 나는 이제 무엇이 되는 걸까. 로라펑은 자기가 이번에 새롭게 올린 콘텐츠를 봤냐고 물었다. 내가 고개를 젓자 로라펑은 조금은 흥분한 듯 아니, 떨리는 듯한 목소리로 말을 이어나갔다. 악플이 달렸다고 했다. ASMR 콘텐츠에서 호불호가 많이 갈리는 것이 침 소리인데, 이번에 올린 영상이 앞니 태핑이다 보니 침 소리가 많이 섞여 듣기 싫다는 댓글들이 달렸다는 것이었다. 첫 번째 댓글이 악평이다 보니 뒤이어 달린 댓글들도 팅글이 없다는 둥, 개나 소나 유튜버를 한다는 둥 악플이 많아지기 시작했다고 한다. 나는 로라펑의 새 영상에 달린 댓글을 살펴보았다. 단순히 콘텐츠에 대한 평을 넘어서 치열이 고르지 못해서 불쾌하다는 둥의 댓글들이 보였다. 얼굴과 몸에 대해

언급하며 조롱하는 댓글들도 상당수를 차지하고 있었다.

"토막도 더 자랐어요. 더 빨리 자라고 있어요."

로라펑은 카메라 화면을 전환해서 벽에 붙은 토막들을 보여주었다. 우리 집의 머리처럼 로라펑의 토막도 돌기처럼 돋아나기 시작했다. 마치 나뭇가지처럼 길고 길게 뻗어나가고 있는 모양새였다. 우리 집보다 개수도 더 많았다. 나는 자라난 팔들의 개수를 세어보았다. 열여덟 개. 로라펑의 떨리는 숨소리가 스피커 너머로 새어 나왔다.

"여기 와줄 수 있어요?"

그럴 수 없었다. 나는 바쁘다고 말했다. 로라펑은 내가 바쁘지 않다는 걸 안다고 말했다. 나는 속엣말을 삼키기가 힘들어졌다. 내가 바쁘지 않다는 건 당신만 아는 게 아니라고. 모두가 다 안다고. 모두가 다 아는 걸로 내 앞에서 유세 떨지 말라고 외쳤다. 화면 너머로 로라펑의 흔들리는 눈동자가 보였다. 나는 이 말을 끝내야 할 것 같았다. 생각해보니 우리가 만난 지 얼마 지나지 않아 토막이 자라기 시작한 것 같다고. 얼마만큼 그리고 언제까지 답 없는 말들을 끝말잇기처럼 이어나갈 수 있을 것 같냐고. 당신을 만나고부터 나는 저 괴물의 끔찍한 모습들을 더 많이 마주치게 된 것 같다고. 나는 방에서 머리들이 자라나지 않는 일반적이고 평범한 삶을 살고 싶고, 자라나는 팔들과 함께 사는 사람 따위는 알고 싶지 않다고. 당신도 더 이상 기이한 환상 속에 빠져 살고 싶지 않다면, 그렇다면….

"나한테 연락하지 말아요."

로라펑의 대답을 듣기도 전에 나는 통화를 종료했다. 그리고 계정 판매 글을 등록했다. 다 정리하고 다시 시작하고 싶었다. 아니 그래야만 했다. 그렇지 않으면… 방법이 없었다.

이제 교통비를 제외하고 2만 7,000원이 남았다. 약속 시간에 맞추어 법무법인 사무소로 들어가자 양복 차림의 남자가 나를 맞이해주었다. 불투명한 유리문으로 막힌 사무실 안에 앉아 종이컵에 담긴 커피를 홀짝이고 있으니 덥수룩한 머리를 한 남자가 사무소 문을 열고 들어왔다. 검은색 바탕에 붉은 글씨로 마더퍼커Motherfucker가 적힌 긴팔 티를 입은 그가 계정 구매자였다.

공증 담당 변호사는 먼저 서류를 확인하겠노라고 말했다. 나는 가방에서 등본, 초본, 주민등록증 사본, 통장 사본, 계정 정보를 정리한 종이를 꺼내어 넘겨주었다. 변호사는 찬찬히 내용을 살펴보더니 문제가 없다고 말하며 계정 포기 각서를 내밀었다.

"읽어보시고 이름 정자로 서명해주시면 됩니다."

100번, 1,000번은 말한 듯한 능숙한 말투. 직업인의 어투였다. 친절하지만 단호하게 선을 긋는 듯한 느낌의 그는 내 두 눈을 똑바로 마주한 채 말을 이어갔다. 게임 약관상 계정 거래가 금지되어 있다고는 하지만 계약이 무효가 되는 것이 아니니 서명을 마친 이후에는 권리를 완전히 포기해야 한다고 말이다. 채무 불이행을 할 경우 민법 제390조에 의거하여 채무 불이행에 대한 손해배상을 청구하거나, 제548조에 의거해 양수금 반환을 청구할 수 있다는 것도 명심해야 한다고 말했다. 한마디로 사기 칠 생각 말라는 것이었다. 나는 구매자의 얼굴을 찬찬히 살펴보았다. 그가 앞으로 내 캐릭터를 잘 키워나갈 만한 사람인지 가늠해보고 싶었다. 나와 비슷한 또래인 듯한 그는 이 와중에도 핸드폰 게임을 분주하게 터치하고 있었다. 변호사가 약간의 눈짓을 하자, 5분만 하면 된다며 양해를 구했다. 그 모습을 보며 나는 계정 포기 각서 위에 놓인 펜을 쥐었다. 이런 서류들은 취업한 뒤에 준비하게 될 줄 알았는데. 나는 등본에 선명히 적힌 엄마의 이름, 여동생의 이름 그리고 내 이름을 바라보았다. 그 글자들이 너무 낯설게 느껴졌다. 지금의 자취방을 구할 때는 엄마가 임대차 계약서를 대신 작성해주었다. 그러니 이것이 내 힘으로, 나의 자의로 하는 첫 번째 계약서 서명이었다. 나는 이름을 적었다. 이재윤. 올패스가 아니라 그냥 이재윤.

"어, 계좌 문자로 보냈어. 이제 돈 보내주면 돼. 엄마 사랑해!"

변호사가 서류를 정리할 동안 구매자가 전화통화를 했다. 수화기 너머로 들려오는 중년 여성의 목소리는 한없이 나긋나긋했다. 아들의 취미생활에 2,000만 원 정도는 쉬이 낼 수 있는 집일까. 저 사람은 그래도 괜찮은 삶을 살아온 걸까. 달뜬 목소리로도, 여름날 검은 긴팔 티로도 가려지지 않는 그의 손목 안쪽에 무수히 그어진 선들이 보였다. 변호사는 입금을 확인하라 일렀고, 우리는 공증계약서를 나눠 갖고는 헤어졌다.

　나는 통장에 찍힌 숫자를 몇 번이고 확인했다. 수수료 명목으로 몇 푼 뜯겼지만 여전히 큰 숫자였다. 우선 동생 계좌번호로 2,000만 원을 바로 송금했다. 친구에게도 축의금으로 50만 원을 보냈다. 바빠서 참석하지 못하겠다는 말도 전했다. 집으로 돌아가는 지하철을 타자마자 여동생에게 전화가 걸려왔다.

　"미친 새끼야, 사채 썼냐?"

　'여보세요'라는 그 흔한 인사말도 없이 동생이 외쳤다. 사람이 가득한 지하철 안, 여동생의 목소리가 앙칼지게 울려 퍼졌다. 나는 통화음을 최소로 낮췄다. 모두의 고개가 내 쪽을 잠깐 향하는가 싶더니 다시 자기 핸드폰으로 돌아갔다. 나는 지하철 출입문 앞 기둥 쪽에 몸을 최대한 웅크리고 섰다. 동생은 갑자기 이런 큰돈이 어디서 생겼냐며 돈의 출처를 따져 물었다. 신용등급이랄 것도 없는 나에게 이런 돈이 생길 수 없다는 것이었다. 나는 게임 계정을 팔았다고 설명했다. '〈엘더갓 전설〉이라는 유명한 게임이 있는데'라는 말이 이어지기도 전에 대체 누가 게임 따위에 그런 큰돈을 쓰냐는 말이 돌아왔다. 내가 하는 말은 동생이 원하는 답이 아니었다. 동생은 돈을 다시 보낼 테니까 당장 사채부터 갚으라고, 당일 이자는 얼마인지 알아보라고 고래고래

소리쳤다. 자기가 나 때문에 어떤 생활을 해왔는지 아냐고 말하는 동생의 목소리가 점점 갈라져 갔다. 나는 동생이 바라는 말을 알고 있었다. 나는 동생을 닥치게 하고 싶었다.

"취직했어."

"갑자기 어딜 취직해? 무슨 일을 하는데?"

"그냥 회사. 그냥 회사일."

"오빠, 그 말 진짜야?"

오빠라는 말을 들으며 나는 목이 메는 것 같았다. 그래, 진짜라고, 게임은 그냥 해본 소리라고 하자 동생은 왜 그런 걸로 장난을 치냐며 다시 한번 소리를 빽 질렀다. 하지만 그 소리는 이전보다 날카롭지 않았다. 둥근 목소리였다. 나는 엄마 말대로 마이너스 통장으로 돈을 빌려서 보내준 거고, 동생이 이 돈을 갚을 일은 없을 거라고 전했다. 동생은 언제부터 출근하는지 물어보았다. 나는 한 달 뒤에 교육을 받고 나서 정식 출근하게 될 거라고 말했다. 수십, 수백 번을 상상한 덕분인지 준비한 것처럼 거짓말이 나왔다. 동생은 잘됐다며, 엄마에게 소식을 전하겠다고 말하고 전화를 끊었다. 그러곤 소리 지른 것에 대해 미안하다는 마음을 담은 장문의 메시지를 보내왔다. 마지막엔 이런 문장이 있었다.

[근데 회사 어디?]

나는 죽고 싶은 심정이었다. 지하철은 이제 철교에 들어섰다. 차창 너머로 해가 저물어가는 한강의 모습이 보였다. 염치가 있다면 여기에 내려야 하는 것이 아닐까? 나는 지하철에 있는 사람들의 얼굴을 바라보았다. 지친 얼굴들이었다. 이 지하철 한 칸에 빼곡히 탄 모든 사람들이 퇴근을 하는 사람일 거라는 생각에 나는 숨이 막혀오는 것 같았다. 약을 먹어야 했다. 집 밖에 나가는 일이 없다 보니 밖에서도 이런 증상이 나타나리라곤 생각도 못했다. 의사는 내게 공황장애라는 진단을 내렸다. 그러니 환자의 자의로 약을 끊으면 안 되고, 최대한 자극이 없는 곳에서 편안한 상태를 유지해야 한다고 했다. 또 비상약으로 추가 처방한 약을 항시 가지고 다녀야 한다고도 했다. 나는 호흡을 가다듬기 위해서 의식적으로 숨을 쉬었다. 순간 내가 어떻게 서 있는지 이해할 수 없었다. 물에 적신 솜뭉치처럼 두 무릎이 바닥으로 쿵 내려앉았다. 옆에 있던 사람이 놀란 듯 나를 바라보았다. 수십 개의 까만 머리통들. 수십 개의 눈. 저 시선들. 나는 괜찮다고 말했다. 주먹 쥔 손이 땀으로 축축해졌다. 문이 열리고 사람들이 쏟아지듯 지하철 문밖으로 나갔다. 나도 몸을 일으켜 세워 흐름에 몸을 맡기며 빠져나왔다. 이대론 집으로 돌아갈 수 없을 것 같았다. 나는 역 밖으로 나가 택시를 탔다. 사람들의 시끄러운 소리에서 멀어지자 나아지는 것 같기도 했다. 어서 집으로 돌아가 약을 먹고 싶었다. 하지만 그토록 바라던 곳으로 돌아갔을 때 내가 마주한 것은, 끝없이 시커먼 어둠이었다. 눈을 감았을 때보다 더 진하고 깊은 그런 검은색이었다.

나는 열린 문 앞에서 뒷걸음쳤다. 그 순간 도피처를 차단하듯 현관문이 닫혔다. 그나마 밝은색이었던 현관문 위로 머리의 머리카락들이 담쟁이넝쿨처럼 달라붙었다. 이 검은 어둠의 정체는 머리카락이었다. 발을 조금 움직일 때마다 자근자근 밟히는 머리카락 더미의 감촉이 느껴졌다. 푹신한 것 같기도 하고, 뻣뻣한 철사 같기도 한 머리카락들. 짙은 어둠 가운데 하얗게 빛나는 얼굴이 보였다. 첫 번째로 자라난 머리이자 내가 고이 머리칼을 묶어주었던 머리였다. 그 머리만이 두 눈을 뜨고 나를 보고 있었다. 왜지? 머리의 입이 가로로 길게 찢어졌다. 주변에 깔린 어둠보다 더 깊은 심연이 벌어지는 것만 같았다. *끼이걱―*. 소리가 시작되었다. 나는 현관문 손잡이를 돌렸다. 어느새 문을 빽빽하게 감싼 머리카락들 때문에 전혀 열리지 않았다. *끼이걱―*. 나는 머리카락을 손으로 쥐어뜯었다. 뭉텅이로 뭉친 머리카락은 힘줄처럼 질기고 끈끈했다. *끼이걱―*. 머리의 입이 점점 더 크게 벌어지고 있었다. 나는 몸을 숙여 머리카락 깊숙한 곳에 손을 집어넣어 마구 뜯어내기 시작했다. 밑에서부터 타고 올라오는 것 같아서 뿌리를 끊어낼 요량이었는데, 손끝에 무언가 딱딱한 것이 걸렸다. 로라펑이 가져다주었던 공구 상자였다. 칼, 톱, 망치 등 오만가지가 들어 있는 상자를 열었다. 나는 망치를 꺼내 입을 벌리고 있는 머리에게 집어 던졌다. "턱" 하는 소리와 함께 머리의 이마에 망치가 꽂혔다. 머리의 고개가 잠시 뒤로 꺾였다. 망치가 명중한 이마의 일부가 부글부글 검은 거품이 되어 사라졌다. 그 순간 방 안에 있던 모든 머리들이 일제히 눈을 떴다. 수백 개의 눈이 나를 응시했다. *끼이걱―.* 이번엔 다른 머리의 입이 열렸다. 아니 눈을 뜬 모든 머리의 입이 벌어지고 있었다. 나는 어쩌면 진짜로 머리들을 없앨 수 있을지도 모른다는 생각이 들었다. 나는 도끼를 집어 들었다. 양손으로 힘 있게 꾹 쥐었는데도 도끼가 바들바들 떨렸다. 내가 할 수 있을까? 의심의 순간 머릿속에 결연한 목소리가 스쳐 지나갔다. 용기를 내요. 로라펑의 조곤조곤한 말씨. 로라펑. 로이거와 차르와 이름 없는 팔들은 우리 집의 머리보다 빠른 속도로 증식했다고 했다. 그렇다면 지금 로라펑은 무엇을 보고 있을까. 겁에 질린 그녀의 모습이 눈에 그려졌다. 그녀에게 당장 가야 한다. 나는 도끼로 현관 잠금장치를 내려쳤다. 질긴 머리카락이 우수수 잘려 나갔다. 모든 무기를 우리 집에 두고 간 그녀의 집에는 토막에 대항할 만한 방법이 없었다. 회사도, 사람도, 게임도, 그 무엇도 나를 필요로 하지 않았는데, 그녀만이 유일하게 나를 초대했다. 그러니 나는 여기서 나가야 한다. 나는 밖으로 나가기 위해 현관문을 감싼 머리카락들을 도끼로 끊어냈다. *끼이걱―. 끼이걱―.* 머리의 입이 벌어지든, 수백 개의 눈이 나를 바라보든 더 이상 상관없었다. 머리카락이 도끼날에 힘

없이 잘려 나가기 시작했다. 덜컥ㅡ. 머리의 턱이 빠지는 소리가 들렸다. 나는 너한테 잡아먹히지 않을 거야. *끼걱끼걱끼걱ㅡ*. 입이 벌어지는 속도가 빨라졌다. 머리카락들이 내 발과 팔을 붙잡듯이 들러붙기 시작했다. 난 절대로 먹히지 않을 거야. 끊어낸 머리카락 사이로 어느새 작은 틈새가 만들어졌다. 나는 체중을 실어 현관문을 힘껏 밀어젖혔다. *끼이걱ㅡ*. 문이 열렸다. 나는 미친 사람처럼 뛰기 시작했다.

길거리의 사람들이 내 손에 들린 도끼를 놀란 눈으로 쳐다보았다. 나는 급한 대로 도끼를 티셔츠 안쪽에 숨기곤 핸드폰 앱으로 택시를 잡아탔다. 그리고 로라펑에게 전화를 걸었다. 몇 번의 통화 연결음이 흘러나오도록 로라펑은 받지 않았다. 살 표면에 맞닿은 도끼 옆면이 시리도록 차갑게 느껴졌다. 나는 로라펑의 유튜브 채널에 들어갔다. 라이브 방송이 진행되고 있었다. 라이브를 지켜보는 사람은 몇 되지 않았다. 화면 너머에는 수백 개의 팔들이 벽에서 솟아 나와 있었다. 로라펑은 팔들에 붙잡히지 않기 위해 반대쪽 벽에 바짝 달라붙어 있었다. 마이크 너머로 로라펑이 흐느끼는 소리가 들려왔다.

　ㅡ흐으흐으.

나는 다시 전화를 걸었다. 핸드폰은 로라펑의 손이 닿지 않는 곳에 있는 듯했다. 나는 실시간 채팅으로 말을 걸었다. 유료결제를 해야만 큰 글씨로 대화할 수 있었다. 다행히 나에게는 올패스를 팔고 남은 돈이 있었다.

[로라펑 씨, 시리로 전화를 받아요.]

로라펑은 채팅창을 전혀 보지 못하는 듯했다. 택시가 커브를 돌며 몸이 좌우로 기울어졌다. 나는 로라펑이 볼 수 있도록 계속 결제를 했다. 나의 말을 전하고 싶었다.

[전화를 받아요.]

몇 번의 반복적인 결제 끝에, 로라펑이 채팅창 쪽으로 고개를 돌렸다.

[로라펑 씨, 저 지금 거기로 가고 있어요.]

로라펑이 조심스럽게 입을 열었다.
"시리야, 올패스에게 전화해줘."
내 핸드폰이 울리기 시작했다. 나는 전화를 받았다. 그 와중에도 로라펑의 뒤로 팔들이 자라나고 있었다. 아니 정확히 말하면 돋아나고 있었다. 로라펑에게 조금 더 가까이. 한층 더 가까이. 나는 로라펑의 집에서 아직 멀리 떨어져 있었다. 그녀는 내가 이제 와서 뭘 해줄 수 있겠느냐고 말했다. 나는… 그래, 내가 할 수 있는 건… 내가 잘하는 건 하나였다.

"로라펑 씨. 나는 게임에서 프로 공대장이었어요. 전투 상황에서 빠른 판단력을 가지고 수십 명의 사람을 움직이는 리더요. 언제 어떤 일이 벌어져도 어떻게 해야 할지를 결정하고 정확한 오더를 내리는 일을 수없이 해왔어요. 그러니까 날 믿고 잘 들어봐요. 이건 괴물과 맞서기 전에 꼭 필요한 준비예요. 지금부터 토막 공략 갈게요. 이 괴물의 1페이즈는 토막이에요. 우리가 처음 만났던 그 모습이죠. 박수를 치기도 하고 흐느적거리기도 하고 말을 알아듣는 것 같기도 하지만 사실 아니에요. 이들은 우리의 컨트롤 밖에 존재해요. 음악으로도, 향기로도 완전히 진정시킬 수 없어요. 있는 듯 없는 듯 무시하며 살아가기엔 이들은 너무나도 선명해요. 없애려고 마주하는 순간 더욱더 자라나요. 아니, 없애고 싶다고 간절히 바랄수록 더욱더 늘어나기 시작해요. 그럼 이제 2페이즈예요. 지금의 모습이죠. 그전까지는 기민한 사람들만 느낄 수 있는 거슬림이었다면, 이제 본격적으로 우리를 거북하게 만들기 시작해요. 박수를 치잖아요. 당신이 무서워하는 그 모습으로 뱀이 아가리를 벌리듯 팔들이 일제히 양옆으로 갈라졌다가 맞부딪치며 쩍- 소리를 내잖아요. 누구라도 그 안에서 벌레처럼 몸이 터져 죽을 것같이. 하지만 붙잡히지 않기 위해 눈을 감고 몸을 피하는 것만으로는 이들의 손아귀에서 빠져나갈 수 없어요. 눈을 뜨고 토막을 봐야 해요. 토막이 어디서부터 자라났는지 그 뿌리를 다시 들여다봐요. 보기 싫어도 봐야 해요. 싫은 것들을 서랍 속에 모조리 집어넣고 닫아버린다고 해서 사라지지 않아요. 썩은 내만 난다고요. 로라펑 씨, 내가 먹는 것과 같은 약이 있는 걸 봤어요. 물약 없이 깰 수 있는 레이드는 단 한 개도 없어요. 괴물이 눈앞에 있는데 약을 먹지 않을 이유가 없잖아요. 저 정도의 괴물을 아이템 하나 없이 피지컬로 이겨내라는 사람들이 건방진 거예요. 진짜 건방진 거라고요. 약을 먹고, 무기를 들어요. 당신에게는 좋은 목소리가 있어요. 그리고 세상에서 가장 작은 소리를 듣고 느낄 수 있는 두 귀가 있어요. 이건 다른 누구와도 거래할 수 없는 귀속 아이템인 거예요. 로라펑 씨한테만 있고 누구에게도 팔 수 없는 무기라고요."

"나는 재능이 없어요."

"재능이 없으면 죽어야 해요? 재능 있는 사람만 인간답게 살 수 있어요? 세상에 재능 있는 사람보다 재능 없는 사람이 더 많은데. 애매한 재능을 가진 사람들은 다 죽어야 해요? 잘못된 말을 하거나 잘못된 선택을 하거나 잘못된 행동을 하면 즉사하는 모종의 룰 같은 게 있는 건가요? 내가 가진 무기가 영웅무기도 신화무기도 아니고, 허접하고 흔하디흔한 잡템 같은 거면 휘둘러보지도 못하는 거예요? 부모가 마련해준 값비싼 장비와 무기를 장착한 사람이 아니면 어떤 몬스터도 이겨낼 수 없는 거예요? 다 좆 까라 그래요. 그딴 게 삶의 기준이면 인류는 다 뒤져야지. 근데 왜 우리만 이렇게 죽지 못해서 안달인데. 불공평하잖아. 억울하잖아. 그러니까 로라펑 씨. 말 좀 해봐요. 하다못해 욕이라도 해봐요. 당신 숨통을 틀어막는 토막들에게 꺼지라고 해요."

그때 뻗어 나온 손가락이 로라펑의 옷깃을 잡았다. 발버둥 치던 로라펑이 순식간에 팔들 쪽으로 끌려갔다. 토막이 보이지 않는 사람들의 눈에는 로라펑이 발작을 일으키는 것처럼 보이는 듯했다. 로라펑은 발버둥 쳤다. 택시 기사는 언덕길이 가파르고 좁아 올라가지 못하겠다고 말했다. 나는 도끼를 꺼내 들고 뛰쳐나갔다.

뛰어가는 내내 이 언덕길이 절벽처럼 느껴졌다. 도구 없이 맨손으로는 기어오르지도 못할 높고 높은 벼랑처럼 느껴졌다. 숨이 차오르고, 착즙기로 심장을 쥐어짜는 것처럼 고통이 밀려왔다. 그때 영상 너머로 로라펑의 비명이 들리더니, 컴퓨터가 엎어진 듯 화면이 검게 물들었다. 심장을 토할 만큼 뜀박질한 끝에 로라펑의 집 앞에 도착했다. 나는 문을 마구 두드렸다. 소름 끼치도록 조용한 침묵이 지나갔다. 로라펑을 목 놓아 불러도 아무런 반응이 없었다. 나는 도끼를 들었다. 싸구려 스테인리스와 유리로 만들어진 문이었다. 한없이 취약하고 허술한 문. 도끼를 크게 휘둘러 내리치자 유리에 금이 갔다. 나는 몇 번이고 도끼를 휘둘렀다. 깨진 유리 사이로 요동치는 수백 개의 팔들이 보였다. 나는 손을 집어넣어 잠금장치를 풀고 집 안으로 들어갔다. 수백 개의 손들이 로라펑의 목을 조르고 있었다. 나는 로라펑에게 달려가 손들을 떼어놓으려 허우적거렸다. 하지만 내 손은 로라펑의 토막에 닿지 않았다. 헤엄칠 수 없는 허공에서 발버둥 치고 있는 것 같았다. 로라펑의 눈동자가 뒤로 넘어갔다. 흰자위밖에 보이지 않았다. 입에는 거품이 일고 있었다. 나는 로라펑의 어깨를 흔들다가, 집 안 어딘가에 있을 약봉지를 찾기 시작했다. 팔들은 나에게 해를 가할 수는 없었지만, 내 시야는 확실히 가리고 있었다. 파도처럼 요동치는 모습에 멀미가 났다. 감각 신경이 고장 나버린 것 같았다. 어디가 침대고 어디가 책상인지, 어디가 싱크대고 어디가 서랍장인지 도통 알 수가 없었다. 숨이 더욱 가빠졌다. 도수를 잘못 맞춘 안경을 쓴 것처럼 시야가 한층 흐려지더니 다리가 휘청이기 시작했다. 아. 이대로 기절할 수 없었다. 나는 내 뺨을 때렸다. 지금은 기절할 때가 아니었다. 나는 손으로 아무 데나 분주하게 더듬거리며 약봉지를 찾았다. 붕 떠올랐던 로라펑의 몸이 순식간에 바닥으로 떨어졌다. 쿵-. 소리가 온 집 안에 울렸다. 팔과 팔들 사이 어딘가에서 약봉지를 찾아냈다. 나는 바닥에 쓰러진 로라펑을 품에 안았다. 그녀의 입 안에 알약을 털어 넣었다. 삼켜라. 제발 삼켜라. 로라펑의 입안은 바싹 말라 있었다. 물이 필요한 것 같았다. 고개를 돌리는 순간 수없이 증식한 팔들이 내 시야를 가렸다. 아무것도 없는데도 앞이 보이지 않았다. 로라펑의 고통스러운 숨소리가 세상의 전부 같았다. 끝없이 막막한 어둠. 나는 도끼날로 손목을 그었다. 피가 흘러나오는 것이 느껴졌다. 손으로 그녀의 얼굴을 더듬거리며 입술을 찾았다. 끈적거리지만 분명한 액체가 그녀의 입술에 닿았다. 말라붙은 입가가 촉촉이 젖어 들었다. 그녀의 목젖이 움직이는 게 느껴졌다.

"용기를 내요."

손가락에 닿은 그녀의 속눈썹이 살짝 움직이는 것이 느껴졌다. 팔들이 로라펑의 모습이 보이지 않을 만큼, 누에고치처럼 그녀를 감싸 안았다. 그녀의 입이 열렸다.

"다 죽 까."

그 작은 한마디에 무슨 힘이라도 있는 것처럼, 내 시야를 가린 팔들과 함께 수백의 팔들이 부글부글 검게 끓어오르며 바닥을 향해 녹아내리기 시작했다. 질척한 거품을 걷어내고 나니 눈을 뜬 로라펑의 얼굴이 보였다. 나는 헛웃음이 났다. 로라펑도 실실 미소 지었다. 로라펑이 피가 나는 내 손목을 꾹 눌러 잡았다. 아팠다. 정말 많이 아팠다. 하지만 그 꽉 잡은 손아귀의 힘이 나를 이곳에 머물 수 있게 붙잡아주는 것 같았다. 토막이 사라져가는 자리에 지독한 악취가 흘렀다. 이 또한 깨진 문 틈새로 사라져버릴 그런 가벼운 것이었다. 우리는 서로의 얼굴을 보며 넋 나간 사람처럼 웃었다. 이 지옥 같은 던전의 첫 번째 네임드 몬스터 하나 정도는 해치운 것 같았다.

"전멸하지 않고 클리어했어요. 잘했어요."

로라펑은 무슨 뜻인지 잘 모르겠다고 했다. 나는 아무래도 상관없는 말이라고 했다. 물리쳐야 할 네임드 몬스터가 아직도 많이 남은 것 같고, 최종 보스는 형체조차 짐작되지 않고, 아직도 어둡고 깊숙한 던전 입구에 서 있는 것 같았지만 나에겐 로라펑이 있었다. 함께 지옥을 깨고 나갈 동료가 있다면 다른 것도 해볼 만하다는 생각이 들었다. 모든 것이 분명해진 느낌이었다. 나는 이제 수백 개의 눈들을 마주하고 머리를 죽일 수 있을 것 같았다.

귀촌 가족

박선미

오랫동안 비어 있던 박씨 할머니의 농가에 한 가족이 새로 터를 잡았다는 것을 마을 사람들이 알게 된 것은 3월 말경이었다. 관리하지 않아 망가진 집 안 이곳저곳을 한 초로의 남자가 수리하고 있는 모습을 본 영균이 이장 김 씨에게 달려가 이 사실을 고했고, 이장 김 씨는 도시에서 한 가족이 귀촌해 오기로 되어 있었다는 사실을 그제야 기억해냈다.

"그 뭐라더라…? 서울서 고등학교 교장을 하셨다던데?"

호기심이 생긴 영균 와이프가 옆집 영미 엄마를 데리고 그 집으로 달려갔다. 서울에서 교장을 지냈다는 60대 남자 옆에는 부인으로 보이는 여자가 남편의 집수리를 돕고 있었다. 대문 앞에서 힐끔대는 영균 와이프와 영미 엄마를, 차에서 내린 짐을 가득

안고 들어오던 한 여자가 발견하고 다가왔다.

"저희 집에 무슨 용건이라도…?"

"아 저기, 이 집에 이사 오신 분인가요?"

"네."

30대 중후반으로 보이는 여자는 하얀 피부에 붉게 상기된 뺨을 하고 눈을 반짝반짝 빛내고 있었다. 귀촌에 대한 기대감에 잔뜩 부풀어, 앞으로 펼쳐질 시골 생활의 고단함과 귀찮음 따위 예상도 하지 못하는 듯. 영균 와이프와 영미 엄마는 곧 이 귀촌 가족에게서 집들이를 겸한 저녁 식사 초대장을 받아냈다.

"음식은 걱정하지 마세요. 집수리하느라 바쁘실 텐데 뭘요. 먹을 건 저희가 다 가져올 테니까 장소만 빌려주시면 된다니까요. 시골 사람 좋다는 게 뭐겠어요."

이 가족의 외동딸로 보이는 여자는 내일 갑자기 열게 된 잔치에 음식은 둘째 치고 음식을 올려둘 교자상조차 없다는 사실에 당황했다. 여자는 낮에는 인기척이 없던 옆집에 불이 켜진 것을 발견했고, 늦은 시간 예의가 아니라고는 생각했지만 옆집의 초인종을 눌렀다.

딩동.

벨을 한 번 눌렀는데 반응이 없자 여자는 살짝 물러서서 집을 둘러보았다. 슬레이트 지붕을 대강 철거하고 샌드위치 패널을 붙인, 집이 조금씩 망가져 갈 때마다 되는 대로 수리한 느낌이 나는 집이었다. 낡은 대문에는 보안경비 회사의 스티커가 붙어 있었다.

"누구세요?"

"아, 네. 저는 옆집에 오늘 이사 온 사람인데요."

침묵이 흐르고, 천천히 문이 열렸다. 문을 열기까지 왜 이렇게 시간이 오래 걸렸는지 여자는 상대방을 보고 알 수 있었다. 안에서 나온 여자는 휠체어를 타고 있었다.

"저, 밤늦게 죄송해요. 오늘 이사를 와서…. 저는 서연우라고 해요."

휠체어를 타고 있는 여자의 무감한 시선에, 연우는 자신도 모르게 허둥대며 자기소개를 했다. 하지만 휠체어를 탄 여자는 가볍게 고개를 끄덕일 뿐이었다.

"내일 집들이를 하려고 하는데, 아직 짐이 다 도착하지 않아서요. 혹시 교자상을 좀 빌릴 수 있을까요? 실례가 안 된다면…"

"…집에 교자상이 없어서요."

여자의 대답에 연우는 멋쩍은 듯, 밤늦게 갑자기 찾아와서 죄송하다고 다시 한번 사과한 후 혹시 내일 시간이 괜찮으면 집들이에 와달라고 청했다. 하지만 여자는 일이 있어서 어려울 것 같다고 그 역시 거절했고, 연우는 이게 혹시 시골의 텃세일까 하는 생각을 하면서 집으로 돌아왔다.

"서울에서 고등학교 교장 선생님을 하셨다고 들었는데, 그래 선지 좀 많이 배우신 분 느낌이 나네요. 중후하시고."

다음 날, 서울에서 온 가족의 집들이 겸 작은 마을 잔치가 열렸다. 교자상을 빌려준 이장 김 씨의 부인이 먼저 이 가족의 아버지를 추켜세웠다. 교장이라고 불린 초로의 남자는 멋쩍게 답했다.

"뭔가 오해가 있었나 봅니다. 전 학교 교장은 아니고, 작게 학원 사업을 했어요. 고등학교 입시 학원을 운영했는데 이제 어느 정도 정리해서 후배에게 맡기고 저는 형식적인 대표로 남기로 했지요. 이제 슬슬 항상 꿈꿔오던 귀촌을 실행에 옮길 때가 된 것 같아서요. 잘 정착해서 농사를 지어볼 생각입니다. 잘될지 모르겠지만…. 하하. 제 갑작스러운 변덕에 집사람이 잘 따라와 줘서 고마울 뿐이죠."

영균 와이프와 영미 엄마는 남자의 대답은 듣는 둥 마는 둥 하면서 집 여기저기를 살펴보고 있었다. 오래된 시골집이지만 그 안에 들여놓은 작은 가구들은 고급스러운 취향의 물건들이었고, 방 한구석에 아무렇게나 놓인 가방조차 명품인 듯했다. 집 바깥에 주차된 차는 아주 새것도 아니지만 그렇다고 많이 낡은 것도 아닌 잘 관리된 국산 중형 세단이었다. 돈 자랑 하는 것처럼 보이는 값비싼 외제차가 아니라는 점도 그들 마음에 들었다.

"요즘 은퇴하시고 농촌으로 오시는 분들이 많더라고요. 저희가 이것저것 잘 도와드릴 테니 농사일은 전혀 걱정하지 마세요. 그런데….”

이장 김 씨 부인의 시선이 옆에서 과일을 깎고 있는 딸 연우에게 향했다.

“가족분들이 다 같이 여기 정착하시는 건가요? 따님도? 따님은 결혼은 하셨는지…?”

연우는 갑자기 쏟아지는 질문에 멈칫했다. 그녀의 당황한 눈빛을 눈치챈 영미 엄마가 넉살 좋게 웃으면서 말을 이었다.

“아우, 우리 이장 엄마가 궁금한 게 많네. 이쁜 처자만 보면 이런다니까? 여기 결혼 안 한 참한 총각들이 좀 있어서 자꾸 이어주고 싶은가 봐요. 요즘 사람들은 선 같은 거 안 본다고 그렇게 말을 해도 자꾸만.”

연우는 망설이다가 입을 열었다.

“…결혼, 한 번 했었어요. 하지만 이젠 여기서 부모님 일 도우면서 살려고요. 농사지으면서 하루하루 보람차게 땀 흘리며 사는 건 제 꿈이기도 했으니까요.”

갑작스러운 그녀의 말에 사람들이 놀라 할 말을 찾지 못하자, 영미 엄마가 서둘러 수습했다.

“그럼, 요즘 한 번 다녀온 건 흠도 아닌데. 근데 어쩜 이렇게 처녀같이 이뻐?”

"그 아가씨…. 아니, 결혼했었으니 아가씨란 말은 좀 그런가? 하여간 이름은 연우라고 하더라고. 이름도 참 예쁘네."

환영회를 빙자한 마을 신입 신고식을 마치고 돌아온 영균 와이프는 상대방이 듣는지 마는지 신경도 쓰지 않고 자신의 감상을 말하고 있었다. 정아 역시 듣는 둥 마는 둥 하면서 자신의 휠체어를 살펴보고 있었지만, 대화의 주제가 된 연우라는 여자가 어제 자신의 집에 찾아왔던 그 사람이라는 사실은 알 수 있었다.

"잘사는 사람들 같지 않게 털털하더라니까? 하긴 그러니까 귀촌한다고 온 거겠지만. 난 명품 같은 건 잘 모르는데, 영미 엄마 말로는 옷이나 가방이나 이런 게 다 명품이라고 그러더라고. 아버지는 학교 교장이랬나, 학원을 한댔나…. 하여간 그 연우라는 아가씨, 정아랑 비슷한 또래 아닌가? 정아도 그 집에 같이 갔으면 좋았을 텐데."

"휠체어 상태가 안 좋아서 가긴 힘들었어요. AS 받을 때가 지나서…."

그제야 영균 와이프는 정아의 낡은 휠체어에 시선이 갔다. 그리고 화장기 없이 푸석하게 부은 정아의 얼굴과, 외출할 일이 없어서 대충 길러 묶은 머리카락을 쳐다보았다.

'비슷한 또래인데 참….'

정아에게서 시선을 돌리며, 영균 와이프는 말을 이었다.

"어쨌든 그래서 영미 엄마가 몸이 달았지 뭐야. 연우 씨랑 재석이랑 잘 어울릴 것 같다면서. 재석이 장가만 보내주면 크게 한턱 쏘겠다고 재석이 엄마가 말하고 다녔잖아. 도시 처녀들 시골로 시집오는 거 싫어하지만 연우 씨야 일부러 귀촌도 했는데 여기 사는 거 싫어하지 않을 테고."

"…재석 오빠랑요? 나이 차이가 좀 있을 텐데…."

"재석이가 40대 후반이든가 50대 초반이든가? 그래봤자 열 살 차인데 뭐. 그리고 솔직히, 한 번 이혼한 여자 누가 좋아해? 연우 씨가 이쁘긴 하지만 어린 나이도 아니잖아. 또 재석이네가 얼마나 알부자야. 서울 사는 사람들이야 잘 모르겠지만 이 정도로 벼농사 크게 짓는 집이 어딨다고. 알아주는 현금 부자인 데다 몇 년 전에 아파트 짓는다고 토지 보상금 나온 것도 만만찮고."

영균 와이프의 이야기 중 거슬리는 말들이 많았지만 정아는 입을 다물었다. 대신 건성으로 맞장구를 쳐주었고, 영균 와이프는 신나서 계속 말을 이었다.

"말이야 바른말이지, 자꾸 한국말도 못 하는 베트남 처녀들 시집오는 것도 싫고, 오랜만에 여기에 신혼부부가 생기면 다들 좋아하지 않겠어? 여기만큼 사람 살기 좋은 데가 없어. 다들 얼마나 가족같이 서로 돕고 지내냐고. 서울 사람들 깍쟁이처럼 자기 거나 챙길 줄 알지. 그러니까 고독사 같은 문제가 생기는 거라고. 우리는 그런 서울깍쟁이들하고는 다르잖아?"

정아는 영균 와이프의 말을 흘려들으면서 재석에 대해 생각하고 있었다. 재석에 대해, 그리고 어제 자신을 찾아왔던 맑은 눈동자의 연우라는 여자에 대해서.

영균 와이프와 영미 엄마가 집에서 만든 반찬을 싸 들고 연우네 집에 다시 찾아간 것은 그 환영파티 3일 후였다. 집수리에 열을 올리고 있던 연우는 얼굴에 페인트를 묻힌 채로 한 손에 브러시를 들고 당황한 듯 웃어 보였다.

"오늘은 부모님께서 좀 늦게 돌아오실 예정이라서요. 부모님께 무슨 용건이라도….."

의아한 표정의 연우는 영균 와이프와 영미 엄마를 따라 함께 온 사람을 보고 더 놀라지 않을 수 없었다. 힘겹게 휠체어를 타고 온 정아였다. 영균 와이프와 영미 엄마는 손을 휘휘 내저었다.

"용건은 무슨. 여긴 식당도 멀고 아직 집수리도 끝나지 않았으니까 밥 챙겨 먹기 영 시원찮을 거 같아서 먹을 것 좀 들고 왔어요. 이쪽은 바로 옆집에 사는 정아. 아직 서로 본 적 없죠? 서로 인사나 하고 지내라고. 정아가 원래 밖에 나오는 걸 안 좋아하는데 오늘은 또 굳이 오겠다고 해서."

이사 온 첫날 둘이 만났었다는 사실을 알 리 없는 영균 와이프의 말을 들으며 정아는 가볍게 묵례를 해 보였다. 연우도 고개를 살짝 숙여 인사했다.

영미 엄마가 한 상 차려놓은 식탁에 둘러앉아 아직 따끈따끈한 호박전을 먹으며 연우는 비로소 마음이 놓인 듯 웃어 보였다.

"귀촌하기로 맘먹었을 때 여러 가지로 걱정 많이 했는데, 이렇게 따뜻하게 맞아주셔서 너무 감사해요."

"어머, 시골 좋다는 게 뭐겠어요. 앞으로도 어려운 일 있음 말해요. 여기 사람들 정이 많아서 다들 이것저것 챙겨주려고 할 거니까."

친절하게 말하는 영미 엄마의 시선이 정아의 불편한 다리에 꽂혔다.

"정아도 우리가 많이 챙겨줘서 불편한 거 없이 지내고 있어요. 뭐, 정아는 아주 어렸을 때부터 잘 알고 지낸 사이긴 하지만. 사고로 다리를 다치지만 않았어도 여기서 벌써 결혼해서 잘 살고 있을 텐데…."

"사고요?"

영미 엄마의 말에 연우는 정아에게 시선을 돌렸다. 정아는 별일 아니라는 듯 가볍게 대답했다.

"초등학교 때 친구들과 놀러 나갔다가 트럭에 치였어요. 그때 이후로 이렇게 몸이 불편해졌지만 다행히 마을 사람들이 여러모로 많이 도와줘서 학교도 무사히 졸업할 수 있었고요."

"아유, 정아 너 사고 났을 때 다들 얼마나 놀랐던지. 재석이는 너 다쳤다고 울고불고. 재석이가 너 등하교하는 거 힘들다고 매일 가방 들어다 줬던 거 생각나?"

대화 속에 등장하는 또 다른 이름에 연우가 의아한 표정을 지었다. 영균 와이프는 영미 엄마의 노골적인 화제 전환에 얼굴을 붉히면서 말했다.

"재석이라고, 벼농사 아주 크게 짓는 집안 외동아들인데 어렸을 때 정아를 참 많이 이뻐했거든. 정아도 잘 따랐고. 참 착하고 성격도 좋고, 외모도 그만하면 어디서 빠지진 않는 총각인데 말이야. 그런데 아직 결혼을 못 해서…."

센스 없는 영균 와이프의 말에 '아니 그렇게 노골적으로 결혼 얘길 하면 어떡해' 하는 표정으로 영미 엄마가 눈총을 주었다. 영균 와이프는 진짜 용건을 조심스럽게 꺼냈다.

"그런데, 전에 듣기로는 결혼 한 번 했었다고…?"

갑자기 들어온 질문에 연우는 당황했지만 침착하게 말했다.

"네. 3년 전에요."

"근데, 왜 이혼했어요?"

"…그냥 성격 차이였어요."

"아니, 이런 거 물어본다고 기분 나쁘게 생각하지 말고. 연우 씨가 너무 이쁘게 생겨서 아까우니까 그러지."

연우는 힘겹게 입을 열었다.

"전남편이 경제적으로 문제가 좀 있어서…. 아마 처음부터 저희 집 돈을 노리고 접근해왔던 거 같아요. 저는 공부만 하느라 세상 물정도 모르고, 그래서…."

영균 와이프와 영미 엄마는 서로 눈빛을 교환했다.

'역시 그럴 줄 알았어.'

하얀 피부에 커다란 눈동자를 가진 연우는 시골 사람들이 보기에도 맑은 영혼을 가진 듯했다. 역시 재석이 짝으로 딱이었다. 이혼이 좀 흠이지만 이 정도면 돈도 있고 얼굴도 예쁘고 성격도 좋고. 마을에도 오랜만에 봄바람이 좀 불 것 같았다. 그 후로 영미 엄마의 말은 청산유수였다.

"연우 씨 이렇게 젊고 예쁜데 계속 혼자 살기엔 좀 아깝지 않아요? 난 연우 씨 처음에 딱 봤을 때, 재석이가 생각나더라니까? 연우 씨가 마을에 온 지 얼마 되지도 않았는데 이런 얘기 한다고 무례하다고 생각하지 말았으면 좋겠어요. 진심으로 연우 씨 앞으로의 인생이 아까워서 그래요. 그리고 도시 사람들은 잘 모르겠지만, 시골에서도 벼농사 이 정도로 크게 짓는 집 드물어. 웬만한 대기업 직장인 연봉 따위는 비할 것도 아니라고."

영미 엄마의 이야기에 연우는 뭐라고 대꾸할 말이 없어서 어색한 미소를 지을 뿐이었다. 어색한 분위기를 깬 건 정아의 말이었다.

"하지만 재석 오빠에겐 결혼이 어울리지 않아요."

여태 조용했던 정아의 한 마디에 놀란 연우가 정아의 얼굴을 쳐다보았다. 당황한 것은 영미 엄마도 마찬가지였다.

"어머 그게 무슨 소리야?"

"아니 그냥…."

정아는 말끝을 흐리면서도 계속 이어갔다.

"재석 오빠는 나이도 있고…."

"재석이가 무슨 나이가 많다고 그래? 그래봤자 40대 후반인데. 그리고 동안이고 잘생겨서 다들 열 살은 어리게 본다고."

"하지만 여태 혼자 지냈는데 재석 오빠도 결혼 생각은 없을 것 같아요. 그리고 뭣보다 연우 씨도, 귀촌하러 온 거지 결혼하러 온 건 아니잖아요."

정아의 시선을 마주 본 연우는 그 표정이 어딘지 간절해 보인다는 생각이 들었다. 영미 엄마와 영균 와이프가 허둥지둥하며 분위기를 추스르려 다른 화제로 전환하는 동안에도 정아는 자신의 발언에 대한 부연 설명은 하지 않았다. 그들이 어색한 분위기 속에서 모임을 마치고 연우의 집을 나설 때, 정아와 영균 와이프를 먼저 보내고 홀로 남은 영미 엄마가 연우에게 귀엣말을 건넸다.

"정아가 어릴 때부터 재석이를 많이 따르긴 했어요. 몸이 불편하니까 만날 수 있는 남자도 없고, 재석이가 여동생처럼 워낙 잘 대해줬으니까 재석이한테 마음을 품을 만도 하지. 하지만 재석이에게 정아는 여동생 그 이상도 이하도 절대 아니니까 신경 쓰지 말아요. 이게 다 마을 사람들이 너무 친하게 지내서 생기는 일이지 뭐."

연우의 집을 나서는 영미 엄마의 얼굴은 기대감으로 붉게 상기되어 있었다. 재석의 결혼을 성사시켜주면 한턱 크게 쏘겠다는 재석 엄마의 말도 말이었지만, 실은 몇 달 전 영미네 집안 사정이 어려워져서 재석 엄마에게 돈을 빌렸던 것이다. 갚을 날은 다가오는데 사정이 여의치가 않아서 어떻게 말을 해야 하나 하고 걱정하던 참이었다. 이 결혼이 성공만 하면 일단 위기는 모면할 수 있을 것이었다.

얼마 지나지 않아 영미 엄마의 주선으로 서울에서 온 연우와 벼농사 짓는 재석이 첫 만남을 가졌다. 40대 후반이라던 재석은 영균 와이프의 말대로 금수저 영농 후계자였고, 키도 큰 편에 웃는 얼굴이 호감인 남자였다.

'이런 사람이 왜 아직 결혼을 못 했을까. 역시 시골에 살아서 그런가.'

연우는 이상하게 생각했지만 진짜 이유는 모두가 쉬쉬했기 때문에 알 수 없었다. 재석이 이미 30대 후반에 베트남 여자와 결혼을 한 번 한 적이 있었다는 것을, 또 그 베트남 여자가 결혼한 지 6개월도 안 돼서 도망가버렸다는 사실도. 마을 사람들은 연우와 재석이 행복한 결혼을 하길 바랐기 때문에 재석의 실패한 결혼에 대해서는 다 같이 입을 다물었다. 그래봤자 연우도 한 번 갔다 온 여자니까. 그런 사람이 총각 결혼을 바라선 안 된다는 생각이었다.

연우와 그 가족은 시간을 가지고 마을에 적응해나갔다. 연우의 부모님은 아직 서울에서 처리할 일들이 남았다면서 시골집에는 주말에만 방문했고, 연우 역시 서울에서 학원 강사 일을 하고 있었기 때문에 주중에도 몇 번씩 왕래하며 바쁘게 지냈다. 그 와중에도 재석은 바쁜 연우의 스케줄에 맞추어 쩔쩔매며 몇 번의 만남을 가졌다. 연우는 여태 재석이 만났던 여자들 중에서 가장 세련되고 아름답고, 유복하게 자란 티가 나는 여자였다. 연우 역시 재석이 싫지 않은 눈치였다.

"그러고 보니, 정아 씨는 바로 옆집에 사는데도 통 얼굴 보기가 어렵네요. 재석 씨와도 많이 친하다고 했죠?"

연우와 재석의 여섯 번째 만남, 차로 30분은 가야 있는 그나마 제일 번화한 거리의 카페에서 연우가 커피를 마시며 입을 열었다.

"어릴 때부터 잘 아는 사이죠."

단둘이 있을 때 다른 사람의 얘기는 내키지 않는다는 듯 재석이 대답했다.

"초등학교 때였나, 사고가 난 뒤로 밖으로는 잘 나오지 않아요. 부모님은 이혼하셔서 어머니는 아마 재가했던가, 그랬던 것 같고. 아버지는 도시에 나가서 사시는데…. 아버지 따라서 도시로 나가 살면 좋을 텐데, 굳이 고집을 부려서 여기에 계속 살겠다고 하니.”

“집도 가까우니까 친하게 지내면 좋을 텐데….”

순수한 연우의 말에 재석은 고개를 내저었다.

“혼자 있는 걸 좋아하는 아이예요. 주변 사람들도 다들 그 애한테 신경 써주면서 모임에 나오라고도 몇 번 말해봤는데 다 거절하고. 다리 다치고 성격도 변하고 많이 어두워져서 원. 연우 씨도 가까이하지 않는 게 좋아요. 그것보다….”

재석은 본론을 말하기 위해 침을 꿀꺽 삼켰다.

“제가 시골 사람이 되어놔서…. 이런 말을 어떻게 꺼내야 할지 모르겠네요. 연우 씨, 저 만나는 거 진지하게 생각하고 있는 거 맞죠? 저는 결혼까지 생각하고 있는데, 저 혼자 너무 김칫국 마시고 있는 건 아니죠?”

연우의 뺨이 붉게 달아올랐다.

“…저도…. 가벼운 생각으로 재석 씨 만나고 있는 건 아니에요. 하지만….”

“하지만, 왜요?”

“전 결혼에 실패한 경험이 있기 때문에, 또다시 실패하는 게 너무 두려워요. 부모님도 저만 좋다면 독신으로 살아도 괜찮다고 하시고요. 이미 부모님께서는 외동딸인 제가 혼자서도 살아갈 수 있도록 금전적으로도 여러 가지를 충분히 마련해 주셨어요."

"이혼한 것이 뭐가 어때서요? 저희 부모님께서도 충분히 이해해주실 겁니다. 또 설사 맘에 들지 않는다고 하시더라도 제가 설득할 거고요. 전 연우 씨 처음 보고 정말 한눈에 반했어요. 신이 절 버리지 않으셨구나, 생각했다고요."

확신에 차서 말하는 시골 남자의 열정에, 연우는 더욱 얼굴을 붉혔다. 재석은 그 표정을 보고 더 확신할 수 있었다. 자신은 이 여자와 결혼할 것이라고. 지난 결혼의 실패 따위, 끝이 좋으면 다 좋은 법이니까.

연우에게 푹 빠져 있는 재석과는 달리, 연우는 영미 엄마의 말을 신경 쓰지 않을 수 없었다. 정아가 반겨주지 않으리라 예상하면서도 굳이 찾아간 것도 그 때문이었다. 이번에도 정아는 연우를 집 안으로 들이지 않았다. 정아의 낡고 작은 집 마당에 서서 연우는 어색하게 말을 걸었다.

"저희도 이제 집에 보안경비 시스템을 설치해야 할 것 같아서요. 전에 보니까 정아 씨 집 대문에 스티커가 붙어 있길래, 어느 회사가 괜찮은지 추천받을 수 있을까 하고…."

"예전 일이라 기억이 잘 안 나네요."

어색하게 끊어지는 대답에 연우는 할 말을 잃었다. 정아는 진짜 용건을 말해보라는 듯 연우의 얼굴을 쳐다보고 있었다.

"저…. 제가 재석 씨 만나는 거 알고 있죠?"

"네."

"제가 이런 말 하는 것도 좀 그렇지만…. 정아 씨가 괜찮은가 해서. 이것도 제 오지랖인 거 아는데 그냥 좀 신경이 쓰여서요."

정아가 연우를 뚫어질 듯 쳐다보았다. 그 표정은 많이 복잡해 보여서, 연우는 이 정아라는 여자가 여태까지 어떻게 살아왔는지 알 것 같은 느낌이 들었다. 한참 침묵이 흐른 후 정아가 입을 열었다.

"제가 재석 오빠를 만나지 말라고 하면, 그럴 건가요?"

할 말을 잃은 건 연우 쪽이었다.

"그게 아니라면 굳이 날 찾아올 필요는 없어요. 이만 가보시는 게 좋겠네요."

먼저 등을 돌려 집 안으로 들어가는 정아의 낡은 휠체어를 연우는 멍하니 바라보았다. 어딘가 고장이 났는지 잘 굴러가지 않는 느낌이었다. 더 이상 말을 걸지 못하고 정아의 집 대문을 나서는 연우의 등 뒤로 정아의 목소리가 들려왔다.

"그 보안 스티커, 가짜예요."

며칠 후 저녁, 수리가 끝나가는 집 안을 둘러보면서 연우는 다음으로 해야 할 일들을 생각하고 있었다. 그 와중에도 머릿속에는 정아의 말이 떠올라 사라지지 않았다.

"그 보안 스티커, 가짜예요."

연우는 그 말의 의미가 무엇일지 생각했다. 생각에 잠긴 채 쓰레기를 버리러 집 앞에 나간 연우는 자기도 모르게 정아의 집을 바라보고 있었다. 정아의 낡은 집은 길 하나를 사이에 두고 연우의 농가 바로 옆에 위치하고 있는데 오늘은 웬일인지 불이 꺼져 있었다. '외출했나' 하고 돌아서려는데 어딘가에서 여자의 신음이 들려왔다. 연우는 재빨리 소리가 나는 곳으로 향했고, 휠체어와 함께 길에 나동그라져 있는 정아를 발견했다.

"어제 비가 와서⋯."

연우는 먼저 넘어진 휠체어를 일으켜 세우고 정아를 부축해서 휠체어에 앉는 것을 도왔다. 정아는 변명하듯이 비를 탓했다. 연우는 정아가 집으로 들어가는 것을 지켜보다가 그 뒷모습을 향해 입을 열었다.

"정아 씬 내가 달갑지 않겠지만 그래도 선입견을 가지고 나를 대하지 않았으면 좋겠어요. 재석 씨 때문에 개인적으로 친하게 지낼 수 없다고 해도, 무슨 일이 있을 때 서로 도울 수는 있잖아요. 모양뿐인 보안 스티커보다는 도움이 될 거예요."

연우의 갑작스러운 말에 정아는 멈칫했지만 오늘 고마웠다는 짤막한 인사와 함께 집으로 들어갔다.

그 후로 연우와 정아의 사이가 당장 가까워진 것은 아니었다.

하지만 다음 날 아침 연우가 집을 나설 때 마침 마당을 쓸고 있었던 정아는 처음으로 먼저 인사를 했고, 그다음 날 연우는 선물받은 과자가 있는데 많아서 나눠 먹고 싶다는 핑계로 정아를 찾아갔다. 그리고 둘의 대화는 점점 더 길어졌다. 연우는 낯선 시골에서 어떻게 적응해야 할까 고민하고 있었다.

"부모님의 농사를 도울 생각이었는데 막상 시작하려니 자신이 없어서요. 내가 학원 강사를 그만두고 여기서 할 수 있는 일이 있을까요?"

정아는 자신이 할 수 있는 답을 해주었다. 영미네는 벼농사를 짓다가 열대과일 재배를 시작했는데 제법 쏠쏠해 보이더라는 이야기, 마을 회관을 관리하는 김 씨는 요즘 유행한다는 공유 숙박 아이디어를 내서 외지에서 방문객을 받고 있는데, 요즘 관광객이 많아져서 관리하는 직원을 하나 더 뽑을지도 모른다는 이야기.

"농촌이라고 다 농사만 짓는 건 아니군요."

순진한 얼굴로 감탄하는 연우에게 정아는 대답했다.

"농사만 해서 큰돈을 벌기는 힘드니까요. 요즘은 시골 사람들도 이재에 밝아요."

끄덕거리며 수긍하던 연우는 정아에게 활짝 웃어 보였다.

"그럼 나도 여기 정착해서 새 출발을 해봐야겠어요."

'새 출발'에 재석도 포함된 것이냐고 정아는 물어보고 싶었지만 입을 다물었다. 간간이 연우의 입에서 나오는 재석의 이야기에, 정아는 둘이 원만하게 교제하고 있다는 사실을 짐작할 수 있었던 것이다.

다시 얼마 지나지 않아서 연우와 재석이 결혼을 약속했다는 소문이 퍼졌다. 둘 다 나이는 있지만 선남선녀라는 이야기, 연우의 부모님이 학원 사업도 크게 했고 여기저기 투자를 잘해서 돈이 많다는 이야기, 아니 사실 알고 보면 재석네야말로 알짜 부자니 서로 잘 어울린다는 이야기, 재석의 부모님은 신부의 나이가 많아서 내키지 않는 척하지만 사실은 매우 기뻐하고 있다는 이야기 등등. 시골 사람들이 흔히 생각하는 서울 여자 같지 않게 털털한 연우는 재석의 부모님뿐 아니라 마을의 다른 사람들과도 잘 지내면서 신망을 얻고 있었다.

이런 소문들은 집에 가만히 앉아 있는 정아에게도 들려왔다. 그리고 며칠 후, 마을에서 차로 한 시간은 넘게 가야 있는 전자제품 판매점에서 정아는 연우와 우연히 마주쳤다. 연우의 옆에 있던 재석과 함께.

"연우 씨가 마음에 드는 걸로 다 골라요. 난 아무거나 괜찮으니까."

"하지만 어머님, 아버님도 자주 방문하실 테니까, 그분들 취향에 맞추는 것도 괜찮지 않을까요?"

190

돈을 많이 쓸 것으로 보이는 이 예비부부에게는 이미 반질반질한 헤어스타일의 대리점 매니저가 달라붙어 있었다. 시부모님까지 신경 써야 한다는 연우의 말에 매니저는 "아내 되실 분이 정말 생각이 깊으시네요, 하하"라고 과장된 목소리로 칭찬을 던지며 건조기, 세탁기, 냉장고 등을 보여주고 있었다. 그 번잡스러운 와중에 핸드폰 충전기 하나 달랑 사러 나온 데다 휠체어까지 타고 있는 정아를 신경 써주는 직원은 아무도 없었고, 덕분에 정아는 높이 걸려 있는 핸드폰 충전기 하나를 집으려다 떨어뜨리고 말았다.

　"정아 씨?"

　충전기를 얼른 주워 건네준 연우의 얼굴과, 그 뒤에서 당혹스러운 얼굴로 서 있는 재석을 보고 정아는 괜히 외출을 했다고 생각했다. 연우는 오늘도 아름다웠다. 누구 말대로 세련되고, 아름답고, 유복하게 자란 티가 나는 사람.

　"정아 너, 어떻게 여기까지…. 살 게 있었으면 나나 다른 사람들한테 부탁하면 되는데."

　마지못해 아는 척하는 재석에게 정아가 말했다.

　"콜택시 타고 왔어. 나도 가끔은 외출할 일이 있으니까."

　정아와 재석 사이의 냉랭한 분위기 속에서도 연우는 반갑게 이야기를 건넸다.

　"이런 데서 만나니까 반갑네요, 정아 씨."

연우의 미소 띤 하얀 얼굴을, 정아는 잠시 물끄러미 바라보았다. 대답 없는 정아 대신 재석이 서둘러 말했다.

"정아는 몸이 불편해서 밖에 잘 나오지 못해요. 밖을 다니는 건 피곤하기도 하고. 너 이제 들어가 봐야 하지? 내가 택시 불러줄까?"

"택시 곧 올 거야. 예약해놨어."

정아는 휠체어를 돌려 나오면서 연우에게 말했다.

"예전에 준 과자 선물에 대한 답례로, 이번 주에는 우리 집으로 초대할게요."

정아와의 짧은 만남 이후에 연우는 재석의 기분이 몹시 나빠진 것을 느꼈다. 전자제품 쇼핑을 마친 후 연우는 재석의 집에 방문했다. 재석의 어머니는 그녀를 반갑게 맞이하고 차를 가져다준 후, 재석과 연우가 결혼해서 살 아파트에 대한 이야기를 꺼냈다. 농사짓는 곳과는 약간 떨어진, 차로 삼사십 분 거리에 있는 새 아파트라고 했다. 연우는 어차피 귀촌을 결심한 만큼 여기에 그대로 살아도 좋다고 했지만, 신식 시어머니가 되고 싶은 재석의 어머니는 극구 만류했다. 그뿐만 아니라 자신들은 시골 사람이지만 노후 준비가 충분히 되어 있으며, 여기저기 투자한 곳도 좀 있으니 걱정하지 않아도 된다고 강조하기까지 했다. 재석의 어머니가 방을 나간 후 연우는 재석의 눈치를 살폈다. 피곤한 것인지 오늘의 쇼핑이 마음에 들지 않았던 것인지 재석은 여전히 기분이 안 좋았다. 기분을 풀어주기 위해 부러 이런저런 말을 하다가 연우는 정아의 얘기를 꺼내고 말았다.

"정아 씨를 밖에서 만나니까 또 새롭네요. 여긴 제 또래가 없어서, 친하게 지내면 좋을 것 같았거든요."

재석의 눈치를 살피며 연우가 입을 떼자, 재석이 갑작스럽게 소리를 질렀다.

"혼자 있는 걸 좋아하는 애라고 했잖아요. 다리 다치고 성격도 어두워졌고, 피해망상도 있는 애라고요!"

갑자기 돌변한 재석의 말투에 연우는 너무 당황해서 말을 더듬었다.

"하, 하지만 집으로 초대까지 해줬는데…."

"가까이하지 말라고 했잖아!"

재석은 거칠게 소리 지르며 벌떡 일어났다.

"왜 말을 안 들어! 내 말이 우스워? 그렇게 말했으면 알아먹어야지, 왜 자꾸 똑같은 말을 반복하게 만들어!"

연우는 완전히 얼어붙은 채로 일어났다. 이런 재석의 모습은 처음이었다. 항상 존댓말까지 쓰며 자신에게 맞춰주고 나쁜 소리 한 번 한 적 없는 사람이었으니까.

연우는 재석을 마주 본 상태로 뒷걸음질 쳤다.

"나, 난 이제 가볼게요. 재석 씨 지금 기분이 안 좋은 것 같으니 다음에 얘기해요."

"사람 기분 나쁘게 해놓고 이제 와서 자리 피하겠다면 다야?"

연우가 위협을 느끼며 문고리를 잡고 돌리려고 했을 때, 재석은 그녀를 세차게 밀었고 연우는 그대로 밀려서 나동그라졌다. 아직 남아 있던 찻물이 연우 위로 쏟아졌지만 그녀는 뜨거움을 느낄 새도 없었다.

3일 후 연우는 정아의 집을 찾았다. 대문에 붙어 있는 보안경비 스티커와, 낡은 집인데도 꼼꼼하게 설치되어 있는 방범창에 다시 시선이 갔다. "그 보안 스티커, 가짜예요." 정아의 말을 떠올리며 연우는 이상한 기분이 들었다. 연우가 집 안으로 들어서자 낡은 외관과는 달리 언제나처럼 깔끔하게 정리되어 있는 거실이 보였다.

연우는 조용히 집 안을 둘러보았다. 컴퓨터 책상에 펼쳐져 있는 여성 패션 잡지가 먼저 보였고, 그다음으로 화장기 전혀 없이 평소처럼 푸석한 얼굴을 하고 휠체어에 앉아 있는 정아에게 시선이 갔다.

"이 잡지, 나도 좋아해요. 화보가 예뻐서요."

"그냥, 요즘 나온 옷이나 화장품 구경하려고 보는 거예요."

왠지 정아는 연우를 다시 낯선 사람 대하듯 하고 있었다. 서먹한 분위기에서 연우는 힘겹게 대화를 이어갔다.

"아, 그렇군요. 화장 안 하시는 줄 알았는데…."

"보기만 하는 게 좋아요. 예뻐지고 싶지 않아서요."

연우는 다시 할 말을 찾지 못하고, 정아가 가져다준 커피를 한 모금 마셨다. 먼저 침묵을 깬 것은 연우였다.

"전에 얘기했을지도 모르지만…, 우리 가족이 시골로 오게 된 건 좀 더 순수한 삶을 살아보고 싶어서였어요. 도시에서는 노력한 만큼 대가가 주어지지 않고, 사람들은 돈 때문에 서로 속고 속이죠. 그래서 시골에 정착해서, 우리가 먹을 농산물을 직접 키우고 땀 흘리면서 하루하루 살아가는 보람찬 삶을 살아보고 싶었어요."

"…시골 사람이라고 다 순박한 건 아니에요."

정아는 중얼거리듯 말했다. 연우는 마음에 품어왔던 말을 꺼냈다.

"마을 사람들이 그렇게 정이 많고 서로 가족같이 돕고 지낸다는데, 왜 정아 씨는 고장 난 휠체어를 계속 쓰고 있는지 궁금했어요."

"그건 AS 센터가 멀어서…."

"고장 난 휠체어를 쓰면 정아 씨가 불편하다는 걸 다들 알면서도 아무도 수리를 도와주지 않은 거잖아요. 아니면 정아 씨가 부탁하지 않았든가. 또, 왜 유독 정아 씨의 집 대문에만 가짜 보안 스티커가 붙어 있는 걸까요. 집 외관은 낡았지만 방범창은 비싸고 튼튼해 보이는 것으로 달려 있고, 집 안에 들어와서 보니 비디오폰도 좋은 제품으로 설치되어 있더군요.”

“…”

“내게 재석 씨와 만나지 말라고 한 건, 사람들 얘기처럼 정아 씨가 재석 씨를 마음에 두고 있어서가 아닌 거죠?”

정아는 말없이 연우의 말을 듣고만 있었다.

“초등학교 때 사고로 다리를 다쳐서 마을 사람들이 돌봐줬다고 했죠, 아무 대가 없이. 같은 마을 사람들이니까 따뜻한 정으로. 그뿐이었나요? 다른 일은 없었어요?”

긴 침묵이 흘렀다. 한참이 지나 정아가 입을 열었다. 평소의 느릿한 말투였지만 막상 입을 열자 한 번도 쉬지 않고 말을 이어나갔다.

“제가 다리를 다치고, 어머니가 이혼 후 재가하시고, 아버지가 돈을 벌러 도시에 나간 이후, 이곳 사람들은 저를 많이 도와줬어요. 혼자서는 걷지도 못하는데 돌봐줄 사람은 없었으니까. 아버지는 일주일에 한 번 와서 집을 청소하고 생활비 약간을 주고 가시는 게 다였어요. 혼자 걷지 못하고 도와줄 사람도 없는 초등학생 여자아이. 그게 여기서 어떤 의미일까요?”

정아는 연우 등 너머의 자기 방을 둘러보았다. 초등학교 때 다리를 다친 이후로, 이 방은 자신의 모든 세계나 마찬가지였다. 그리고 이 세계에 다른 사람들이 들어왔고, 지금은….

196

"처음에는 이미 돌아가신 예전 이장 아저씨였어요. 아침마다 초등학교까지 차로 데려다준다는 핑계로. 나는 그때 너무 어렸어요. 뺨을 쓰다듬는 것은 내가 귀여워서, 가끔 나에게 뽀뽀를 하는 것도 날 딸처럼 생각해서. 어디서부터 하지 말라고 해야 하는 건지, 내가 하지 말라고 하면 학교에 다니지 못하게 되는 건지 걱정이 돼서 아무에게도 말하지 못했어요."

숨 막힐 것 같은 침묵이 흘렀다.

"그런 소문은 쉽게 퍼지나 봐요. 그들에게는 이미 때가 타버린 물건 같은 거였죠. 매일 등굣길에 봤던 옆집 아저씨, 농기계를 빌려주었던 동연이네 아버지. 그리고 재석 오빠의 아버지까지."

연우는 자기도 모르게 두 손을 맞잡고 있었다. 손끝이 덜덜 떨려왔다.

"처음에는 단순하게 만지는 것으로 시작해서, 나중에는 성폭행으로 이어졌죠. 장소도 어디든 상관없었어요. 이 집에서도, 창고에서도…. 이미 사람들이 모두 공유하는 사실이었으니까. 범죄는 비밀이었을 때만 그게 밝혀졌을 때 효과가 있죠. 다들 알고 있는 사실에는 어떤 죄책감도 없었어요. 짧게 얘기할게요. 나는 어렸을 때 재석 오빠를 많이 믿고 따랐어요. 다리를 다치기 전까지는요. 그래서 망설이다가 재석 오빠에게 모든 사실을 말했고, 오빠는 처음에는 자기 아빠가 그런 사람이라는 것을 부정하다가…."

정아는 말을 멈추었다. 연우는 그녀가 말하지 않아도 알 수 있었다.

"재석 씨에게도 성폭행을 당했군요."

정아는 연우의 커다란 눈을 마주 보았다. 그 맑았던 눈은 이제 혼란스러움으로 가득했다.

"…'범죄'는 그 이후로 2~3년간 계속되었어요. 얄궂게도 그 범죄가 멈추게 된 것은, 이 마을에 살았던 한 남자가 근처 시내에서 한 술집 아가씨를 성폭행한 일이 발생하고 나서였어요. 그 남자는 법적인 처벌을 받았고, 한동안 그것이 큰 화제가 되었어요. 그러자 사람들은 겁을 먹었어요. 자신이 얼마나 큰 범죄를 저질렀는지 알게 된 거죠. 그래서 그 이후로 사람들은 나에게 어떤 행동도 하려 하지 않았어요. 나는 그들이 저지른 범죄의 상징이었으니까. 그들은 내가 이곳을 떠나길 바랐어요. 근처 도시에 직장을 알아봐 주기도 했고, 아버지에게 절 여기서 데려가라고 설득하기도 했어요. 하지만 나는 여기에 남아 있기로 결정했어요. 죽을 때까지."

정아는 목이 마른 듯 커피로 입을 축였다.

"나는 여기서, 그들이 저지른 범죄의 상징이 되기로 했어요. 뭐랄까, 마치 암이 될지 아닐지 알 수 없는 경계성 종양처럼. 수술을 해서 없애도 계속 자라나서, 이게 나중에 나를 죽일지 아닐지 평생 두려움에 떨어야 하는 덩어리처럼. 나는 여기서 죽은 듯이 지내지만, 가끔씩 마을 사람들 앞에 나타나죠. 언젠가 당신들이 저지른 범죄를 폭로하고, 당신들의 평온한 일상을 완전히 망가뜨려 줄 거라는 두려움을 안겨주기 위해서.”

연우는 무슨 말을 해야 할지 알 수 없었다. 할 말을 잃은 연우에게 정아는 담담하게 말했다.

“그런 말이 있대요. ‘누군가가 너에게 해악을 끼치더라도 앙갚음하려 들지 마라. 강가에 가만히 앉아 있으면 곧 그의 시체가 떠내려가는 것을 보게 되리라.’ 노자가 한 말이라고 하는데 사실인지는 모르겠어요. 그 말처럼, 난 오래도록 기다렸어요. 내가 복수하지 않아도 그들이 벌을 받기를. 아마 평생 이루어지지 않을 소원이겠지만.”

다시 침묵이 흘렀다. 연우의 눈가에는 충격으로 인한 물기가 서려 있었다. 어떻게 말을 해야 할지 몰라 망설이다가 연우는 벌떡 일어났다.

“재석 씨와 관련된 뭔가가 있을 거라고는 생각했지만 이런 건…. 나, 난 그만 가볼게요. 오늘 일은 못 들은 걸로 할게요. 갑자기 찾아와서 죄송했어요.”

급하게 나갈 채비를 하는 연우의 뒷모습을 정아는 물끄러미 바라보고 있었다. 연우가 자신이 한 말을 거짓이라고 생각한다 해도 상관없었다. 재석의 첫 번째 부인에게는 말하지 못했지만.

며칠 후 재석과 연우는 마을의 카페에서 다시 만났다. 재석은 자신이 저질렀던 일에 적잖이 신경이 쓰이는 듯 망설이다 겨우 입을 열었다.

"그때는 내가… 좀 신경 쓰이는 일이 있어서. 내가 원래 그런 사람이 아닌데…. 미안해요."

"…."

연우는 대답 없이 커피를 마셨다. 재석은 초조한 얼굴로 변명을 이어갔다.

"앞으로 다시 그런 일은 없을 겁니다. 내가 원래 화내고 소리 지르고 그런 사람 아니라는 건 주변 사람들이 더 잘 알아요. 그리고 그때는, 내가 기분이 좋지 않았는데 연우 씨가 계속 말을 기분 나쁘게 하니까…. 아니, 탓하려는 건 아니고."

재석의 변명을 듣기만 하던 연우는 커피 잔을 내려놓고 입을 열었다.

"재석 씨가 원래 그런 사람 아니라는 건 나도 잘 알아요. 상황이 그렇게 만든 거니까요. 그런 사소한 일로 결혼을 다시 생각해 본다든지, 그럴 생각은 전혀 없어요. 내가 이렇게 시골에 내려와 재석 씨를 만나서 다시 결혼을 꿈꿔보게 된 것도 운명이라고 생각하고요. 무엇보다 난…."

연우는 가볍게 심호흡을 하고 말했다.

"내가 결심한 일에 대해서 후회는 안 해요. 다신 결혼하지 않겠다고 생각한 적도 있지만 이젠 행복한 가정을 이루고 싶다는 꿈이 생겼으니까요."

연우는 비로소 활짝 웃어 보였다. 재석은 안심하며 따라 웃었다.

그 이후에도 한 번 더 재석이 연우에게 폭력을 휘두른 일이 있었다. 재석이 연우를 자신의 친구들에게 소개한 날, 연우가 사정이 생겨서 조금 늦었던 일로 사소한 말다툼을 하다 재석이 분을 참지 못하고 뺨을 올려붙였던 것이다. 그 일은 밖에서 일어났기 때문에 목격자가 여럿 있었으나 아무도 그를 말리지는 않았다. 오히려 연우가 목격자들에게 이 일을 비밀로 해달라고 부탁했고, 자신이 잘못해서 맞은 거라며 대신 변명했다. 사람들은 그녀가 이미 한 번 이혼했기 때문에 다시 결혼에 실패할까 봐 두려워하는 것이라고 짐작했고, 입을 다물었다. 연우와 재석이 행복한 결혼을 하길 바랐기 때문이다.

결혼 준비는 다시 순탄하게 진행되어 갔다. 그들이 살 신혼집도 마련되었고, 결혼식은 소박하게 마을 회관에서 마을 잔치로 열기로 했다. 항상 싱글벙글거리며 온 동네를 돌아다니던 재석은 동네 친구들의 야유와 부러움을 한 몸에 받았고, 연우는 이 시골의 일원으로 당당히 인정받게 되었다.

그렇게 연우와 그녀의 가족이 마을로 온 지 다섯 달이 지났다.

그 사이 그들은 마을에 잘 적응하여 신망을 얻었고, '서울서 온 교장 선생 가족'이라고 하면 모르는 이가 없었다. '서울서 온 교장 선생'은 시골 사람들이 잘 모르는 법률적인 문제도 해결해주었고, 은행 대출이 급하게 필요한 이에게는 넓은 인맥을 바탕으로 지인을 소개해주기도 했다. 때때로 농사짓는 법을 배워가며 상대를 추켜세울 줄도 알았다. 사람들은 어렵고 복잡한 일이 생기면 그를 찾아가게 되었다.

한 달 뒤, 그러니까 연우가 마을에 온 지 딱 여섯 달이 되는 날로 결혼식 날짜가 잡혔다. 우편함에 들어 있던 청첩장을 발견한 뒤 정아는 자신의 다리를 핑계로 참석하기 어렵다는 의견을 전할까 했지만 망설임 끝에 결혼식에 가기로 결정했다. 자신은 할 만큼 했으니 연우가 어떻게 하든 상관없었지만 그날의 대화가 계속 마음에 걸렸다. 하지만 이 결혼의 결과가 어떻게 되든 그것은 연우가 알아서 할 일이었다. 자신이 이 마을을 떠나지 않고 남기로 한 것처럼, 그녀 역시 자신의 결혼에 대해 선택할 권리가 있었다. 그 상대가 재석이라고 해도.

결혼식 날이 되었다. 결혼식이 열리는 마을 회관은 아침부터 북적북적한 모습이었다. 따로 부른 피로연 뷔페가 한쪽에 차려졌고, 마을 사람들은 모처럼의 큰 잔치에 아침부터 설레는 모습으로 속속 모이고 있었다. 언젠간 입을 일이 있을 거라며 3년 전에 큰맘 먹고 사둔 정장 원피스를 곱게 차려입고 나온 영미 엄마는 "이 결혼에 영미 엄마가 큰일 해준 거 알고 있어. 식 끝나면 내가 단단히 사례할 테니까 기대해"라는 재석 엄마의 귓속말을 듣고 입이 귀에 걸렸다. 영균 와이프는 드레스를 입은 신부의 모습을 보고 싶어서 안달이었지만 신부 대기실은 아직 공개되지 않은 상태였다.

정아는 사람들에게 방해되지 않도록 휠체어를 탄 채로 구석에 자리하고 있었다. 턱시도 차림으로 잔뜩 들떠서 사람들과 인사를 나누고 있던 재석은 그런 정아를 발견한 뒤 불쾌한 표정을 감추지 않았지만 정아는 신경 쓰지 않았다. 어차피 결혼식을 다 볼 생각은 없었고, 신부 대기실 문이 열리는 대로 연우에게 인사만 전하고 갈 생각이었다. 가만히 기다리고 있던 정아의 귀에 사람들의 당황한 목소리가 들려왔다.

"무슨 소리야? 연락이 안 된다니."

"쉿, 조용히 해. 신부 측에서 오늘 아침 일찍 서울에서 메이크업 받고 어른들 모시고 온다고 했는데 지금 연락이 안 되나 봐."

"뭐?"

"차가 막히는 걸 수도 있다지만 그럼 연락이라도 돼야 할 거 아냐. 교장 선생 부부도 연우 씨도 약속 늦고 그럴 사람들이 아닌데."

정아의 눈에 당혹한 재석의 표정이 들어왔다. 하객들과 인사를 나누는 사이사이 초조한 듯 핸드폰을 확인하고 있는 모습이. 재석의 부모 역시 초조한 얼굴로 서로 귓속말을 주고받고 있었다.

'내려오다 무슨 사고라도 난 걸까? 그게 아니면 설마, 결혼식 직전에 연우 씨 마음이 바뀐 걸까? 내 이야기 때문에?'

정아는 자리를 떠나지 않고 모든 상황을 지켜보고 있었다. 30분이 지나자 하객들 일부가 웅성거리기 시작했고, 한 시간이 지나자 마을 회관 안의 모든 사람들이 신부가 사라졌다는 사실을 알게 되었다. 재석이 당황한 부모에게 흥분해서 말하고 있는 모습이 눈에 들어왔다.

"오다가 사고가 났을지도 모른다고요. 주말이고, 차도 막히니까. 연우 씨가 나한테 말도 없이 사라질 리가 없어요! 내가 얼마나 잘해줬는데!"

정아는 10분을 더 기다려보다가 마을 회관을 나왔다.

일주일이 지났다. 선선한 바람이 불어오는 기분 좋은 9월 말의 아침. 정아는 언제나처럼 집 앞 작은 마당을 청소하러 나왔다가 대문 안쪽에 떨어져 있는 우편물을 하나 발견했다. 봉투 안에는 직사각형의 작은 물건이 하나 들어 있었는데, 내용물이 뭔지 확인하기도 전에 대문을 쾅쾅 두들기는 소리에 급히 문을 열었다. 얼굴이 잔뜩 상기된 영균 와이프였다.

"아침부터 급하게 무슨 일로….."

"나, 냉수 한 컵만 줘."

다급하게 들어와 찬물을 한 번에 들이켠 영균 와이프가 씨근거리며 입을 열었다.

"정아야, 얘기 들었어? 연우 씨 얘기."

"아뇨…. 결혼식에 나타나지 않은 건 알고 있어요."

"하…. 나 참. 이게 정말….."

영균 와이프는 흥분이 가시지 않는지 숨을 헐떡이며 두서없이 말을 이었다.

"나 지금 경찰서 다녀오는 길이야."

"네?"

정아는 가슴이 두근거리기 시작했다. 정말 무슨 사고라도 생긴 건지 불안했다.

"아니 이게 정말, 어디서부터 말을 해야 되는 건지 내가. 결혼식에 연우 씨랑 교장 선생 부부가 결국 안 나타나서 난리가 났던 건 봤지? 연우 씨도 교장 선생도 그럴 사람들이 아닌데, 결혼식에 오다가 무슨 사고라도 난 게 아닐까 싶었지. 근데 그럼 무슨 연락이라도 있어야 할 거 아냐. 하다못해 경찰서에서라도 전화가 오든지. 근데 분위기를 보아하니 아예 연락이 안 되는 상황 같은 거야. 결국 그날 재석이가 하객들 모아놓고 사과하고 축의금 돌려주면서 상황이 이상하게 끝났지."

영균 와이프는 목이 마른 듯 다시 물을 마셨다.

"다들 무슨 사고가 생겨도 생겼겠구나 하고 날을 보냈는데, 그 상태로 이틀, 사흘이 지나도 연락이 없는 거야. 근데 말이야, 난 그다음 날 교장 선생을 꼭 만나야 하는 일이 있었다고."

"네?"

의아한 정아에게 영균 와이프는 얼굴을 붉히며 말했다.

"사실 남편 모르게 교장 선생 통해서 돈을 좀 투자한 게 있어. 높은 이율로 돌려준다기에…. 믿었지, 교장 선생인데! 동네 계랑 비슷한 거라길래 전에 계는 몇 번 해본 적이 있으니까 해보기로 했지. 여기에 정착할 사람이잖아. 연우 씨는 재석이랑 결혼도 할 거니까 너무 당연히 믿었다고."

정아는 자기도 모르게 입을 벌렸다.

"그래서 내가 이 사정을 동연이 와이프에게 슬쩍 얘기했더니 갑자기 펄쩍 뛰는 거야. 자기도 그렇게 돈을 맡겼다고. 너무 좋은 조건이라 아무나 다 투자할 수는 없으니까, 주변에 말하지 말라고 했다는 거야. 그런데 동연이 와이프가 또 얼마나 오지랖이 넓어. 교장 선생한테 자기 주변 사람들도 돈 좀 벌게 해주고 싶다면서 돈을 받아다가 줬다는 거야. 영미네도 이번에 구아바 재배로 번 거 다 투자하고, 이장님은 마을 회관 수입까지 몰래 털어서 그 돈을 다 맡겼다고…. 하, 나 참."

영균 와이프는 흘러내리는 땀을 닦았다. 본인이 말하면서도 황당한 모양이었다.

"그런데 우리는 댈 것도 아니었어. 재석이네 말이야. 내가 얘기했었지? 재석이가 연우 씨랑 결혼하면서 저기 새로 생긴 아파트, 그거 마련해서 신접살림 차린다고 했었잖아. 자세한 건 알 수 없지만, 연우 씨가 집 마련해오겠다고 했는데 서울에 있는 연우 씨 명의의 집이 당장 안 팔린다고 하면서 재석이한테 아파트 계약할 돈을 받아 갔나 봐. 자기가 그 집 계약했다고 하면서 계약서도 보여줬대. 물론 가짜였지만. 그뿐 아니라 교장 선생도 원래 하던 학원 정리하고 새로 큰 영어 학원을 인수하려고 하는데, 기존 학원이 세금 문제가 있어서 매각 대금을 좀 늦게 받게 됐다는 핑계를 대면서 재석이네에 돈을 부탁했던 거야. 학원 매각한 돈 받으면 꼭 돌려주겠다면서. 정아야, 듣고 있어?"

"네….."

"그래서 이래저래 알아보니까, 이 마을에 벌써 피해자가 수십 명이야. 경찰서 달려가 봤더니 뭐라는지 알아? 그 이쁘고 착한 연우 씨가, 나 참. 이미 사기 전과가 몇 건이나 있다는 거야! 그 교장 선생이라는 작자도, 품위 있던 교장 부인도! 심지어 가족도 아니래. 그냥 사기꾼 집단이었던 거지. 물론 다들 피해를 봤지만 재석이네에 비할 건 아니야. 대체 무슨 원한이 있었는지 완전히 탈탈 털어갔더라고. 그 사기꾼들이 여기 온 것도, 재석이네가 토지 보상으로 돈 좀 만진 거 알고 온 것 같아."

정아는 갑자기 약간 어지러워서 휠체어의 팔걸이에 몸을 기댔다. 이제야 모든 것이 분명해지는 느낌이었다. 영균 와이프는 한참을 더 하소연하고 나서야 떠났고, 정아는 예전 연우와의 만남을 떠올렸다. 그녀가 정아의 집을 나서기 전에 했던 말도.

"나, 난 그만 가볼게요. 오늘 일은 못 들은 걸로 할게요. 갑자기 찾아와서 죄송했어요."

연우는 떨리는 목소리로 말하고는 큰 눈에 눈물을 글썽이며 서둘러 나갈 채비를 마쳤었다. 정아는 그런 그녀를 말없이 배웅했고, 연우는 현관문을 열고 나가다가 문득 정아를 돌아보았다.

"아까 정아 씨가 했던 얘기 말이에요, 노자가 했다던 이야기. 기다리고 있으면 적의 시체가 떠내려간다던…. 난 그런 복잡한 얘긴 잘 모르겠어요. 하지만 한 가지는 알아요."

말없이 연우를 쳐다보는 정아에게 연우는 웃지도 않고 조용히 말했다.

"복수는 원래 남이 해주는 거예요."

연우의 마지막 말을 떠올리며 정아는 봉투를 열었다. 발신자가 적혀 있지 않아도 누구인지 알 수 있었다. 봉투 안에는 짧은 메모가 하나 들어 있었다.

「시골 사람이라고 다 순박한 건 아니라고 했죠. 도시에서 귀촌하러 온 가족도 다 순수한 마음으로 오는 건 아니에요. 그 비율은 세상 어딜 가도 비슷하지 않겠어요?」

봉투 안에 들어 있던 직사각형의 물건 역시 열어보지 않아도 무엇인지 알 수 있었다. 연우가 자신을 찾아왔던 날, 책상 위에 펼쳐두었던 패션 잡지 속의 립스틱. 그 립스틱이 잘 포장되어 들어 있었다. 정아는 몇 년 만에 소리 내어 웃기 시작했다.

알프레드의 고양이

황성식

길고양이의 목에 카메라를 달아본 적이 있는가. 없다면 정말로 다행스러운 일이다. 그건 사람이 할 짓이 못 된다. 훗날 인공지능 로봇이 등장한다면 1번으로 떠넘기고 싶은 일이랄까. 단순히 목에 카메라를 다는 것뿐이지만 길고양이 입장에서는 생명의 위협으로 느낄 수 있다. 그 덕에 당신의 손은 남아나지 않을 테고 말이다. 게다가 웨인처럼 시크하고 도도한 고양이라면 문제는 더 심각해진다. 나도 카메라를 달다 하마터면 웨인을 미워할 뻔했으니 말 다 했지. 내가 봤던 생명체 중에 가장 예쁜 그 고양이를 말이다.

아직도 웨인을 처음 본 순간을 생생히 기억한다. 비가 추적추적 내리는 밤이었다. 서늘한 기운에 창을 닫으려던 나는 그대로 굳어버렸다. 담벼락 위에 누군가 서 있었다.

'배트맨!'

머릿속에 그 한 단어가 선명히 떠올랐다. 먹물에 담근 듯한 짙은 검은색. 우아한 곡선을 그리며 미끄러지는 실루엣. 머리 위로 뾰족하게 선 한 쌍의 귀까지. 물론 그건 배트맨이 아니라 길고양이었다. 가로등 불빛을 받아 그의 젖은 털이 빛나고 있었는데, 그게 참 아름답고 신비로웠다. 그 모습에 한참 넋을 놓고 난 뒤에야, 고양이도 나를 응시하고 있다는 사실을 깨달았다.

그날 이후 나는 그 고양이와 사랑에 빠졌다. 배트맨의 본명에서 따와 녀석의 이름을 '웨인'이라고 지었다. 엄밀히 말하면 '마스터 웨인', 혹은 '웨인 도련님'이라고 불러야 했지만 매번 그렇게 부르기에는 너무 번거로웠다. 그래서 그는 그냥 웨인이 되었다. 웨인. 마음에 드는 이름이었다. 그 이름은 얼핏 고양이 울음소리를 닮았다. 웨에에에인.

당연히 나는 알프레드가 되었다. 집사 중의 집사, 집사의 대명사, 배트맨의 묵묵한 조력자 알프레드 말이다. 그것은 웨인에게 최고의 집사가 되어주고 싶은 내 마음이 담긴 이름이었다. 물론 나는 고담시에 살지도 않고, 노년의 백인 남자도 아니었다. 그저 20대 후반의 한국인 여자일 뿐. 하지만 그런 사소한 문제는 신경 쓰지 않기로 했다. 나의 웨인도 박쥐인간이 아니라 고양이니까.

웨인에게 먹이를 준 첫 만남 이후, 웨인은 하루에 두 번씩 친히 내 방 창가를 찾았다. 아침 7시와 저녁 7시. 그 때문에 나는 날마다 세상에서 가장 맛있는 고양이 밥을 웨인에게 먹이겠다는 일념으로 불타올랐다. 하지만 웨인은 그런 내 마음에 크게 관심이 없어 보였다. 나의 마음뿐 아니라 어떤 일에도 크게 동요하는 법이 없었다. 그는 모든 일에 무관심하고 초연해 보였다. 먹이를 먹을 때도 그랬다. 내가 바로 앞까지 밥그릇을 대령하면 그제야 그것을 발견했다는 듯이, '그렇게까지 권한다면 먹을 수밖에'라는 태도로 밥을 먹기 시작했다. 오만해 보일 수 있겠지만 그런 도도함이 내가 반한 점이기도 했다. 내게는 그것이 품격이자 자부심으로 느껴졌다. 밥을 얻어먹을지언정 비굴하게 살지 않겠다는. 그런 태도는 쉽게 만들어질 수 없다. 웨인이 얼마나 많은 풍파를 겪으며 스스로를 단련해왔을지, 그것은 그와 신만이 알겠지. 내 세계가 내 방뿐이라면, 웨인의 세계는 창밖 전부였다.

내 세계가 내 방뿐이라는 말은 과장이 아니다. 나는 방에서 나가지 않는다. 집순이라는 말이 아니라, 흔히 말하는 히키코모리, 은둔형 외톨이라는 말이다. 깊은 밤에 화장실이나 주방을 이용하는 일을 제외하고, 나는 네 평 남짓한 내 방에서만 생활했다. 그래서 웨인을 보고 있으면 내가 한없이 말랑말랑한 존재로 느껴졌다. 웨인이 바위라면 나는 젤리였다. 세상 경험으로만 치면 그가 나보다 한참 선배가 아닐까.

웨인의 목에 카메라를 단 건 순전히 내 불안감 때문이었다. 웨인이 우리 집에 방문한 지 한 달쯤 됐을 때였다. 매일 정확한 시간에 오던 녀석이 어느 순간 모습을 감췄다. 하루 정도면 모르겠는데 녀석이 며칠씩이나 얼굴을 보이지 않으니 마음이 심란했다. 그러다 일주일째 되는 날 늦은 저녁, 웨인이 온몸에 상처를 입은 채 나타났다. 큰 상처는 아니었지만 여기저기 털이 빠져 있었고 살갗 위로 피가 말라붙어 있었다. 좀 더 자세히 살펴보니 웨인의 목에 가느다란 철사가 조여져 있었다. 철사에는 끊어진 빨랫줄 조각이 묶여 있었는데, 누군가 억지로 가둬두려 한 걸 웨인이 줄을 끊고 도망친 것 같았다. 그때도 웨인은 별일 아니라는 듯 눈을 껌뻑였을 뿐이다. 그 초연한 태도에 내 마음은 더 찢어질 듯 아팠다.

그 일 이후, 인터넷을 뒤져 웨인의 목에 걸 만한 초소형 카메라를 구했다. 웨인이 밖에서 무슨 일을 당할지 몰라 걱정이 됐기 때문이다. 카메라를 고르며 내가 가장 중시한 건 긴 녹화 시간이었다. 휴대폰과 연동해 실시간 중계를 할 수 있는 카메라도 있었지만, 카메라와의 거리가 가까울 때나 가능하다는 점 때문에 눈물을 머금고 포기해야 했다. 대신 긴 녹화 시간을 위해 배터리의 효율성에 집중했다. 화질을 최대한 낮추고 오디오와 적외선 기능을 빼자 얼추 열두 시간 녹화가 가능해졌다. 그로써 웨인이 밥을 먹으러 올 때마다 충전한 두 대의 카메라를 번갈아 교체한다는 계획이 실현 가능해졌다. 아침 7시와 저녁 7시. 내가 구한 카메라는 어찌나 작은지 언뜻 보면 그냥 이름표처럼 보였다.

그러고 나서 앞서 이야기한 대로, 훗날 인공지능 로봇에게 1번으로 떠넘기고 싶은 일을 감행한 것이다. 그건 괴로운 일이었다. 웨인이 이렇게까지 거부하는데 꼭 카메라를 달아야만 할까, 자괴감이 들기도 했다. 하지만 그건 누구도 아닌 웨인을 위한 일이었다. 바깥세상은 너무 위험했고, 집 안에서 한 발짝도 나갈 수 없는 내가 할 수 있는 일은 고작 그런 일뿐이었다. 대부분의 기능을 포기했지만 카메라의 GPS 기능만은 포기할 수 없었다. 혹여 웨인의 신호가 끊기면, 최소한 그 위치를 토대로 구조대에 도움을 청할 수 있을 테니까.

그런 게 집사의 마음 아닐까. 고양이가 어디 가서 다치기라도 할까 노심초사하게 되는. 웨인은 제가 필요할 때만 나를 찾았다. 그의 도도한 태도를 보면 나를 집사로 여기는지조차 알 수 없었다. 하지만 그렇다 해도 상관없었다. 이 검고 늘씬한 수컷은 내가 본 중에 가장 예쁘고 근사한 생명체였으니까.

나는 하루에 두 번씩 배달되는 웨인의 영상을 TV처럼 틀어놓고 지냈다. 그렇다고 하루 종일 웨인의 영상만 본 건 아니다. 방에서만 생활하기 위해서는 나름의 규칙을 준수해야 한다. 내가 방에서 하는 일은 크게 세 가지다. 웨인 밥 챙겨주기, 운동, 그리고 주식. 나는 주식에 꽤나 재능이 있었다. 이유는 모르겠지만,

그냥 그랬다. 숫자들의 변동을 보고 있으면 뭔가 감이 왔다. 어디에 투자해야 할지, 언제 돈을 빼야 할지. 크게 잃어본 적 없이 10년째 용돈 벌이를 하고 있으니 이것도 재능이라면 재능일 수 있겠다. 운동 또한 중요했다. 방 한 칸만큼의 세상일지라도 그것을 견뎌내는 일은 근육의 양에 달렸다. 운동을 소홀히 했다간 세상의 무게에 짓눌려 서서히 납작해지고 마는 것이다. 나는 날마다 내게 할당된 하루 치의 무게를 견디기 위해 묵묵히 몸을 움직였다.

방에 틀어박히기 전, 그러니까 10년 전의 나는 고등학생이었다. 부모님이 강도에게 살해당했다든가 하는, 그런 심각한 사건을 겪은 건 아니었다. 오래전에 엄마가 돌아가시긴 했지만 그건 지병 때문이었고, 그 일로 슬퍼하기에는 내가 너무 어렸다.

내 문제는 훨씬 보잘것없었다. 학교에서 한 아이의 얼굴을 들이받은 게 다였다. 반에서 왕따당하는 아이가 있었는데, 그 아이를 괴롭히는 일진을 박치기로 날려버린 것이다. 치아 두 개가 나가고 코뼈에 금이 갔다던가. 그때는 운동도 하기 전이었는데 지금 생각해도 대단한 성과다. 그런데 알고 보니, 그것은 내 실수였다. 실수도 그렇게 형편없을 수가 있나 싶은 그런 실수. 나는 항상 그런 식이었다. 언제나 내 나름의 정의감에 불타올랐지만, 끝에 가서 보면 나만 말썽쟁이가 돼 있었다. 그런 내 행동은 여지없

218

이 주변 사람들을 불편하게 만들었다. 내 의도가 순수했다는 건 중요하지 않았다. 사람들은 의외로 정의감을 높이 사지 않는다. 그때도 그랬다. 고등학생만 돼도 정의는 촌스럽고 유치한 것으로 취급되기 마련이니까. 어딘지 모르게 낯간지러운, 미성숙함의 증거인 양 말이다.

사고가 터지고 학교로 불려온 아빠는 단 한 번도 내 편을 들어주지 않았다. 아빠가 내게 한 말은 여느 때와 다르지 않았다. "네가 아직 세상 물정을 몰라서 그래." 하지만 그때만큼은 그런 말을 하지 말았어야 했다.

그때부터 나는 방 밖으로 나가길 거부했다. 이렇게 말하면 별것도 아닌 일로 유난이라고 생각할 수도 있겠다. 하지만 그 별것도 아닌 일이 누군가에게는 충분한 이유가 되기도 한다. 누구에게도 이해받지 못한 기분, 또 앞으로도 절대 이해받지 못할 거라는 예감이 모든 걸 포기하게 만들었다. 그래서 혼자 살기로 결심했다. 누구의 도움도 받고 싶지 않았다. 아빠의 도움까지도 말이다. 다행히 주식 덕분에 아빠에게 손 벌리지 않고 생활비를 해결할 수 있었다. 내가 하루의 상당 부분을 주식에 쏟는 이유가 바로 그거였다.

아빠는 때때로 내 방문 앞에서 혼잣말하듯 말을 걸었다. "가끔 환기라도 시키고 그래라"라든가 "빨래할 거 있으면 내다 놔" 따위의 말. 하지만 나는 거기에 한 번도 대꾸한 적이 없다. 환기나 빨래 같은 사소한 문제는 어렸을 적부터 숨 쉬듯이 해낼 수 있었다. 그런 게 문제였다면 애초에 방에 처박히지도 않았을 것이다.

아빠는 동네에서 유일한 전파상인 '수정 전파상'의 주인이다. 시대착오적인 가게답게 간판과 쇼윈도에 적힌 문구들이 그간의 역사를 고스란히 말해주고 있었다. TV와 비디오에서 필름과 카메라로, 카메라에서 컴퓨터로, 컴퓨터에서 에어컨으로 주력 제품군이 바뀌었다. 하지만 현재 전파상의 수익은 대부분 로또 판매에서 나왔다. 가게 구석에 마련된 로또 코너는 토요일 저녁이면 문전성시를 이뤘다. 그것은 여섯 번이나 1등을 배출한 로또 판매점이었기에 가능한 일이었다. 인근 로또 판매점 중에 단연 독보적인 성적이었다. 가게 규모를 보면 상상도 할 수 없는 일이었는데, 아빠에겐 여섯 번의 1등을 배출한 게 로또였다고 볼 수 있겠다.

그렇다고 우리 집 경제 사정이 좋은 건 아니었다. 우리 집은 재개발 지역을 아슬아슬하게 비껴간 오래된 주택 단지에 있었다. 아빠의 가게 뒤에 붙어 있는 1층짜리 허름한 단독주택이 우리 집이었다. 이 집에서 태어나서 자라는 동안 집안 사정은 나빠지지도, 나아지지도 않았다. 단지 지나온 세월만큼 집과 가게가 허름해졌을 뿐. 아빠는 돈 버는 요령과는 거리가 먼 사람이었다.

돌아가신 할아버지가 민주화 유공자셨는데, 그 덕에 아빠는 어렸을 적부터 말을 조심하는 버릇이 들었다고 한다. 할아버지가 정의를 위해 싸우다 겪은 고초에 대해 누구보다 잘 알고 있던 아빠는 주목을 사는 행동을 극도로 꺼렸다. 그래서 일찌감치 수리 기술을 배워 조용히 작업실에 틀어박히는 편을 택했다. 하지만 결국 유공자 할아버지 덕분에 유족으로서 로또 판매 자격을 얻었으니 그야말로 웃기는 일이다.

아빠는 자신의 가게를 로또 판매점으로 생각하고 있을까, 아니면 전파상으로 생각하고 있을까. 아마 어느 쪽이든 상관없다고 생각하지 않을까. 그런 줏대 없는 아빠 밑에서 자라다 보니 내가 이렇게 현실 감각이 떨어지는 건지도 모르겠다. 아니, 아니다. 그게 다 무슨 의미가 있나. 이런 식의 자기 분석은 나 자신을 깎아내릴 뿐, 내 인생에 도움이 안 된다. 나를 내리누르는 무게만 더 무거워질 뿐이지.

생각을 거듭하다 마음이 심란해지면 나는 웨인의 영상에 몰두했다. 영상이라고 해봐야 특별할 건 없었다. 길고양이의 하루라는 게 얼마나 대단하겠나. 하루 종일 다른 길고양이들과 싸움만 하는 날도 있고, 참새를 잡으려고 종일 전신주 뒤에 숨어서 웅크리고 있을 때도 있다. 볕이 좋은 한낮이면 자주 가는 공터에 비스듬히 누워 그루밍만 해댔다.

그래도 웨인 덕에 보게 된 바깥세상은 잠시나마 내 숨통을 틱

위주었다. 특히 웨인이 동틀 때까지 동네를 누비는 밤 영상은 꽤나 볼만했다. 내 방 창문으로 보이는 풍경이라곤 비좁고 지저분한 골목뿐이고, 인터넷 창으로 볼 수 있는 건 비현실적인 상품들과 시답잖은 콘텐츠들뿐이었으니까. 이상한 일이었다. 웨인을 위해서 달았던 카메라가 오히려 나를 위로하고 있었으니.

나는 가끔 영상 속의 바깥세상이 아름답다는 생각을 한다. 어떤 때는 마치 내가 직접 그 거리를 걷고 있는 느낌마저 든다. 하지만 그런 느낌을 받을 때마다 나는 다급히 10년 전의 그 순간을 떠올렸다. 그럼 다시 마음이 싸늘하게 식었다. 그래, 나한테는 이 정도로 충분하다. 모니터라는 창문으로만 보는 세상. 실제로 저곳은 시궁창일 테니까. 때로는 갇혀 있기 때문에 바깥세상이 더 선명하게 보이는 법이다.

웨인은 하루 두 번씩 교체되는 카메라에 점차 적응해나갔다. 나 또한 웨인이 가져다주는 영상에 익숙해졌다. 그렇게 무심히 틀어놓은 낮 영상 속에 낯선 사람이 등장한 것은 얼마 전이었다.

오래된 다세대 주택 외부로 난 현관문이 보였다. 204호라고 적혀 있는 걸 보니 2층이 아닐까 싶었다. 누군가 웨인에게 밥을 주고 있었다. 웨인의 집사가 나뿐일 리는 없었다. 그래도 적잖이 서운한 마음이 들었다. 웨인은 새로운 집사 앞에서 내 앞에서와 똑같은 소리로 울었다. 웨에에에인. 적어도 그 애정 어린 울음소리는 나에게만 들려줄 줄 알았는데…. 그나저나 우리 집에서 밥을 그렇게 많이 먹고 저기 가서 또 먹다니. 도대체 웨인은 하루에 몇 끼나 먹고 다니는 거지? 내가 놓친 영상이 있는 게 분명했다.

화면 속의 집사는 고등학생 정도로 보이는 여학생이었다. 그녀는 집에 있다 나온 듯 수면 바지 차림에 아무렇게나 틀어 올린 머리를 하고 있었다. 밥 먹는 웨인을 흐뭇하게 바라보는 그녀의 얼굴을 보고 있자니 어느새 경쟁자로서의 경계심이 풀어지는 것을 느꼈다. 좋은 사람이었다. 그냥 알 수 있었다. 길고양이에게 밥을 주며 저런 표정을 짓는 사람은 나쁜 사람일 수가 없다. 웨인은 밥그릇을 다 비우고도 한동안 난간 위에 드러누워 자리를 지키고 있었다. 빈 그릇을 가지고 집 안으로 사라진 어린 집사는 한참 후 달라진 옷차림으로 다시 등장했다. 백팩과 캐주얼 차림이었는데, 그제야 나는 인근에 대학교가 있다는 사실을 떠올렸다. 그녀는 혼자서 자취 중인 대학생인 것 같았다. 아쉬운 듯 웨인에게 손인사를 한 그녀는 금세 경쾌한 걸음으로 웨인의 시야에서 멀어졌다.

나는 그제야 모니터에서 시선을 거뒀다. 새로운 얼굴의 등장이 반가웠던 모양이다. 나도 모르게 사람이 그리웠던 걸까. 대학생 집사의 활기찬 모습에 잠시 기분이 좋아졌다. 웨인은 아직도 그 자리를 지키고 있었다.

하지만 얼마 후 웨인의 영상에 또 다른 얼굴이 등장했다. 204호 집사가 사라진 현관문 앞에 두 명의 남자 중학생이 나타난 것이다. 동네에서 유일한 사립 중학교 교복을 입고 있어서 한 번에 알아볼 수 있었다. 한쪽은 얼굴이 둥글고 살집이 있는 편이었고, 다른 쪽은 마르고 밤톨 같은 인상이었다. 둘 다 키는 고만고만하게 작았다. 저것들은 또 뭐지? 가만히 지켜보고 있는데, 얼굴이 둥근 달덩이가 밤톨을 감싸듯 서며 주위를 두리번거렸다. 그러자 밤톨은 몸을 숙여 계량기함을 열었다. 그가 그 안에서 무언가를 꺼내 들었다. 누가 봐도 수상한 상황. 나는 화면 가까이 얼굴을 들이밀었다. 밤톨의 손에 들린 물건은 크기가 굉장히 작았다. 그러나 나는 그것을 알아볼 수 있었다. 나 역시 인터넷에서 그 물건을 무수히 검색한 적이 있었기 때문이다. 그것은 초소형 카메라였다. 그것도 해상도가 높은 고가형이었다. 밤톨과 달덩이는 카메라를 휴대폰에 연결해 녹화된 영상을 보기 시작했다. 불길한 기운이 엄습했다.

카메라는 아마도 현관문을 올려다보는 각도로 설치됐던 것 같았다. 현관문에는 버튼식 도어록이 달려 있었다. 휴대폰과 도어록 번호판을 번갈아 보던 밤톨이 숫자를 누르기 시작했다. 녀석들이 현관문 비밀번호를 알아내기 위해 카메라를 설치해놓은 게 분명했다.

'삐리릭.'

물론 영상에 소리가 담겨 있지는 않았다. 하지만 문이 열리는 걸 보자 소리가 들리는 것만 같았다. 녀석들은 한 번 더 주변을 두리번거리다 문안으로 사라졌다. 달덩이는 웨인과 눈이 마주쳤지만 별로 신경 쓰지 않는 듯했다. 오히려 화면을 보고 있던 내가 그와 눈이 마주치고 움찔했을 뿐.

심장이 터질 것 같아 나도 모르게 자리에서 벌떡 일어났다. 내가 보고 있는 영상이 실시간이 아니라 어제의 일이라는 게 다행인지 아닌지 판단할 수 없었다. 영상을 더는 보고 싶지 않았지만 그만둘 수도 없었다. 나는 영상 속 열려 있는 현관문을 망연히 바라보았다. 그때 웨인이 슬그머니 몸을 일으키더니 난간에서 내려왔다. 그리고 집 안을 살폈다. 길고양이 특유의 호기심이 동한 모양이었다. 그걸 보던 나는 나도 모르게 입 밖으로 소리 내어 말했다.

"안 돼, 웨인. 안 돼, 들어가지 마!"

웨인은 개의치 않고 문안으로 들어갔다. 나도 안다. 멍청한 소리라는 것을. 이미 웨인이 그곳을 무사히 빠져나왔기에 내가 이 영상을 보고 있는 게 아닌가. 어쩐지 오늘은 밥시간이 훨씬 지나서 나타나더니만. 이런 돌발 상황에 대비해서 카메라를 달아준 거였는데, 막상 이렇게 조마조마한 영상을 보게 되니 차라리 아무것도 모르는 편이 낫겠다는 생각마저 들었다.

카메라가 실내의 어두움에 적응하자 비좁은 대학생 집사의 공간이 보였다. 일반 가정집을 여러 개의 자취용 원룸으로 나눈 듯한 모양이었다. 방 안은 이미 난장판이 되어 있었지만, 침입자들이 한 짓 같지는 않았다. 이불 정리도 제대로 안 돼 있고 책상 의자에 옷이 산더미처럼 쌓여 있었다.

달덩이의 모습은 보이지 않고 밤톨이 좁은 화장대 앞에 서 있는 게 보였다. 등을 돌리고 있어서 그가 뭘 하고 있는지 알 수 없었다. 문득 고개를 돌린 밤톨이 웨인을 보고 놀라는 표정을 지었다. 그가 비명을 질렀는지 화장실에서 달덩이가 급히 뛰어나왔다. 문제를 확인한 두 녀석은 웨인을 위협하기 시작했다. 웨인은 겁을 먹고 소파 겸 침대 밑으로 기어들어 갔다. 중딩들에게 하악질을 하고 있을 웨인의 모습이 눈에 선했다. 나는 밤톨과 달덩이 손에 계량기함에서 꺼냈던 것과 동일한 모델의 카메라가 여러 대 들려 있는 걸 발견했다. 그 순간 나는 하마터면 비명을 지를 뻔했다. 실제로 입 밖으로 비명이 조금 새어 나왔다. 그들은 대학생 집사의 집에 불법촬영 카메라를 설치하고 있었다!

내가 본 바로 카메라는 최소한 네 대였다. 화장대 위에 하나, 변기 위 방향제 뒤에 하나, 책상 위 잡동사니 사이에 하나, 그리고 소파 뒤쪽에 하나. 소파 뒤쪽은 사각지대여서 확실한 위치를 알 수는 없었다. 하지만 밤톨이 마지막 카메라를 그 뒤로 가져간 것을 보아 분명히 거기도 카메라가 놓였을 것이다. 모든 설치를 끝내자 중딩들의 얼굴에 희미한 환희가 떠올랐다. 혐오스러웠다.

그들은 소파 밑에서 웨인을 끌어내리려고 잠시 노력했지만 가능할 리 없었다. 손만 몇 번 물리고 별 소득이 없자 그들은 곧 웨인을 포기하고 집을 나가버렸다. 웨인 혼자 그곳에 남겨둔 것이다! 나쁜 자식들.

낯선 집 안에 갇혀 웨인은 얼마나 무섭고 외로웠을까. 그래서 내가 들어가지 말라고 했잖아! 웨인은 한동안 소파 밑에서 나오지 않았다. 그러다 해가 지고 나서야 밖으로 나와 이곳저곳을 살폈다. 하지만 실내가 워낙 어두워서 뭐가 뭔지 잘 구분이 되지 않았다. 저해상도의 한계였다. 나는 어둠의 구간을 건너뛰어 영상을 빠르게 돌렸다.

방 안이 밝아지고, 현관에 선 대학생 집사가 모습을 드러냈다. 웨인은 침착하고 자연스럽게 집사를 맞았다. 웨인의 뻔뻔함이 빛을 발하는 순간이었다. 대학생 집사는 놀랐는지 그 자리에 선 채로 웨인을 보고 있었다. 웨인에게 뭐라고 말을 한 것도 같다. 곧 놀란 마음을 진정시킨 그녀는 고맙게도 웨인에게 먹을 것부터 챙겨주었다. 웨인이 밥을 먹는 동안 그녀는 창문들을 점검하는 것 같았다. 하지만 어디서도 웨인이 들어온 흔적을 발견할 수 없었을 것이다. 외출하고 돌아와 보니 완벽한 밀실 안에 고양이가 나타난 것이다. 그녀는 무슨 생각을 하고 있을까? 웨인이 밥을 다 먹자 대학생 집사는 현관문을 열어 웨인이 밖으로 나갈 수 있게 해주었다. 웨인은 지체 없이 밖으로 빠져나갔다. 나는 고개를 돌려 창밖 담벼락에 앉아 졸고 있는 웨인을 보았다. 엄청난 일을 겪고 온 것을 아는지 모르는지 태평했다.

나는 웨인처럼 태평할 수 없었다. 쉽게 잠이 오지 않았다. 나는 생각했다. 모른 척해야 한다. 내가 할 수 있는 일은 없다. 나는 방에서 나갈 수 없고, 모르는 사람 일에 끼어들 수는 없으니까. 그녀 혼자서 해결할 수 있을 것이다. 난 이불을 뒤집어쓰고 눈을 질끈 감아버렸다.

하지만,

하지만 그녀는 꽤나 허술해 보였다. 방 안이 그렇게나 지저분했는데…. 카메라 중 하나 정도는 우연히 발견할 수 있겠지만…. 그럼 나머지 세 대는 어쩌지? 어휴, 제발 방 좀 치우고 살아라. 방에는 모름지기 질서가 있어야 하는 법이야! 방에서 잠만 자는 사람이 그런 걸 알 리가 없지.

아니지, 아니야. 그건 부당한 지적이었다. 불법촬영이 나쁜 일이지 대학생 집사는 죄가 없어! 그녀는 좋은 사람이야! 맘껏 방을 어지럽힐 자유가 있다고! 중딩들이야말로 그녀의 집에 침입할 권리가 없어! 아무리 생각해도 그녀를 구하지 않으면 안 될 것 같았다. 그래, 나는 누구의 도움도 받지 않겠다고 결심한 거지,

돕지 않겠다고 한 게 아니지 않은가. 돕는 건 문제가 되지 않는다. 나는 무엇이든 방법을 강구해야만 했다.

내가 본 건 하루 전의 영상이었다. 대처할 수 있는 시간이 하루나 지나간 셈이었다. 옆집에 살지 않는 이상 중딩들이 노리고 있는 것은 실시간 모니터링이 아니라 녹화였다. 그들의 카메라는 고급 사양을 갖췄으니 배터리와 메모리 상황까지 고려했을 때 최소한 3일은 버틸 것이다. 그 말은 그들이 카메라를 회수하기까지 이틀 정도밖에 남지 않았음을 의미했다. 그전에 카메라에 대해 대학생 집사에게 알려야 했다.

경찰에 신고해야 하나? 아니다. 신고하면서 뭐라고 말할 수 있겠어.

'어린애들이 그 여자 방 안에 카메라를 설치하는 걸 제가 봤어요!'

'그렇군요. 근데, 그걸 어떻게 보셨죠?'

'그, 그건….'

카메라를 사용한 건 나도 마찬가지였다. 잘못하면 나까지 불법촬영범으로 몰릴 수 있었다. 고양이를 보호하기 위해서 어쩔 수 없이 카메라를 사용했다고 하면 경찰은 뭐라고 할까. '하루 전의 영상을 보면서 고양이를 보호하려 했다고요?' 그럼 뭐라고 해야 할까. '네, 아무래도 그편이 마음 편하니까요. 혹시 고양이 키우시나요? 그럼 제 마음 이해하실 텐데.' 경찰은 고개를 끄덕이며 조용히 내 정신 감정을 의뢰하겠지. 역시 경찰은 안 된다. 그들은 나를 이해하지 못할 것이다. 그리고 무엇보다 신고 이후의 절차가 부담스러웠다. 신고를 하면 방 밖으로 나가서 여기저기 불려 다녀야 할 텐데, 상상만 해도 골치가 아팠다.

밤새 고민하던 나는 아침이 되어서야 결정을 내렸다. 나는 대학생 집사의 집으로 피자를 한 판 배달시키기로 했다. 그녀가 피자를 좋아하는지 어떤지는 중요하지 않았다. 내가 노린 것은 배달 서비스 시 작성할 수 있는 메시지였다. 나는 웨인의 카메라 GPS를 통해 대학생 집사가 사는 집의 위치를 파악했고 지도 앱으로 그곳의 주소를 알아냈다. 그리고 그곳으로 피자를 주문하며 메시지를 작성했다.

[집 안에 숨겨진 카메라가 있습니다. 경찰에 신고하세요.]

배달 시간은 대학생 집사가 집에 있던 시간을 감안해서 정했다. 형편없는 방법이었지만 이게 내가 할 수 있는 최선이었다. 그래, 나는 할 만큼 했어. 이제 곧 해결이 될 거야. 나는 스스로를 안심시켰다.

그날 저녁, 나는 새로운 영상을 받자마자 대학생 집사가 등장하는 장면을 찾았다. 다행스럽게도 웨인은 다시 그녀의 집에 들렀다. 하지만 대학생 집사는 늦잠을 자는지 현관문이 굳게 닫혀 있었다. 정해진 시간이 되자 피자 배달부가 나타나 초인종을 눌렀다. 자다 깬 듯 부스스한 몰골로 피자를 받아든 대학생 집사는 의아한 표정이었다. 배달부는 빠르게 사라졌고, 멍하게 피자를 받아들고 서 있던 그녀는 웨인을 발견하고 방긋 웃어 보였다. 밖에서 기다리게 한 것이 미안했는지 그녀는 웨인을 집 안으로 들였다. 웨인이 거부감을 느낄까 봐 현관문을 활짝 열어두는 것을 잊지 않았다.

집 안 한편에 웨인의 사료를 챙겨준 대학생 집사는 어지럽게 흩어진 옷가지들을 발로 차 방 가운데 빈 공간을 만들었다. 나는 조마조마한 마음으로 그녀를 관찰했다. 그녀는 자리를 잡고 앉자마자 곧장 피자 상자를 열었다. 상자 위에 붙은 영수증 따위는 안중에도 없었다. 물론 거기 적힌 메시지도. 그녀는 그저 피자 한 조각을 떼어내 열심히 먹을 뿐이었다. 방금 일어나 눈도 제대로 못 뜬 상태로 말이다. 어떻게 저럴 수가 있지? 누가 주문했는지도 모를 음식이 배달됐는데, 저렇게 태평하게 먹을 수 있단 말인가? 보통 의심 정도는 하지 않나? 정말 내가 세상 물정을 잘 모르는지도 모르겠다. 그나저나 저 학생, 정말 맛있게 먹는다…. 피자를 세로로 접어서 먹는다고? 그녀는 피자를 조금도 흘리지 않고 야무지게 입안으로 밀어 넣었다. 이왕이면 그, 그 피클도 한 번 먹어주면 안 되나. 그렇지, 크러스트를 남기지 않고 다 먹는 걸 보니 먹을 줄 아는 사람이네. 아니 근데, 내가 지금 뭐 하는 거지? 정신 차려야 해. 왜 먹방을 보고 있는 거냐고. 이럴 때가 아니야. 그렇게 생각하면서도 나는 그날 야식 메뉴를 피자로 정했다.

피자를 세로로 접어 먹으며 나는 반성했다. 내 방식은 너무 간접적이었다. 남은 거라곤 그녀가 페퍼로니 피자를 좋아하고 앉은 자리에서 피자 한 판을 해치울 수 있다는 불필요한 정보뿐이었다. 이런 식으로는 아무것도 해결할 수 없었다. 벌써 카메라가 설치된 지 이틀째 저녁이 지나가고 있었다. 날이 밝으면 중딩들이 카메라를 회수하러 돌아오는 것이다.

결국 나는 피할 수 없는 문제와 마주하고 말았다. 집 밖으로 나가는 것 외에는 다른 방법이 없었다. 겁이 덜컥 났다. 나가야만 하는 걸까. 과연 나는 그럴 수 있을까. 나는 왜 그녀의 영상을 보게 된 걸까. 왜 웨인은 그녀를 집사로 택한 것일까. 아니, 왜 웨인은 나를 집사로 삼아서 이렇게 힘들게 하는 걸까. 알프레드는 집에서 보조하는 사람이지 배트맨이 아니라고! 그러나 뒤이어 떠오른 하나의 생각이 다른 목소리를 모조리 잠재워버렸다.

'하지만 내가 하지 않으면 누구도 그녀를 구할 수 없잖아.'

그때부터 나는 스스로를 설득하기 시작했다. 방 밖으로 나가는 게 아니야. 그저 내 방에서 웨인이 가져다준 영상을 보는 거라고 생각하자. 좀 더 실감 나고 생생한 영상을 보는 것뿐이야.

가끔 집중해서 보다 보면 실제로 거리를 걷는 듯한 느낌이 들 때도 있잖아? 그래도 마음에 안 든다면 대신 내 몸을 작은 방이라고 생각하는 거야. 그래, 나는 여전히 방 안에 있는 거야. 머릿속으로 한 걸음 물러나서 화면을 보는 것뿐이라고. 방에서 영상을 보는 것과 하나도 다를 게 없어.

나는 옷장에서 가장 색이 어둡고 노출이 없는 옷을 꺼내 입었다. 목부터 발목까지 전혀 드러나지 않는 검은 옷이 나를 보호해 줄 터였다. 아빠의 오토바이를 훔쳐 탄다면 완벽했다. 헬멧으로 얼굴까지 가릴 수 있을 테니까.

그런데 대학생 집사가 나를 믿어줄까? 난 고양이 목에 카메라를 단 세상 물정 모르는 은둔형 외톨이에 불과한데? 나 같은 애를 어떻게 신뢰하겠어? 아니야, 알프레드. 걱정할 필요 없어. 할 말은 편지로 쓰면 돼. 그녀가 범죄 위험에 노출된 사실만 전달하면 그만이니까 직접 말로 할 필요는 없다고. 가서 편지만 놓고 오는 거야. 딱 거기까지야. 더 이상은 관여하지 않겠어. 그렇게 나는 스스로를 가까스로 설득했다.

9시가 조금 넘은 밤이었다. 피곤했는지 아빠는 가게를 일찍 닫고 방에서 자는 것 같았다. 쥐도 새도 모르게 잠깐만 나갔다 온다면 아무도 모를 거야. 오토바이에 기름을 채워놓는 걸 잊지 말아야겠군.

헬멧을 눌러쓴 나는 오토바이를 끌고 대문을 나섰다. 음, 그래. 꽤나 실감 나는 영상이네. 웨인의 시야에 들어오지 않았던 새로운 모습들이 눈에 들어왔다. 허름한 동네였지만 제법 많은 것들이 바뀌어 있었다. 주변을 신기한 눈으로 두리번거리던 나는 정신을 차리려 애썼다. 나는 지금 밤 산책을 나온 게 아니다. 편지를 전달하기 위해 나온 거야. 결심을 되새긴 나는 아빠가 깰까 봐 큰길가로 나와서야 오토바이에 시동을 걸었다. 방에 숨어들기 전에는 오토바이를 타고 자주 심부름을 다녔었다. 몸이 그것을 기억하고 있어야 할 텐데.

오토바이는 자동차와 달리 운전자가 외부로 노출된 이동 수단이다. 그 상태가 부담되면서도, 나는 어느새 속도를 올리고 있었다. 속도가 주는 쾌감이 다른 모든 감정을 압도했다. 그동안 창밖에만 머물러 있던 세상이 나를 향해 파도처럼 달려들었다. 그 차가운 파도는 온몸 구석구석으로 퍼져나갔다. 짜릿했다. 고작 60킬로 속력으로 달렸음에도 그랬다. 방에만 있던 나에게 그것은 초음속과 같았으니까. 한동안 달리는 데 정신이 빠져 있던 나는 하마터면 목적지를 지나칠 뻔했다. 나는 떨리는 손으로 방향을 틀었다. 대학생 집사가 살고 있는 동네는 기껏해야 10분 거리였다.

옆 동네라고는 하지만 나는 태어나서 처음 가보는 동네였다. 늘어선 집들이 비슷해 보여서 목적지를 코앞에 두고도 주위를 한참 헤맸다. 다행히 대학생 집사가 사는 다세대 주택은 대문이 열려 있었다. 계단을 통해 2층으로 올라가 외부로 난 복도의 끝, 204호로 향했다. 떨리는 마음을 다잡고 드디어 눈에 익은 현관문 앞에 멈춰 섰다. 헬멧을 쓴 채였다. 대학생 집사는 잠들었는지 집 안에는 인기척이 없었다. 난 소중히 품고 온 편지를 꺼내 옆쪽 문틈으로 밀어 넣었다. 하지만 상상과는 달리 편지는 조금도 들어가지 않았다. 나는 한참을 낑낑거린 끝에, 문 밑으로 간신히 편지를 반쯤 쑤셔 넣었다. 편지 한 귀퉁이가 완전히 우그러졌지만 어쩔 수 없었다. 그래도 내용을 알아보는 데는 문제가 없겠지. 이제 됐어. 임무를 완수한 나는 지체하지 않고 걸음을 옮겼다. 하지만 우그러진 편지가 계속 신경 쓰였다. 그냥 문 앞에 둘까? 그게 낫지 않겠어? 그래, 살짝 편지를 빼놓고 오자. 계단을 앞에 두고 나는 다시 걸음을 돌렸다. 초라하게 우그러진 편지가 눈에 들어왔다. 그때였다. "삐리릭" 하는 전자음과 함께 204호의 현관문이 열렸다. 문 밑에 끼워둔 편지가 바닥에 갈리는 소리가 났다. 순간적으로 걸음을 멈추며 몸을 틀었다. 204호의 대학생 집사가 모습을 드러냈다. 나는 급한 대로 눈앞에 있는 203호 문을 두드리며 말했다.

"배달이요!"

다행스럽게도 203호는 비어 있는 것 같았다. 외출하던 길이었는지 대학생 집사는 나를 무심히 지나쳐갔다. 나를 수상하게 여기는 것 같지는 않았다. 내 쪽을 한 번 흘긋거린 게 전부였다. 그녀가 복도 끝으로 사라진 것을 확인한 나는 안도의 한숨을 내쉬었다. 정신을 차리고 나서야 내 손에 아무것도 들려 있지 않다는 걸 깨달았다. 맨손으로 무슨 배달을 하겠다는 거지? 어쨌거나 큰 위기는 넘겼으니 됐지 뭐. 나는 떨리는 마음을 진정시키려고 노력했다. 괜찮아, 알프레드. 이 모든 게 영상이야, 영상. 웨인이 가져온 아주 실감 나는 영상일 뿐이야. 그런데 왜 이렇게 식은땀이 흐르지? 정신이 없어서 제대로 보진 못했지만, 실제로 마주친 대학생 집사는 유독 작고 어려 보였던 것 같다. 헬멧을 쓰고 있지 않았다면 나는 그녀에게 얼굴마저 드러내고 말았을 것이다. 그 생각을 하니 등줄기가 오싹했다.

204호 문 앞에는 바닥에 갈려 겉봉이 찢긴 편지가 나뒹굴고 있었다. 무슨 문을 그렇게 세게 열지? 심지어 바닥에 있던 축축한 물기 때문에 글자가 다 번져버렸다. 우체부 아저씨 감사합니다…. 편지를 배달하는 게 이렇게 힘든 일인 줄 몰랐어요. 걸레 꼴이 된 편지를 두고 가도 괜찮을까. 대학생 집사의 성격상 편지가 있는 줄도 모를 확률이 더 높았다. 나는 편지를 구겨 주머니에 넣었다.

그래, 기왕 여기까지 왔는데. 내가 카메라를 제거하는 거야. 빠르게 처리하면 문제 될 게 없어. 어차피 중딩들이 집에 들어갈 때 비밀번호도 봐뒀으니까….

나는 다시 한번 204호 집사가 사라진 쪽을 바라보았다. 어린 중학생 녀석들이 어떻게 이런 대범한 짓을 했을까. 심장이 터져 나갈 것 같았다. 나는 떨리는 손으로 비밀번호를 눌렀다. 잠금장치가 풀리며 전자음이 났다. 나는 천천히 손잡이를 돌려 문을 열었다. 그 어느 때보다도 내 방이 그리웠다. 하지만 눈앞에 있는 방은 내 방이 아니었다. 질서라곤 없는 지저분한, 타인의 방이었다. 나는 눈을 딱 감고 방 안으로 들어갔다.

나는 속도를 내어 집 안을 수색했다. 다른 건 보고 싶지도 않았다. 카메라는 모두 네 대. 나는 순식간에 세 대의 카메라를 찾아냈다. 그런데 마지막 하나를 도무지 찾을 수가 없었다. 문제의 소파 쪽 카메라였다. 소파 뒤에는 행거에 걸린 옷이 거대한 산을 이루고 있었다. 카메라를 어디서부터 어떻게 찾아야 하는 거지. 나는 되는 대로 옷더미를 뒤지기 시작했다. 여기 어디 있을 텐데. 아니, 이미 옷에 파묻혀버린 건 아닐까. 차근차근 안쪽부터 살펴보자. 생각보다 시간이 너무 지체되고 있었다. 그렇다고 이대로 포기할 수는 없었다. 조금만 더 찾아보자. 조금만 더.

"삐, 삐, 삐삐…."

갑자기 현관문 비밀번호 누르는 소리가 들려왔다. 본능적으로 숨을 곳을 찾았지만, 좁아터진 원룸에 숨을 곳이 있을 리가 없었다. 나는 급한 대로 화장실로 들어가 문고리를 꼭 붙들었다. 대학생 집사를 마주하면 뭐라고 해야 하지? 배달을 잘못 왔다고?

웨인처럼 몸이 작다면 창문으로 나갈 수 있을 텐데!

"시간이 별로 없어."

그런데 밖에서 들려오는 목소리는 변성기를 막 지난 남자아이들의 것이었다. 중딩들이 카메라를 찾으러 온 것이다! 내 계산이 틀린 건가? 3일이 아니라 이틀이었다고? 나는 정신을 차리려고 노력했다. 이대로 당할 수는 없었다. 나는 화장실 안을 둘러봤다. 그리고 재빨리 헬멧과 상의를 벗고, 수건 하나를 머리에 감았다. 안에 받쳐 입은 후줄근한 티셔츠 때문에 영락없이 방금 씻은 사람처럼 보였다. 나는 곧장 문을 벌컥 열고 밖으로 나왔다. 집을 뒤지고 있던 중딩들은 화들짝 놀라 혼이 빠진 얼굴로 그 자리에 얼어붙었다. 나는 그들보다 더 놀라는 척을 했다.

"어맛! 깜짝이야. 뭐, 뭐야, 너네?"

얼굴이 창백해진 밤톨이 겨우 대답했다.

"저, 저희는 혜지 쌤… 학생들인데요?"

그 와중에 당당하려고 애쓰는 꼴이 추하디추했다. 그런데 학생이라고? 나는 되물었다.

"학생? 무슨 학생?"

"과외요…."

이번에는 달덩이가 기어들어 가는 목소리로 대꾸했다. 나는 대충이나마 이들의 관계를 파악했다.

"아…, 혜지 과외 학생들이구나? 그런데 여기는 왜 왔어? 어떻게 들어왔어? 벨 소리 못 들었는데…?"

역시나 좀 더 뻔뻔한 밤톨이 둘러댔다.

"문이 열려 있어서요…. 선생님 안 계세요?"

"음, 잠깐 나갔는데? 근데, 문이 열려 있었다고?"

아이들이 서로 눈빛을 교환했다. 밤톨이 말했다.

"다음에 다시 올게요. 안녕히 계세요."

멱살을 잡고 소리를 지르고 싶었지만, 녀석들을 그대로 보내줄 수밖에 없었다. 그들을 마주하고 있는 상황에서 서둘러 벗어나고 싶었다. 무엇보다 그들에게 얼굴을 노출했다는 사실 자체가 끔찍했다.

중딩들이 집 밖으로 나가자 카메라고 뭐고 더 이상 찾을 정신이 나지 않았다. 나는 마지막 카메라를 포기하고 집 밖으로 서둘러 나왔다. 주머니에 세 대의 카메라가 담긴 채였다. 더 이상 모험을 벌이고 싶지 않았다. 아까 밖으로 나가던 밤톨이 미처 벗지 못한 내 양말을 슬쩍 본 것도 같다. 양말을 신고 머리를 감는 사람을 부자연스럽다고 생각했을지도 모를 일이다.

복도를 지나고 있는데 반대편에서 익숙한 얼굴이 나타났다. 아이들이 혜지 쌤이라고 부르던 대학생, 204호 집사였다. 입이 바짝바짝 타들어 갔다. 우리 둘 사이의 거리가 가까워졌고, 곧 그녀가 나를 스쳐 지나갔다. 그녀는 나와 두 번이나 마주쳤지만 나를 알아보는 것 같지는 않았다. 그리고 그 순간, 나는 깨달았다. 헬멧을 화장실 변기 위에 올려두고 왔다는 사실을. 온몸에 소름이 끼쳤다. 혜지 쌤은 그걸 보고 뭐라고 생각할까. 외출하고 돌아와 보니 완벽한 밀실 안에 오토바이 헬멧이 나타난 것이다. 나는 온 힘을 다해, 가능한 한 가장 빠른 속도로 그곳에서 벗어나야 했다. 그런데 차마 세 걸음을 떼지 못했을 때였다.

"저기요!"

나는 그 자리에 그대로 얼어붙었다. 눈앞이 캄캄했다. 혜지 쌤이 나를 불러 세운 게 아니었다. 반대로 내가 그녀를 불러 세운 것이다. 그러면 안 되는 줄 알면서도, 그냥 갈 수가 없었다. 찾지 못한 마지막 카메라가 마음에 걸렸던 것이다. 그게 나였다. 정의감에 불타올라 사람들을 불편하게 만드는 인간.

혜지 쌤이 내 쪽을 돌아봤다. 하지만 무슨 이야기부터 꺼내야 할지 전혀 알 수가 없었다. 머릿속에서 너무 많은 말들이 두서없이 쏟아지고 있었다. 혜지 쌤은 나와 눈을 맞추고 그대로 서 있었다.

"저기…."

침묵이 계속되자 혜지 쌤이 나에게 두려움을 느끼는 듯했다. 무슨 말이라도 해야 했다.

"혹시, 고양이 한 마리 못 보셨어요? 목에 이름표가 붙어 있는 검은 고양이인데…."

혜지 쌤은 뭔가를 깨달은 듯 표정이 밝아졌다.

"아, 맞아요. 근데 낮에만 와요. 제가 가끔 밥도 주고 그러는데. 무슨 일로 그러세요?"

그녀와 한참 동안 웨인에 대한 대화를 나눴다. 나도 간택 받은 집사다. 고양이가 갑자기 보이지 않아 찾아다니고 있었다. 웨인을 마지막으로 본 게 언제냐. 근데 웨인은 이러이러한 간식은 싫어하더라. 정말 도도한 녀석이다. 맞다, 나도 아직 발바닥 한 번 못 만져봤다. 근데 이름이 웨인이냐. 너무 맘에 든다.

"이럴 게 아니라, 연락처를 공유하는 게 어떨까요?"

예상치 못한 혜지 쌤의 제안에 말문이 막혔다. 뭐라고 대꾸해야 할지 몰라 멍하니 있는데 그녀가 말을 이었다.

"웨인이 요새 살이 많이 찌는 것 같더라고요. 서로 체크하면서 밥 주면 좋을 것 같아서요."

"그, 그렇죠, 확실히. 그럴까요, 그럼?"

그러고 있자니 마치 정보 공유하는 맘카페 엄마들 같았다. 이대로 밤새 떠들 수 있었지만 언제까지 그럴 수는 없었다. 나는 결국 말을 꺼냈다.

"저기, 실은…. 과외 하는 학생들 있죠?"

나는 모든 자초지종을 설명했다. 물론 웨인의 카메라 이야기는 하지 못했다. 밤톨과 달덩이 둘이 당신의 집에 침입해서 불법 촬영을 목적으로 카메라를 설치한 것 같다. 아마 조만간 당신이 집을 비운 사이 그것을 찾으러 올 거다. 그녀는 깜짝 놀랐다. 자신의 두 제자 때문이 아니라 나 때문이었다.

"그게… 무슨 말이에요?"

내 말을 믿지 않는 눈치였다. 그럴 만도 했다. 나는 어쩔 수 없이 휴대폰에 저장된 사진 한 장을 보여줬다. 웨인의 동영상을 캡처한 것이었다. 밤톨과 달덩이가 그녀의 집 현관문을 열고 들어가는 장면이었다. 혜지 쌤은 사진을 보고 얼어붙었다. 나는 조심스럽게 말했다.

"경찰에 신고해야 하지 않을까요?"

잠시 생각에 빠져 있던 혜지 쌤이 나에게 말했다. 조용히 돌아가 달라고. 어쩌다 이 일을 알게 됐는지는 모르겠지만 상관하지 말아 달라고. 난 의외의 말에 당황하고 말았다. 몇 번이고 다시 상황을 설명했다. 그녀가 내 말을 제대로 알아듣지 못한 것 같았기 때문이다. 하지만 혜지 쌤의 말은 한결같았다.

"그만 돌아가 주세요."

그녀는 침울한 얼굴로 정중히 인사를 하고 몸을 돌려 집으로 향했다.

"이대로 당해도 괜찮다는 말이에요?"

난 이해할 수가 없었다. 내가 이렇게까지 위험을 감수하고 사실을 알리려 했는데, 고작 그게 다란 말인가? 상관하지 말라고? 그녀는 말없이 현관문을 열었다. 나도 모르게 화가 치밀었다. 난 그녀를 향해 소리쳤다.

"그 새끼들이 당신 몰카를 찍어도 괜찮으냐고요!"

현관문을 열던 혜지 쌤의 손이 멈췄다. 그녀도 내가 한 말에 화가 난 것 같았다. 그녀는 고개를 확 하고 돌려 나를 보았다. 그녀의 눈에 물기가 번져 있었다. 그녀는 떨리는 목소리로 말했다.

"걔네, 내가 가르치는 애들 중에서 공부 제일 잘하는 애들이에요. 학부모들한테 소문 잘못 나서 과외 끊기는 건 한순간이고요. 저, 그 과외 아니면 학교 못 다녀요. 그쪽이 내 월세 내줄 거예요? 내 등록금 내줄 거냐고요."

그녀는 잠시 숨을 몰아쉬고 목소리를 가다듬었다.

"그러니까, 내가 알아서 할 테니까, 그쪽은 더 이상 일 크게 만들지 말아달라고요. 알겠어요?"

나는 아무 말도 없이 그곳을 빠져나왔다. 더러운 기분이었다. 그리고 익숙한 기분이었다. 10년 전에 치를 떨며 방으로 들어가게 했던 바로 그 기분이었다. 아빠는 말했었다. "넌 세상 물정을 몰라." 제기랄, 세상 물정이 도대체 뭔데?

오토바이를 타고 왔던 길을 되돌아왔다. 헬멧은 잃어버렸지만 기름을 채워두는 건 잊지 않았다. 원래 있던 자리에 오토바이를 세워두고 조용히 집으로 들어왔다. 아빠가 헬멧을 찾겠지만 알게 뭔가. 밀실에 나타나기도 하고 마당에서 사라지기도 하는 게 헬멧이다. 집 안은 어둠에 잠겨 있었다. 현관에서 조용히 신발을 벗고 있는데 갑자기 목소리가 들렸다.

"많이 늦었네."

하마터면 비명을 지를 뻔했다. 식탁 의자에 아빠가 앉아 있었다. 도대체 언제부터 저기 앉아 있었는지 알 수 없는 일이었다.

"이제 방에서 나온 거냐?"

그냥 무시하면 됐는데, 그냥 말없이 방으로 들어가면 됐는데, 그러고 싶지가 않았다. 아빠에게만큼은 약한 모습을 보이기가 싫었던 모양이다.

"잠깐 나온 거야. 치, 친구 만나러."

"친구? 그 검은 고양이 말이냐?"

언제부터 알고 있었던 걸까.

"아, 아빠가 모르는 친구 있어! 만날 일이 있어서 잠깐 나갔다 온 거라고."

나는 퉁명스럽게 말을 뱉고 거실을 가로질러 방으로 향했다. 아빠는 내 말에 고개를 끄덕이며 말했다.

"그게 오토바이까지 가져가야 할 일이었고?"

나는 티 나게 동요하고 말았다. 도대체 어디까지 알고 있는 거지. CCTV라도 달았나. 소름 끼치게.

"기름 다시 채워놨고, 헬멧은… 다시 사다 놓을게. 다시는 아빠 물건 쓸 일 없으니까 걱정하지 마."

자존심을 꾹 죽이고 방으로 들어가려는데 아빠가 등에 대고 말했다.

"너 또, 괜히 남의 일에 참견하고 다니는 거 아니지?"

나는 그 자리에 멈춰 섰다. 속이 터져나갈 것처럼 답답했다. 제발 그다음 말을 하지 말아 달라고 사정하고 싶은 심정이었다. 제발 그 말은 하지 마. 제발.

"제발, 제발 그러지 마라. 네가 세상을 몰라서 그래."

결국 그 말이 나왔다. 난 참았던 화를 터뜨리며 소리쳤다.

"아빠나 남의 일에 참견하지 마!"

나는 문을 쾅 닫고 방으로 들어갔다.

이런 나였지만, 고등학교 때 나는 왕따가 아니었다. 내가 언제나 입을 다물고 있었기 때문이다. 그렇게 하지 않으면 이상한 애 취급당한다는 걸 경험상 잘 알고 있었다. 지나치게 듣기 불편한 소리를 잘하는, 그러면서 혼자 정의로운 척하는 꼴 보기 싫은 애. 그런 반응이 지겹고 피곤해서 존재감 없이 살기로 마음먹었던 것이다. 사실 왕따는 학교에서 존재감이 큰 존재였다. 존재감만 놓고 보면 일진과 맞먹거나 일진을 능가하기도 했다. 그에 비하면 나는 누구의 눈에도 보이지 않았다. 그때의 나는 속마음을 감추는 연습을 하고 있었던 것 같다. 그 사건만 아니었다면 아마 지금쯤 그것을 완벽하게 익혔을지도 모르겠다.

우리 반 왕따는 소심하기로 유명한 아이였다. 아이들은 그 예민한 마음을 조롱하듯 그에게 '간뎅이'라는 별명을 붙였다. 그는 입학 당시만 해도 공부를 꽤 잘하는 아이였는데 하루가 다르게 성적이 떨어져 사건이 있던 당시에는 하위권을 맴돌고 있었다.

그런 아이가 어느 날 크게 사고를 쳤다. 고가 브랜드의 전자제품을 훔치다 붙들린 것이다. 노트북, 스마트폰, 태블릿 PC 등 다 합치면 수천만 원어치에 달하는 물건들이었다. 당시 간뎅이의 치밀한 절도 계획은 어른들을 놀라게 했다. 그는 절도 사실을 알고 달려든 직원을 폭행하기까지 했다. 직원은 전치 4주의 진단을 받았다. 하지만 난 알고 있었다. 간뎅이가 평소에 일진에게 괴롭힘당했던 방식을 말이다.

일진들에게 간뎅이는 재밌는 장난감이었다. 그들은 간뎅이에게 무리한 행동들을 강제로 시켰다. 뒤탈이 없게 하려고 언제나 혼잣말처럼 명령하면서 말이다. "아, 누가 나 대신에 숙제 좀 해줬으면 좋겠다" 하고 모두에게 들리게 말하면 간뎅이가 숙제를 해와야 하는 식이었다. 일진들은 반 아이들에게 그런 식으로 자신들의 힘을 과시하며 재미를 느끼는 것 같았다. 초반에는 낄낄거리며 반응하는 아이들도 있었지만, 너무 자주 벌어지다 보니 나중에는 그 관심마저 시들해졌다. 하지만 나는 조용히, 그리고 꾸준히 그들의 대화를 엿들었다.

갈수록 간뎅이에게 향하는 요구가 심해졌다. 당시 간뎅이는 범죄와 비범죄의 선을 아슬아슬하게 넘나들고 있었다. 일진들 중 '서구리'는 마치 자신의 손발을 부리듯 간뎅이를 부렸다. 간뎅이는 서구리가 원하는 것이라면 무조건, 그게 무엇이든 구해 와야 했다. 간뎅이의 얼굴에서 점차 표정이 사라졌다.

조회 시간에 절도 소식을 전하던 선생님은 그런 내막을 알지도 못하면서 일방적으로 간뎅이를 비난했다. 참으려 했지만 속에서 불이 일었다. 도무지 입을 다물고 있을 수가 없었다. 하지만 어디서부터 어떻게 설명해야 할지 알 수가 없었다. 그래서 복잡한 설명을 생략하고 곧바로 행동했다. 선생님의 훈시가 끝나기도 전에 자리에서 일어나 서구리에게 달려든 것이다. 나는 그의 얼굴에 냅다 박치기를 해버렸다. 모든 설명은 그다음에 이뤄졌다. 나는 서구리를 포함한 일진들의 괴롭힘을 모두 폭로했다.

학교가 발칵 뒤집혔고, 학교폭력위원회가 조사를 벌였다. 하지만 조사 결과 간뎅이의 범죄는 서구리 무리와는 무관하다는 결론이 났다. 절도는 온전히 간뎅이 혼자서 계획하고 벌인 일이라고 말이다. 일진들이 간뎅이를 괴롭혔다는 사실도 증명해내지 못했다. 나는 그제야 증거를 확보해놓지 못한 나 자신을 탓했다.

마지막 희망은 간뎅이였다. 선생님은 그를 불러 내 말이 사실인지 물었다. 간뎅이는 나를 슬쩍 본 후 사실이 아니라고 말했다. 처음부터 끝까지 하나도 사실이 아니라고. 그때 간뎅이의 얼굴에 잠깐 어떤 표정이 떠올랐던 것 같다. 그게 무엇이었는지는 모르겠다. 나는 사실을 말하라고 몇 번이나 간뎅이를 윽박지르다가 행동을 저지당했다. 결과적으로 징계의 대상이 된 건 나였다.

학교에 불려온 아빠는 서구리의 부모에게 연신 고개를 숙이며 잘못을 빌었다. 나는 일진들이나 서구리보다 아빠가 더 미웠다. 아빠는 무조건 내가 잘못한 거라고 말했다. 앞뒤 사정을 들어보지도 않고 그 말만 반복했다. 묻지 않으니 나도 굳이 설명하지 않았다. 자존심이 상했기 때문이다. 아빠가 그들에게 사과하는 동안, 나는 혼자였다. 모두가 정상이고 나만 미친 사람이 된 것 같았다. 아빠에 대한 믿음이 사라진 건 그때였다.

'다신 안 나가. 절대! 그런 사람 도와줄 필요 없어. 도대체 그 사람이 나랑 무슨 상관인데?'

나는 눈물이 나는 걸 억지로 참고 평소 생활로 돌아가려 애썼다. 컴퓨터를 켜서 웨인의 영상을 재생했다. 영상을 보면서 스쾃과 팔굽혀펴기를 하려고 했지만 기운이 나지 않아 포기했다. 그동안 근육이 커졌다고 생각했는데 턱도 없이 부족했다. 대신 나는 이불을 뒤집어쓰고 모로 누웠다. 이불이라도 뒤집어쓰지 않으면 방바닥 밑으로 짜부라질 것 같았다. 모니터에는 오늘 낮에 찍힌 영상이 재생되고 있었다. 나와 마주치기 몇 시간 전의 혜지쌤이 웨인에게 밥을 챙겨주고 있었다. 그녀는 밥 먹는 웨인을 바라보며 세상에서 가장 푸근한 미소를 지었다. 역시나 나는 그녀를 나쁜 사람이라고 생각할 수가 없었다. 그 미소를 본다면 누구라도 그럴 것이다.

그때, 어떤 확신이 머릿속을 스치고 지나갔다. 모로 누워 있던 나는 몸을 일으켜 바로 앉았다. 영상 속 혜지 쌤은 여전히 착한 사람이었다. 내 도움을 거절했든 아니든 그 사실은 바뀌지 않았다. 마찬가지로, 간뎅이가 무슨 짓을 저질렀든 서구리의 잘못은 달라지지 않는다. 그의 악행은 명백한 사실이었다. 그리고 나는 그것을 응징했을 뿐이다. 전혀 복잡할 게 없었다.

사람은 이해하기 힘든, 복잡한 존재다. 내가 간뎅이를 완전히 이해했다고 볼 수는 없겠지만, 정말로 서구리에게 아무런 책임이 없었을까? 간뎅이를 그렇게 만든 건 분명히 서구리였다. 그런데도 그 사건은 아무 맥락 없이 단순 소동으로 마무리됐다. 그저 나 혼자 바보짓을 한 사건이 된 것이다. 하지만 내가 바보가 맞다 해도 서구리의 잘못은 변하지 않는다. 언제나 나쁜 놈들은 그렇게 본질을 흐리고 뱀처럼 빠져나가 버린다. 세상은 그렇게 '잘못을 했지만 잘못하지 않은 사람'으로 넘쳐난다. 아빠가 '세상 물정'이라고 부르던 것의 정체는 고작 그것이다. 세상은 그걸 지적하는 사람을 왕따로 만들고, 세상 물정 모르는 바보라 부른다. 이번에도 마찬가지였다. 분명 잘못한 쪽은 중딩들이었다. 그런데 어째서 혜지 쌤이 그것을 혼자 감내해야 할까? 왜 그녀를 돕고자 한 내가 이상한 놈이 되는 걸까? 나쁜 놈은 응징당해야 한다. 그

건 고양이 목에 달린 카메라로만 세상을 보는, 세상 물정 모르는 은둔형 외톨이도 알 수 있을 만큼 단순한 일이었다. 나는 그때나 지금이나 틀리지 않았다. 절대로, 이번만큼은, 이렇게 끝낼 수 없었다. 난 혜지 쌤을 보호할 거고, 중딩들을 응징할 거다. 그렇게 세상의 무게를, 미세하지만 아주 조금은 가볍게 할 것이다. 당신들이 알던 세상 물정은 갔다. 그딴 세상 따위, 내가 다 바꿔버릴 테니까. 하지만 어떻게?

"웨에에에인!"

고민하다가 깜빡 잠이 든 모양이었다. 일어나 보니 웨인이 담벼락에 앉아 밥을 기다리고 있었다. 벌써 7시라고? 나는 서둘러 웨인의 밥그릇에 사료를 담았다.

그때 휴대폰이 울렸다. 모르는 번호였지만 왠지 받아야 할 것 같았다.

"너 뭐냐? 카메라 어쨌어?"

전화를 받자마자 다짜고짜 반말이 날아왔다. 밤톨의 목소리가 분명했다. 옆에서 달덩이가 뭐라고 참견하는 소리가 들렸다.

"너 혜지 쌤 친구 아니지? 너 뭐야? 변태야? 아님, 정의의 사도야?"

그들은 카메라를 되찾지 못했고, 혜지 쌤이 혹시라도 그것을 버렸을까 봐 쓰레기를 뒤지다 피자 상자를 찾아냈다. 그리고 거기 적힌 내 메시지를 발견하고 주문자를 역추적한 것이다. 혜지 쌤은 그렇게나 쉽게 지나쳤던 것을 그들은 집요하게 찾아내고 말았다. 어이가 없었다.

"이것들이 지금 뭘 잘했다고….."

"됐고, 카메라 어디 있냐고. 뒤지기 싫으면 빨랑 내놔라. 그게 얼마짜린 줄 알고 훔쳐 가?"

그 자식들은 나를 깔보고 있었다. 나는 터져 나오려는 쌍욕을 참으며 인내심을 붙들었다.

"그렇게까지 영상을 찍어서 너네한테 남는 게 뭐냐? 어린 나이에 범죄자밖에 더 돼? 도대체 왜 그렇게까지 하냐고. 지금이라도 늦지 않았으니까….."

내 말이 끝나기도 전에 녀석들이 웃음을 터뜨렸다. 나는 오물을 뒤집어쓴 것처럼 그 웃음소리를 참아내야 했다. 그 과장된 웃음 끝에 밤톨이 말했다.

"동영상 찍어서 혜지 쌤 노예 만들려고 한다, 어쩔래?"

"뭐?"

"말 잘 듣는 노예 만들 거라고. 왜, 너도 시켜줘?"

다시 낄낄거리는 소리가 들렸다. 어디서부터 잘못된 걸까. 도대체 어디서 저런 짓을 배웠을까. 나는 온몸의 근육을 모두 동원해 버텨야 했다. 그들의 잔인한 말이 나를 내리누르지 못하도록 안간힘을 썼다. 그때 밤톨이 말을 이었다.

"너, 카메라가 세 대밖에 없는 줄 알았지? 하나는 버려두고 갔더라? 거기 뭐가 찍혔는지 알아?"

밤톨은 웃음을 참지 못하고 낄낄대느라 잠시 말을 멈췄다.

"니가 혜지 쌤 방 뒤지는 거 다 찍혔어, 빙신아. 이거 인터넷에 풀어버리면 어떻게 될까?"

그 말까지 듣고 나자 방금까지 부글거리던 마음이 차갑게 가라앉는 걸 느꼈다. 힘겹게 버티던 마지막 끈이 끊어졌다. 나는 그들에게 차분히 우리 집 주소를 알려줬다.

"와서 가져가, 카메라."

그들은 오후에 나를 찾아오겠다고 했다. 전화를 끊었다. 나는 조용히 생각했다. 이 모든 공격을 고스란히 돌려주리라. 나는 그러기 위해 필요한 것이 무엇인지, 어떤 순서로 어떻게 처리해야 하는지 알고 있었다. 마치 오랫동안 계획을 세워온 것처럼 말이다. 유일한 문제는 아빠였다. 왜냐하면 그 계획에는 아빠의 도움이 필요했기 때문이다. 내가 죽기보다 싫어하는 일이었다. 혼자서는 중딩조차 당해낼 수 없는 스스로가 한심했다.

문득 창밖에 앉아 나를 멀뚱히 쳐다보고 있는 웨인이 보였다. 창틀에 올려놓은 밥그릇은 입도 안 댄 그대로였다. 담벼락에서 창문까지는 점프도 필요 없는 가까운 거리였다. 게다가 7시도 훌쩍 넘은 시간이라 배가 많이 고팠을 텐데. 전화가 오는 바람에 사료를 담벼락에 놓아주지 않았다고 웨인은 그것을 건드리지도 않은 것이다.

그 전 같으면 그저 도도한 고양이라고 생각했을 것이다. 하지만 혜지 쌤의 집에 스스럼없이 들어가던 웨인을 보고 난 뒤라 나는 그 사실을 쉽게 넘길 수 없었다. 웨인은 왜 저렇게까지 나를 경계하는 걸까. 근데 생각해보면, 나는 웨인을 집 안으로 들인 적이 없었다. 나는 당연히 웨인이 방 안에 들어오고 싶어 하지 않을 거라 생각했다. 그 사실을 한 번도 의심해본 적이 없었다. 나는 밥그릇을 가만히 들어 보이며 방 안으로 들어오라고 손짓했다. 그러자 웨인이 망설이지 않고 창문으로 건너왔다.

얌전히 내 방에서 먹이를 먹는 웨인을 보니, 이게 이렇게까지 쉬운 일이었나 싶어 어이가 없었다. 이전까지 내가 생각했던 웨인의 모습은 온데간데없었다. 배트맨 같은 건 없었다. 그저 배고픈 길고양이가 밥을 먹고 있을 뿐이었다. 웨인은 물론 열심히 세상과 싸우는 길고양이였다. 하지만 세상을 우습게 생각할 정도로 강하진 않았다. 그는 박쥐인간이 아니라 고양이니까.

그러고 보면 웨인은 계속해서 내게 도움을 청해왔다. 첫 만남 때도, 목에 철사를 감은 채 탈출했을 때도, 웨인은 내게 호소했다. 배가 고프다고, 너무 춥다고, 너무 무섭다고 말이다. 그때마다 나는 그를 도우려 노력했지만, 내 자리를 내줄 생각은 하지 못했다. 누군가를 돕기 위해서는 상대방의 영역을 침범할 수밖에 없는 게 당연하다. 내가 카메라를 회수하러 혜지 쌤의 방에 침입했던 것처럼 말이다. 하지만 정말 제대로 상대를 도우려면, 내가 침범한 만큼 나 역시 침범당해야 하는 건지도 모른다. 내가 혜지 쌤에게 웨인의 카메라 이야기를 했다면 어땠을까. 변기 위에 놓인 헬멧에 대해 설명해줬더라면 어땠을까.

하물며 내가 도움이 필요할 때는 말할 것도 없다. 아무도 나를 침범하지 못하게 하면서 도움을 구한다는 건 말이 안 되지 않은가. 제아무리 강한 배트맨이라 해도, 알프레드에게 집 안을 맡기지 않으면 아무것도 할 수 없다.

더 이상 지체할 수 없었다. 나는 웨인을 남겨두고 방 밖으로 나갔다. 더 이상 방 밖이 무섭지 않았다. 성큼성큼 아빠의 가게로 들어가 안을 둘러보았다. 손님 몇 명이 구석에 설치된 컴퓨터로 로또 정보를 살펴보고 있었다. 아빠는 놀란 눈으로 나를 보았다. 나는 아빠 앞에 똑바로 서서 말했다.

"부탁 좀 할게."

나는 중딩들에게서 빼앗아 온 카메라 중 두 대를 내밀며 생중계가 가능한 카메라로 개조해달라고 말했다. 멍하게 나를 바라보던 아빠의 얼굴에 곧 걱정이 어렸다. 조용한 가게 안 모든 시선이 나와 아빠에게로 향했다. 이럴 줄 알았으면 세수라도 하고 나오는 건데. 아빠는 나와 시선을 마주하기를 겁내고 있었다. 한 손으로 자신의 얼굴을 쓸어내릴 뿐이었다. 아빠는 한참 만에 조심스럽게 입을 열었다.

"수정아. 무슨 일인지는 모르겠지만…."

무슨 말을 하려는지 뻔했다. 답답한 마음에 소리를 버럭 지르고 말았다.

"아, 쫌! 그냥 한 번만, 한 번만 내 편이 되어주면 안 돼?"

아빠는 가만히 내 얼굴을 바라보았다. 그의 얼굴에 작은 분노가 일었다. 잠시 후에 아빠가 말했다.

"난 항상 네 편이었다. 네가 다치는 게 싫었을 뿐이야."

아빠의 목소리에는 억울한 일을 당한 사람 특유의 단호함이 있었다. 나는 조용히 놀랐다. 그리고 갑자기 웨인의 목에 카메라를 달던 때가 떠올랐다. 아빠가 그때의 나처럼 느껴졌다. 나도 웨인이 다치는 게 싫었다. 그래서 그렇게 억지로 카메라를 달았던 것이다. 웨인을 지켜야 한다는 생각에 정신이 팔려 웨인을 믿어주지 못했던 것 같다. 걱정이 되더라도 상대를 믿고 밖으로 내보내야 할 때도 있는 법이다. 도움은 도움일 뿐, 부딪히며 살아가는 건 당사자가 아니면 할 수 없는 일이니까. 항상 최고의 집사가 되고 싶었는데. 그제야 겨우 집사 자격을 얻은 기분이었다. 물론 그 순간에 거기까지 생각한 건 아니었다. 그때의 나는 그저 아빠에게 대꾸해야 할 말이 뭔지 깨달았을 뿐이다. 웨인도 나에게 그렇게 말하고 싶지 않았을까.

"아빠가 도와주면 난 절대 안 다쳐. 그러니까 걱정하지 말고 날 믿어줘."

이번에는 아빠가 조금 놀란 것 같았다. 아빠는 잠시 내 눈을 들여다보더니, 조용히 고개를 끄덕였다.

나는 곧장 밤톨과 달덩이에게 동영상 하나를 보냈다. 그들이 혜지 쌤의 집에 침입해 카메라를 설치하고 있는 영상이었다. 나도 동영상이 있었고, 그걸로 그들을 협박할 수도 있었다. 이게 내 계획이었다.

"없던 일로 하죠?"

가게 앞으로 찾아온 밤톨이 나에게 처음 건넨 말이었다. 달덩이는 그저 긴장한 얼굴로 밤톨 뒤에 서 있을 뿐이었다. 내 뒤에도 긴장한 사람이 한 명 있었다. 가게 안에서 상황을 주시하고 있는 아빠였다. 아빠는 나를 믿고 안에서 기다리는 중이었다. 든든한 마음에 힘이 났다. 나는 콧방귀를 뀌며 밤톨에게 대꾸했다.

"누구 맘대로?"

나는 말했다. 내가 나온 영상을 인터넷에든 어디든 다 풀어라. 남의 집에 무단으로 들어간 잘못에 대해서는 얼마든지 벌을 받겠다. 하지만 너희들의 영상이 같이 풀리면, 사람들은 진짜 범행이 무엇인지, 진짜 범인이 누구인지 알게 될 것이다. 녀석들은 눈에 띄게 당황했다. 주도권은 나에게 있었다.

"없던 일로 할 수 있는 사람은 너희 둘 중 한 사람뿐이야. 그러니까 일단 이거부터 받아."

나는 아빠가 개조한 두 대의 카메라를 건넸다. 내 제안은 간단했다. 카메라를 각자의 목에 달고, 내가 정한 장소로 이동해라. 거기서 둘이 맨주먹으로 싸우는 거다. 언제까지? 한쪽이 항복할 때까지. 왜 그래야 하냐고? 지는 쪽은 가족과 학교에 불법촬영 사실이 알려지고 동영상도 인터넷에 풀릴 테니까. 물론, 이긴 쪽 영상은 편집하고 말이다. 싸움에서 이기면 다시 나랑 볼 일은 없다. 아 그리고, 혜지 쌤 귀에 이 얘기가 조금이라도 들어가면 싸움의 결과에 상관없이 두 사람의 동영상은 모두 공개된다. 내가 이야기하는 동안 아이들은 얼어붙은 듯 가만히 듣기만 했다. 그리고 순순히 카메라를 받아 목에 달았다. 협박을 해본 놈들이라 그런지 상황 파악이 빨랐고 말귀도 잘 알아들었다.

아빠는 영상 중계를 위해서는 전파를 증폭해줄 기지국이 필요하다고 했다. 기지국 역할을 하는 작은 장치는 웨인의 머리에 씌워졌다. 그 작은 모자를 씌우는 일은 카메라를 달 때만큼 힘들지는 않았다. 자연스럽게 중딩들의 싸움 장소는 웨인이 낮 시간을 즐기는 공터로 잡혔다. 공사가 예정된 건축부지였다. 외부에 울타리가 쳐져 있어 사람들의 시선을 피하기에도 안성맞춤이었다.

황야의 무법자들처럼 공터에서 두 아이가 마주 보고 섰다. 문제는 둘이 싸우려는 의지가 전혀 없다는 점이었다. 싸우는 시늉만 하려는 게 눈에 빤히 보였다. 그래, 불을 피우는 일은 생각보다 어려운 법이지. 그렇다면 불씨를 만들어줘야겠지? 난 방식을 바꿨다. 한 명씩 번갈아 가면서 서로를 때리기로. 효과는 탁월했다. 주먹이 한두 번 오가더니 더 이상 부채질할 필요도 없이 불이 활활 타오르기 시작했다.

나는 개조된 카메라 덕에 그 싸움을 실시간으로 볼 수 있었다. 실감 나는 고화질 영상이 눈앞에 펼쳐졌다. 둘은 목숨을 걸고 싸웠다. 두 개로 분할된 화면으로 피가 튀었다. 이제는 영상뿐이 아니었다. 험악한 욕지거리와 비명이 들렸다. 난 단 한순간도 놓치지 않고 싸움을 관전했다. 그래야만 할 것 같은 의무감 때문이었다. 복수자로서의 마음가짐이랄까. 내가 판을 벌여놓고 비겁하게 피하고 싶지 않았다. 그것도 복수의 일부였다. 처절한 싸움은 쉽게 끝나지 않았다. 지켜보는 것만으로 진땀이 나는 개싸움이었다.

분노의 주먹질은 점차 느려졌고, 이제 상대를 향해 날리는 주먹에는 제발 항복해주기를 바라는 염원이 담겨 있었다. 마침내 항복의 말이 한쪽의 입에서 나왔을 때는, 해가 뉘엿뉘엿 지고 있었다. 이긴 쪽은 달덩이였다. 그는 카메라를 목에서 떼어내 아무렇게나 내팽개치고는 자리를 떴다. 남겨진 밤톨은 멀어지는 달덩이를 바라보며 흐느껴 울었다. 그제야 좀 중학생다워 보였다.

나는 밤톨의 울음이 가라앉기를 기다렸다가 그에게 전화를 걸었다. 전화를 받은 밤톨은 다짜고짜 사정을 하기 시작했다.

"아, 진짜. 동영상 안 풀면 안 돼요? 진짜 저 X 된단 말이에요. 그거 풀면 평생 박제된다고요."

한 사람의 인생을 망가뜨리려던 사람이 하는 걱정치고는 상당히 태평했다. 그는 아직도 자신이 저지른 일이 뭘 의미하는지 모르고 있는 것 같았다. 아마 평생 모를 수도 있다. 어린 나이였지만 그의 인생 전체는 그렇게 단단히 고정된 것 같았다. 간뎅이를 괴롭히던 서구리도 어디선가 그렇게 살고 있겠지. 자기는 잘못한 게 없다고 철석같이 믿으면서 말이다. 나는 더 차갑게 가라앉았다. 잠시 후 나는 그에게 말했다. 동영상을 풀지 않겠다고.

"그 대신에, 뭐든 할 수 있겠어?"

나는 동영상을 풀기 전에 3일의 시간을 주기로 했다. 그 기간 안에 경찰서에 가서 자수를 해라. 그러면 최소한 동영상을 인터넷에 풀 일은 없다. 대신에 자신이 저지른 죄를 조금도 축소하거나 빼먹지 말고 정확하게 모두 진술해야 한다.

"어떡할래? 이게 내가 해줄 수 있는 최대한의 배려야."

밤톨은 여전히 울먹이는 목소리로 알겠다고 대답하고는 전화를 끊었다. 그에게는 울며 겨자 먹기 같은 선택이었을 것이다. 밤톨은 달덩이보다도 더 거칠게 카메라를 내팽개치고 자리를 떴다. 싸가지 없는 자식.

사실 나는 밤톨이든 달덩이든 두 녀석 모두 용서할 생각이 없었다. 어림도 없지. 둘 다 죗값을 받아야 했다. 약속 같은 건 지킬 생각도 없었다. 처음부터 밤톨이 자수할 거라고 기대하지도 않았으니까. 분명히 어떻게 빠져나갈 수 있을까 잔머리나 굴리겠지. 밤톨이 자수를 하든 하지 않든, 모든 진상이 세상에 드러날 것이다. 그렇게 되면 달덩이가 연루되었다는 것도 밝혀질 테고. 난 단지 그 전에 두 녀석을 흠씬 두들겨 패주고 싶었을 뿐이다.

승리감을 곱씹으며 한숨 돌리려는데, 방 밖에서 아빠의 헛기침 소리가 들려왔다. 중딩들의 모든 영상은 아빠에게도 공유됐다. 머뭇거리던 아빠는 닫힌 문 너머에서 어렵게 말을 꺼냈다.

"네가 옳았다. 그 어린놈의 자식들은 기가 막히게 나쁜 놈들이었어."

모든 사실을 알게 된 아빠는 내 방 앞까지 와서 내가 옳다고 말하고 있었다. 당연한 말이었고, 나도 이미 알고 있는 사실이었다. 하지만 그 말을 아빠의 입을 통해 들으니 눈물이 핑 돌았다. 아빠는 망설임 끝에 덧붙였다.

"미안하다. 네 판단을 무시해서."

나는 아무 대꾸도 하지 않았다. 하지만 이제 와서 생각해보면 '아빠의 판단도 절반은 옳았다'는 말을 했어야 한다는 생각이 든다. 나는 내가 세상 물정 모르는 멍청이임을 인정한다. 그리고 그런 내가 좋다. 세상에는 그런 사람도 있어야 하는 법이다.

아빠는 자신이 또 도울 게 있으면 언제든지 말하라고 했다. 돈이 얼마가 들든, 어떤 일이든 다 도와주겠다면서 말이다. 말만으로도 충분히 고마웠지만, 마음과는 다르게 퉁명스러운 말이 튀어나왔다.

"됐어! 아빠가 무슨 돈이 있다고…."

돌아오는 대답이 없어서 나는 아빠가 주눅이 들어 방으로 돌아갔다고 생각했다. 그러나 아빠는 여전히 그곳에 있었다. 이윽고 아빠의 말이 들려왔다.

"우리 로또방에서 1등이 여섯 번 나온 거 알고 있지?"

나는 무슨 소린가 싶어 귀를 기울였다.

"그 여섯 번 중에 아빠가 한 번도 안 됐을 거라고 생각하지 마라."

그랬다. 아빠에게는 나와 같은 재능이 있었다. 숫자들을 가만히 들여다보고 있으면 뭔가 감이 오는. 그러나 아빠는 부귀영화에는 별로 관심이 없었다. 마음속에 있는 유일한 욕심이라고는 전파상의 부활뿐이었다. 어떻게 하면 최고의 전파상으로 거듭날 수 있을 것인가. 어떻게 전파상의 시대가 다시 돌아오게 할 것인가. 그래서 아빠는 닥치는 대로 공부 중이었다. 기술의 시대가 바뀌었다. 아빠의 전파상은 TV와 비디오를 거쳐 카메라와 필름의 시대를 지나, 컴퓨터와 에어컨을 넘어 코딩과 로봇, 그리고 인공지능을 향해 가는 중이었다. 아직 아빠 스스로 자신할 수 있는 실력은 아니었다. 갈 길이 멀다고 말하는 아빠의 목소리에는 소년 같은 설렘이 묻어 있었다. 나는 아빠가 나만큼이나 세상 물정을 모르는 엉뚱한 사람이라고 생각했다.

아빠가 방으로 돌아가고 나자, 나는 안도감과 함께 마음 한 구석이 먹먹해짐을 느꼈다. 내가 감옥에 가게 되더라도 아빠 혼자 잘 해낼 수 있을 것이다. 하지만 홀로 남을 아빠의 모습이 상상돼 마음이 아팠다. 밤톨에게 주어진 3일이라는 시간이 지나고 나면, 나도 경찰에 자수할 생각이었다. 나도 혜지 쌤 집에 무단 침입한 것은 사실이었으니까. 단지, 아빠에게 어떻게 말을 꺼내야 할지 막막했다. 10년에 한 번씩 아빠 속을 뒤집어놓는 불효녀, 그게 나였다. 하지만 아빠도 내가 옳다는 걸 인정하지 않았나. 나는 이 일을 마저 마무리하기 위해 휴대폰을 열었다. 그리고 혜지 쌤에게 장문의 메시지를 쓰기 시작했다.

[안녕하세요, 혜지 쌤. 저는 옆 동네 수정전파사 뒷집에 사는 수정이라고 해요. 일전에 집 앞에서 뵌 적 있었죠….]

나는 그간 있었던 일을 낱낱이 적었다. 이번에는 웨인의 목에 달린 카메라에 대해서도 말해야 했다. 동영상까지 첨부해서 말이다. 나는 사건의 각 단계들을 어떻게 하면 정확하게 전달할 수 있을지 고민을 거듭했다. 이 사건을 설명할 기회는 이번이 처음이자 마지막이라고 생각했기 때문이다. 몇 번이나 메시지를 썼다

지웠는지 모르겠다.

무엇보다 이 모든 일은 나 혼자서 벌인 일이라는 점을 분명히 해뒀다. 그리고 그에 대해 진심으로 사과했다. 모든 책임을 지고 자수하겠다는 말까지. 모든 건 혜지 쌤이 아닌 중딩들의 잘못이다. 나는 그에 대한 응징을 한 것이고, 그 책임은 모두 지겠다. 그게 다였다. 나는 웨인을 잘 부탁드린다는 말로 메시지를 마무리했다. 메시지를 보냈지만 답장이 올 때까지 기다릴 수는 없었다. 긴장이 풀려서인지 눈이 감기고 있었다.

언제 잠들었는지도 모르게 정신없이 곯아떨어져 있던 나는 누군가 방문을 두드리는 소리에 잠에서 깼다. 창밖을 보니 이미 아침이었다. 작은 노크 소리였는데도 잠이 싹 달아났다. 내 방문을 노크하는 소리를 처음 들어봤기 때문이다. 잘못 들었나 싶어 잠시 기다리니 다시 노크 소리가 이어졌다. 나는 뭔가에 홀린 사람처럼 말없이 일어나 문을 열었다. 문밖에는 혜지 쌤이 서 있었다. 내가 꿈을 꾸고 있는 건 아닌지 잠시 생각했다. 혜지 쌤의 두 손에는 아빠의 헬멧이 들려 있었다. 그녀는 잔뜩 화가 난 눈으로 나를 노려보았다. 한참을 운 듯 붉게 물든 눈가 때문에 그녀의 눈빛은 더 형형해 보였다. 그녀는 내가 뭐라고 하기도 전에 먼저 입을 열었다.

"제가 알아서 한다고 했잖아요. 모른 척해달라는 게, 그게 그렇게 어려웠어요? 일을 꼭 이렇게 크게 만들어야 했냐고요!"

가뜩이나 당황한 나는 혜지 쌤의 매서운 질책에 할 말을 잃었다. 새삼 내가 얼마나 제멋대로 굴었는지가 떠올랐다. 미안하다는 말 말고 내가 무슨 말을 할 수 있을까. 내 사과를 들은 혜지 쌤은 나를 한참 노려보다가 말을 이었다.

"진짜 자수할 거예요?"

의외의 말에 나는 움찔하고 말았다. 정신없이 자느라 잊고 있던 마음속 먹먹함이 다시 고개를 들었다. 나는 그것을 티 내지 않으려 노력하면서 비장하게 고개를 끄덕였다. 소리 내어 대답하고 싶었는데 도무지 말이 입 밖으로 나올 것 같지 않았다. 비장해지지 않았다면 고개를 끄덕이지도 못했을 것이다. 비장함이란 그런 안간힘과 비슷한 것이었다. 나는 마른침을 크게 한 번 삼키고 나서야 꼴사납게 나약한 목소리로 겨우 말을 이을 수 있었다.

"저도 잘못이 있으니까, 감옥에 가서라도 죗값을…."

"됐어요! 그런 말 하지도 말아요."

혜지 쌤이 내 말을 싹둑 자르고 말을 이었다.

"나랑, 친구가 되면 되잖아요."

생뚱맞은 말이었다. 의아한 표정을 짓는 나를 보며 그녀는 또박또박 말을 이었다.

"친구 집에 들어가는 건 범죄가 아니에요."

난 그때까지도 그녀가 무슨 말을 하는지 이해하지 못하고 있었다. 그녀는 우리가 웨인을 통해 친해진 친구라고 설명했다. 그리고 서로의 집에 자주 놀러 가는 사이라고.

"그러다 게네들이 카메라를 설치하는 걸 본 거예요. 그렇죠?"

그렇게 말하는 그녀의 목소리는 나보다 훨씬 더 비장했다. 그제야 나는 그녀가 밤새 어떤 결심을 하고 이곳에 와 있는지 알 것 같았다. 눈이 저렇게 빨갛게 될 때까지 그녀는 고민하고, 결심하고, 다시 고민하고, 또 결심했을 것이다. 그녀에게도 비장함은 그런 안간힘과 비슷한 것이었다. 나는 여태 혜지 쌤을 문밖에 세워두고 있었다는 걸 깨닫고는, 일단 방으로 들어오게 했다. 그녀는 누구보다 그럴 자격이 있으니까.

할 얘기가 너무 많았다. 하지만 한꺼번에 너무 많은 생각이 머릿속에 떠올라서 무슨 말부터 해야 할지 알 수가 없었다. 아빠가 우리를 위해 조용히 피자 두 판을 시켜주었다. 어느새 웨인이 창가에 와 있었다. 우리는 오랫동안 이야기했다.

그때 떠올린 생각은 이후에 거의 다 실현됐다. 우선, 혜지와 나는 친구가 되었다. 그리고 밤톨과 달덩이를 경찰에 신고했다. 밤톨에게 공지한 3일이 지난 뒤였다. 친구가 되고 나서 제일 먼저 한 일이었고, 친구끼리 할 수 있는 최고의 일이기도 했다.

혜지와 친구가 되었기 때문에 나는 감옥에 가지 않을 수 있었다. 나는 그녀를 구하려고 모든 일을 벌였는데, 구원을 받은 것은 오히려 나였다. 그런 게 친구라는 사실을 서른이 다 되어서야 알게 되다니. 이 사실을 10년 전에 알았더라면 어땠을까. 간뎅이와도 처음부터 친구가 됐다면, 결과가 얼마나 달라졌을까. 낯선 이에게 도움을 받는 일은 공격을 받는 것만큼이나 겁나는 일이 될 수 있음을 왜 몰랐을까. 나는 사람을 불편하게 만드는 내 신기한 재주에 다시 한번 감탄했다.

경찰이 알게 된 사건의 경위는 이렇다. 혜지의 '오랜' 친구였던 나는 여느 날처럼 혜지의 방에 놀러 갔다. 그런데 혜지가 없는 빈집에서 중딩들이 나오는 걸 목격했다. 나는 혹시나 하는 마음에 '집고양이' 웨인의 목에 달아놓았던 CCTV 카메라를 확인해보았다. 중딩들의 만행을 알게 된 나는 혜지가 상처받을까 봐, 그리고 무엇보다 그녀가 일자리를 잃게 될까 봐 최대한 몰래 사건을 해결하려고 애썼다. 익명의 제보자인 척 피자까지 배달시키면서 말이다. 그것은 마지막 네 번째 카메라를 찾아내지 못했기 때문에 선택한 일이었다. 하지만 나는 혜지의 방에서 중딩들과 마주치고, 그들이 마지막 카메라를 회수했다는 사실을 알게 되면서 혜지에게 모든 걸 말할 수밖에 없었다. 자초지종을 들은 혜지는 지체 없이 경찰에 신고했다. 소심한 나와는 다르게 혜지는 무엇보다도 정의가 가장 중요한 사람이었으니까.

경찰 앞에서 완강하게 범죄를 부인하던 중딩들은 동영상 앞에서 무너졌다. 물론 그들은 내가 둘을 싸움 붙인 일에 대해 항의했다. 하지만 경찰은 그들의 주장을 믿어주지 않았다. 아무런 증거가 없었을뿐더러, 무엇보다 평범한 성인 여성이 그런 일을 벌일 거라는 생각을 하지 못했다. 경찰에 곧장 신고도 하지 못하고, 친구에게 상처를 줄까 봐 피자 배달 메시지에 경고의 말이나 겨우 남기는 소심한 여자라면 더더욱. 경찰도 때로는 믿을 만한 존재였다. 당분간 혜지가 옛 제자들과 마주치는 일은 없을 것이다.

이제 나는 그다음 계획을 세우고 있다. 우선 아빠의 도움을 받는다면 동네에 있는 모든 길고양이들에게 GPS를 달 수 있을 것이다. (이제 카메라는 포기하려 한다.) 그리고 그들의 안전을 실시간으로 체크하는 거다. 너무 오랫동안 먹이를 먹으러 오지 않거나 한곳에 오래 머무는 고양이들은 위치를 추적할 것이다. 고양이들에게 지어줄 이름은 이미 충분히 생각해뒀다. 켄트, 프린스, 앨런, 댄버스, 파커, 스타크, 로저스, 배너, 기타 등등.

그 일을 위해서 나는 은둔형 외톨이 생활에 더 집중해야 한다. 방 밖은 더 이상 두렵지 않다. 하지만 나는 세상 물정 모르는 은둔형 외톨이만이 가질 수 있는 관점이 맘에 든다. 때로는 갇혀 있을 때 바깥이 더 선명히 보이는 법이다.

할 일이 산더미처럼 늘어날 것이다. 각오는 되어 있다. 고양이

들 밥을 챙겨주고, 그들의 건강과 위치를 체크해야 한다. 틈틈이 주식도 하고, 근육 운동도 빼놓을 수 없다. 여전히 보잘것없는 근육이겠지만, 어제보다 1그램이라도 더 견딜 수 있다면 성공이다.

집 안에서 해결할 수 없는 일은 '로빈'의 도움을 받을 수 있을 것이다. 아, 로빈은 고양이가 아니라 내가 혜지에게 지어준 별명이다. 그녀에게 과외로 벌던 만큼 월급을 준다면 어떨까.

내 동료는 더 있었다. 혜지는 고양이를 통해 친구가 될 수 있음을 내게 가르쳐주었다. 나는 혜지처럼 길고양이를 먹이는 수많은 집사들의 존재를 떠올렸다. 고양이들의 목에 걸린 GPS는 나를 집사들에게로 안내할 것이다. 그리고 나는 그들 모두와 친구가 될 것이다. 그들은 분명 좋은 사람들일 테니까. 나와 친구가 된 집사들의 눈 하나하나가 모두 카메라가 되어줄 터이다. 그 카메라는 누군가 위험에 처하지 않았는지 서로를 지켜봐줄 것이다. 그게 내가 카메라를 포기할 수 있었던 이유다.

물론 위험한 일은 내가 직접 나서야 한다. 고양이 목에 GPS를 다는 은둔형 외톨이가 필요한 순간은 분명히 올 테니까. 그러면 나는 노출 없는 검은 옷을 챙겨 입고, 검은색으로 칠한 아빠의 오토바이에 올라타 밤거리로 나설 것이다. 아빠는 그걸 보고도 놀라지 않겠지. 집을 나서며 나는 집고양이가 된 웨인에게 이렇게 말할 것이다.

"웨인, 집 잘 보고 있어."

속에서 열불 나게 하는 일들이 여기저기서 계속 일어난다. 더 이상 알프레드가 집에만 머물 수 없는 세상이다.

이번에 심사한 작품들은 전반적으로 수준이 높았다. 기성 작가와 견주어도 손색이 없을 작품도 많았다. 여러 날 고민하고 몇 번을 다시 읽으며 장단점을 찾으려 애쓴 것도 이런 이유에서였다. 심사하는 내내 '간발의 차'라는 표현을 떠올렸다. 최종 선발된 작품과 그렇지 못한 작품 사이에는 그야말로 간발의 차가 존재할 뿐이었다.

무엇보다 흥미로웠던 지점은 다양한 장르의 작품이 본심에 올라왔다는 것이다. 각기 다른 맛을 지닌 여러 장르의 이야기를 읽는다는 것은 무척 큰 기쁨이었다. 다만 장르 고유의 특성을 살려내지 못한 작품이 있었고 그것이 바로 '간발의 차'가 되었다. SF

의 클리셰만 가지고 온다 해서 SF가 되는 것은 아니다. 스릴러, 추리, 호러, 로맨스, 드라마도 마찬가지다. 아무리 안정적인 문장과 개성 넘치는 소재로 이야기를 풀어낸다고 해도 장르적 쾌감과 서사를 펼쳐내지 못하면 이 맛도 저 맛도 아닌 어중간한 음식이 될 뿐이다.

당선작인 〈조업밀집구역〉과 〈바다에서 온 사람〉, 〈토막〉, 〈귀촌 가족〉, 그리고 〈알프레드의 고양이〉는 각각의 맛을 잘 살려낸 동시에 소재의 참신함과 묵직한 주제 의식까지 갖춘 매우 훌륭한 작품들이다.

〈조업밀집구역〉은 작가의 능청스러운 입담이 빛을 발하는 작품이다. 작가는 그야말로 이야기꾼이다. 특히 편의점이라는 공간의 특성을 자세하게 살린 초반부는 누구라도 배를 잡고 웃게 한다. 한편으로는 경쟁에서 살아남아야 하는 자영업자의 처절한 현실을 풍자적으로 보여주면서 제법 묵직한 주제 의식까지 드러내는 데도 성공했다. 〈조업밀집구역〉이라는 제목만으로는 절대 예상할 수 없는 이야기를 능수능란하게 주무르면서 독자의 허파를 간질이는 작가의 실력에 박수를 보낸다.

〈바다에서 온 사람〉은 단편소설이 가져야 할 장점을 고루 갖췄다. 서사는 일관성 있게 흘러가고, 적재적소에 독자의 호기심을 자극할 만한 요소를 넣었다. 여운이 남는 마무리까지 더할 나위 없이 훌륭했다. 무엇보다 이 작품이 반짝반짝 빛났던 것은 이야기 안에 깃든 따뜻하고 정겨운 감성 덕분이었다. 자칫 유치하게 흘러갈 수도 있었던 이 환상적인 작품은 작가가 세밀하게 새겨넣은 '사랑'의 정서 덕분에 한 편의 아름다운 동화가 되었다.

〈토막〉은 당선작 중 가장 특이하면서도 예측 불가능하고 통통 튄다. 이렇게 기발한 소재를 떠올린 작가의 머릿속을 들여다보고 싶을 정도. 〈토막〉이라는 제목에서 풍기는 진한 스릴러의 향기는 첫 몇 문장을 읽는 즉시 날아가 버리고, 이후에는 작가의 마법에 빠져 끝까지 읽게 된다. 마치 홀린 듯이. 호러라면 호러고, 판타지라면 판타지인데 그 두 개를 섞어놓으니 진한 여운이 남는 드라마가 되었다. 계속해서 생겨나는 토막들과 주인공의 비루한 처지, 그리고 게임 속 세계가 잘 맞물리며 독특한 분위기와 맛을 낸다. 특히, 주인공이 도끼를 들고 각성하는 결말부는 카타르시스가 넘친다. 주인공을 둘러싼 세상은 여전히 변함없겠지만 마지막 순간 레벨업을 한 모습에서 일말의 희망을 읽을 수 있다는 것 역시 이 작품의 미덕이다.

〈귀촌 가족〉은 스릴러의 본분을 잘 아는 작품이다. 낯선 곳으로 이사 온 가족과 마을의 비밀, 그리고 하나씩 드러나는 섬뜩한 이야기. 전형적인 스릴러의 구조를 따르면서도 반전의 묘를 끝까지 잘 살린 구성 역시 돋보였다. 무엇보다 이 작품은 묵직한 분위기를 풍긴다는 점에서 좋은 평가를 받았다. 스릴러는 분위기 조성이 중요한 장르이기 때문이다.

〈알프레드의 고양이〉는 재기발랄하다. 배트맨과 집사 알프레드의 관계를 빌려온 설정부터 고양이를 통해 사건을 알아낸다는 서사 구조까지 무척 신선하다. 특히 자칫 소품小品文처럼 보일 수도 있었던 이야기에 박진감을 담아낸 것이 인상적이었다. 이야기의 기본 구조는 일상 미스터리에 가깝다. 집에서만 생활하는 주인공, 언뜻 소소해 보이는 사건들, 그리고 곳곳에 숨겨놓은 패러디는 이제 흔한 설정이 되었다. 그렇기에 첫인상은 잘 쓴 소품문 같았다. 하지만 내 예상은 채 몇 페이지를 읽기도 전에 완전히 빗나가고 이내 진정으로 몰입하게 되었다. 박진감이란 사건이 꼬리에 꼬리를 물고 일어날 때 발생한다. 이 작품은 각각의 사건이 유기적으로 잘 연결되어 있으며, 그렇게 연결된 이야기는 독자의 상상을 훌쩍 넘어 신나게 달려나간다. 또한 억지를 부리지 않고도 주인공에게 공감하게 하는 것, 바로 그 지점에서 작가의 역량이 드러난다. 같은 주인공이 또 다른 활약을 하는 후속작을 기대하게 만드는 재미있는 작품이다.

당선된 작품에는 박수를, 아깝게 고배를 마신 작품에는 더 큰 박수를 보내고 싶다. 밥벌이가 우선인 세상에서 없는 시간을 짜내고, 안 그래도 모자란 잠을 더 줄여가며 용감하게, 그리고 처절하게 써 내려갔다는 점만으로도 모든 작품이 박수를 받아 마땅하다. 중요한 것은 공모전에서 수상하지 못한 대상이 '나'라는 작가가 아니라 작품이라는 사실을 받아들이는 데 있다. 나라는 존재 자체가 부정당한 것이 아니라 이번에 쓴 작품 하나가 간발의 차로 당선되지 못했다는 사실을 알아야 다시 도전할 힘이 생긴다. 떨어진 작품이 있을지언정 떨어진 작가는 없다. 이는 당선된 작가에게도 마찬가지로 적용된다. 당선된 작가들은 계속 훌륭한 작품을 써내며 멈추지 않아야 한다.

누군가의 작품을 평가한다는 것은 늘 조심스럽고 힘들다. 그럼에도 그 과정에서 큰 재미를 준 모든 작품과 그걸 써낸 작가에게 감사를 표한다.

놀랄 만큼 다양한 장르와 신선한 소재가 많아 심사를 하는 입장에서도 독자의 기분으로 즐겁게 원고들을 읽어나갈 수 있었다. 작가의 경력과 나이, 성별 등 작품에 선입견을 줄 수 있는 모든 요소를 배제하고 최대한 객관적으로 심사에 임했다.

상당수의 작품이 코로나19 바이러스가 대유행하는 현실의 상황을 반영하고 있었다. 좀비물에서도 기존처럼 물리는 것으로 바이러스가 퍼지는 것이 아니라 호흡기를 통해 감염이 된다거나, 마스크를 써야 안전하다는 등의 설정이 겹치는 작품들이 많았다. 소설이 현실을 반영하는 것은 맞지만, 지금 이슈가 되는 사건을 다른 작가들 역시 지켜보고 있다는 것은 공모전에 도전하는 사람이 잊어서는 안 될 포인트다. 왜냐하면 소재나 주제가 겹칠 경우 다른 작품들보다 훨씬 뛰어나거나 신선한 면이 있지 않으면 여러 편의 작품을 한꺼번에 읽는 심사위원에게는 '또…'라는 느낌을 줄 뿐이기 때문이다.

이외에도 문장의 기본기가 없는 작품, 서사에 대한 연구가 없는 작품, 신선한 소재에만 골몰해 개연성을 놓친 작품, 독자에게 세계관을 주입하기 위해 방대한 분량을 설명에 할애한 작품, 주제 의식 없이 잔혹성이나 그로테스크함만을 앞세운 작품 등은 예심의 문턱을 넘지 못했다.

〈조업밀집구역〉과 〈바다에서 온 사람〉, 〈토막〉, 〈귀촌 가족〉, 〈알프레드의 고양이〉는 단편의 매력을 제대로 살린 구성과 깔끔하고 안정적인 문장력, 매력적인 캐릭터 설정, 신선한 소재로 심사위원의 높은 점수를 받았다.

〈조업밀집구역〉은 주인공 가족이 운영하는 편의점의 인근에 또 다른 편의점이 생겨 생계에 타격을 입는 상황에서, 아버지와 아들이 경쟁 편의점의 폐업을 위해 모종의 계략을 꾸미면서 벌어지는 생존 투쟁 대환장 가족 코미디다. 조금은 낯익은 소재지만 통통 튀는 캐릭터와 재기발랄한 문장은 읽는 재미를 주었다. 상당히 스피디하고 몰입도가 강하며, 코미디를 살리는 호흡이 대단했다.

〈바다에서 온 사람〉은 심사위원 전원의 만장일치로 본심에서 가장 먼저 수상작품으로 선정되었다. 인어였던 할머니를 지켜보는 손자의 시선으로 진행되는 이 소설은 읽는 내내 마음을 따뜻하게 했고 입가에 미소를 드리우게 했다. 동시에 할머니를 찾아온 바다 손님들의 캐릭터와 에피소드는 재미까지 놓치지 않았다. 상당 부분이 할머니와 관련된 과거 회상의 에피소드임에도 독자의 몰입을 깨트리지 않는 굉장한 필력을 지녔다. 보는 내내 장면이 눈앞에 선연히 떠오른 만큼 웹툰, 단막 드라마로 제작되어도 손색이 없다.

〈토막〉은 자취방 바닥에 튀어나와 있는 귀신 머리와의 공존을 그린 코믹 공포극이다. 취업 전선에서 늘 패자의 역할을 맡고 있는 청년에게 귀신의 머리가 보이기 시작하면서 이야기가 시작된다. 귀신의 울음소리나 흉물스러운 외양에 대한 주인공의 예상치 못한 대처가 웃음을 터뜨리게 만들지만, 단순히 '웃긴' 이야기에서 그치지 않고 그로테스크한 공포를 잘 살려 분위기를 조성한 것이 이 작품의 강점이다. 코믹한 에피소드를 통해 '머리'가 귀여워 보이는 순간, 입을 끼걱끼걱 벌려 주인공을 기절시키는 장면이 눈앞에 그대로 그려져, 이것은 정말 귀신이라는 각인과 함께 소름을 선사한다. 이 작품은 공포 소설의 외양을 하고 있지만 정말 공포스러운 것은 현실이라고 말한다. 작품 속 청년의 모습을 보며, 영혼을 끌어올려도 집 한 채 살 수 없고, 치열하게 살아도 취업조차 할 수 없는 현실 속 대다수 청년들의 시간을 작가가 관통하고 있는 것이 아닌가 싶었다. 삶의 밑바닥(지하)으로 떨어진 순간 보이는 '머리'의 함의와 누구의 도움도 받지 못하는 주인공의 발버둥이 우리 사회를 향한 메시지를 던지고 있다.

〈귀촌 가족〉은 비밀을 감추고 있는 마을과 거기에 귀촌한 외지 사람의 이야기를 다룬 스릴러 작품이다. 친절한 듯 보이지만 어딘가 오싹한 마을 사람들과 보이지 않는 검은 사슬에 얽혀 벗어날 수 없는 정아, 이 상황을 지켜보는 귀촌 가족의 모습은 스릴러 특유의 긴장과 분위기를 성공적으로 살려낸다. 단편소설은 장편소설과 달리 결말이 완성도를 좌우한다. 이 작품 속 회심의 반전에는 그런 단편소설의 특성을 제대로 이해하고 있는 작가의 필력이 고스란히 담겨 있다.

〈알프레드의 고양이〉는 방에서만 살고 있는 히키코모리 주인공이 자신을 찾아오는 고양이를 학대하는 사람을 잡기 위해 고양이에게 카메라를 달았다가 범죄 장면을 보게 되면서 벌어지는 스릴감 있는 이야기다. 느닷없이 주인공에게 닥치는 사건이 그동안 주인공을 얽매어온 사건을 해결해주는 이중구조와 작품의 기저에 짙게 깔려 있는 가족에 대한 작가의 이해가 돋보이는 작품이다.

글을 쓴다는 것은 공포를 이겨내는 과정이다. 이렇게 힘들게 쓰고 있는 글이 아무런 결실도 맺지 못할 거라는 공포가 몇 번이고 글을 멈추게 한다. 그것을 이겨내고 완성된 작품을 공모전에

출품한 것만으로도 이미 작가가 되는 길에서 큰 한 발짝을 내디 뎠다. 그런 당신들의 걸음걸음에 깊이 공감하며 응원의 박수를 보낸다.

그 길 위에서 조금 일찍 오아시스를 만난 이들에게 축하를 보 내며, 서가에서 그들의 이름을 발견하게 되는 날을 기쁜 마음으 로 기꺼이 기다릴 것이다.

교보문고 스토리공모전
단편 수상작품집 2021

초판 1쇄 발행 2021년 3월 30일
초판 2쇄 발행 2022년 6월 9일

지은이 김백상 윤살구 김혜영 박선미 황성식
발행인 안병현
총괄 이승은 **기획관리** 송기욱 **편집장** 박미영
기획편집 김혜영 정혜림 **디자인** 이선미 **마케팅** 신대섭 **관리** 조화연

발행처 주식회사 교보문고
등록 제406-2008-000090호(2008년 12월 5일)
주소 경기도 파주시 문발로 249
전화 대표전화 1544-1900 **주문** 02)3156-3681 **팩스** 0502)987-5725

ISBN 979-11-5909-853-6 (03810)
책값은 표지에 있습니다.